로맨스 유통기한

로맨스 유통기한

레베카 설 장편소설

금도희 옮김

EXPIRATION DATES

드디어, J에게 바칩니다.

일러두기

1. 본문의 각주는 옮긴이 주입니다.
2. 맞춤법은 국립국어원 표준국어대사전 및 외래어 표기법을 따랐으나 관용적으로 널리 쓰이는 표현은 입말을 살려 표기했습니다.
3. 본문 속 고딕체는 원서에서 이탤릭으로 강조한 부분입니다.

"진실을 말해라, 진실을 말해라,

진실을 말해라."

—엘리자베스 길버트

01

쪽지에는 이름만 달랑 적혀 있었다.

제이크

굵은 검은색 테두리가 둘러진 크림색 종이에 오직 그 이름만 써 있을 뿐, 다른 내용은 없었다. 그 쪽지를 손에 쥐자 마치 중대한 성명서라도 들고 있는 것처럼 비장한 기분이 들었다.

저녁 약속 때문에 막 나가려는데, 문 아래에 쪽지가 끼워져 있었다. 이 쪽지에 적힌 내용이 사실이라면 나는 오늘 저녁에 평생을 함께할 사람을 만나게 될 것이다. 처음 겪는 일이었다. 하긴, 평생을 두 번 겪을 수는 없으니까.

저녁 약속 장소는 집에서 멀지 않은 웨스트 할리우드에 있는 레스토랑이었다. 나는 될 수 있으면 데이트 장소를 직접 고르는 편이었다. 그래야 쪽지가 늦게 도착하더라도, 이를테면 디저트를 먹는 중에 '두 시간'이라 적힌 쪽지가 날아와도 당황하지 않고 일정을 조율할 수 있으니까.

로스앤젤레스는 어느덧 여름의 끝자락에 접어들고 있었다. 밤 기온이 20도 초반까지 내려가 살랑거리는 바람이 가을을 느끼게 했다. 오늘의 목적지는 멜로즈에 있는 비건 멕시코 레스토랑 그라시아스 마드레였다. 나는 옆머리를 귀 뒤에 살짝 꽂고 어깨 너머로 가볍게 넘기며 계단을 올라 문을 열었다.

"다프네, 오랜만이에요!"

마리사가 반갑게 인사를 건넸다. 마리사와는 예전에 선셋 대로에 있던, 지금은 문을 닫은 레스토랑 더 파이키에서 그녀가 바텐더로 일할 때부터 알고 지낸 사이였다.

"오늘 첫 손님이네요. 자리 안내할게요."

레스토랑은 아름다웠다. 길게 뻗은 바는 넓고 탁 트인 테라스로 이어졌고, 곳곳에 놓인 나무 화분이 싱그러움을 더했다. 천장에 달린 유리 조명에서 따스한 노란빛이 쏟아져 내려 바닥의 테라코타 점토 타일에 노란 벌집 무늬를 드리웠다.

나는 긴장했다. 긴장이라곤 모르고 살아왔던 내가 바짝 긴장하고 있었다. 오늘 나는 허리선이 드러난 검은색 홀터 탑에 리바이스 501 바지를 입고 네온색 키튼 힐을 신었다. 이게 최선이었을까? 내 인생 마지막 '첫 데이트'가 될지도 모르는데 좀 더 로맨틱한 옷을 입어야 했나? 그렇다고 이제 와서 옷을 갈아입으러 돌아갈 수도 없었다.

"고마워요. 옷 멋진데요."

나는 마리사를 따라가며 말했다. 데님 롬퍼가 마리아에게 맞춤옷인 듯 잘 어울렸다. 나는 절대 소화하지 못할 스타일이었다.

"전에 다프네가 알려준 그 멜로즈 빈티지 숍에서 샀어요."

"역시 패션은 돌고 도는 것 같아요. 정말 잘 골랐네요."

빈티지 쇼핑은 몇 안 되는 내 취미 중 하나였고 웨스트할리우드의 구제 가게들 중에서는 웨이스트랜드가 단연 최고였다.

마리사는 레스토랑 전체가 한눈에 들어오는 테이블로 나를 안내해주고 사라졌다. 나는 자리에 앉아 휴대폰을 꺼냈다. 엄마에게서 문자가 와 있었다.

—아까 보낸 사진 봤어?

엄마는 이제 막 사진 찍는 데 재미를 붙이고 있었는데, 주로 찍는 대상은, 농담이 아니라, 유대교 경언이 적힌 문설주였다.

엄마의 질문에 대한 내 답은 '아니요'였다.

집주인 마이크의 문자도 와 있었다.

—오늘 정원사 왔었어요?

나는 이모티콘 하나로 답했다. 역시 '아니요'였다.

알람을 꺼둔 그룹채팅방에서도 쉴 새 없이 문자가 쌓이고 있었다. 대학 친구들이 곧 결혼식을 올리는 모건의 싱글 파티에 대해서 시시콜콜 떠들고 있는 것 같았다. 이 친구들 중 절반은 지난 10년 동안 본 적도 없었다. 사실 아직도 나를 단톡방에 끼워준다는 사실이 놀라울 따름이었다.

휴고의 문자도 하나 와 있었다. 휴고는 내 전 남자친구다(이 얘기는 나중에 하겠다).

—어때?

—아직 안 왔어.

나는 짧게 답장을 보냈다. 그리고 덧붙였다.

—이제 막 앉았음.

나는 상대의 이름만 적혀 있는 쪽지를 받았다는 사실을 휴고에게 말할까 말까 잠깐 고민했다. 하지만 일단 담아두기로 했다.

'나 오늘 드디어 운명의 상대를 만나.'

이런 이야기는 직접 만나서 하거나 아니면 적어도 전화로 말해야 할 것 같았다. 요즘 우리는 중요한 이야기들을 너무 짧은 문자 몇 마디로 끝내버렸다.

—끝나고 한잔? 크레이그스에서 나탈리 만나기로 했는

데 8시쯤 헤어질 것 같아.

나탈리가 누구더라? 비크람 요가에서 만난 여자? 아니면 범블에서 만났다는 여자인가?

―그러든지.

나는 답장을 보내고 휴대폰을 테이블 위에 엎어뒀다.

5분이 지나고, 또 10분이 흘렀다. 나는 음료 한 잔을 먼저 주문했다. 곧 아가베 시럽과 훈제 할라피뇨가 더해진 마가리타가 나왔다. 짭짤하고 새콤한 맛이 목을 타고 넘어갔다.

좀 늦네.

기대했던 상황은 아니었지만 아직은 참을 수 있었다. 약 5년 전, 휴고와 이별했던 그 무렵, 나는 약속 시간에 절대 늦지 않겠다고 다짐했다. LA의 끔찍한 교통체증에도 불구하고 지금까지 이 다짐을 잘 지킬 수 있었던 비결은 도시의 리듬을 잘 파악한 덕분이었다. 예를 들어, 오후 시간대에는 브렌트우드에서 웨스트 할리우드로 넘어가려는 시도는 하지 않는 게 현명하다. 웨스트우드 대로 근처의 윌셔는 그냥 늘 공사 중이라고 생각하고 선셋 대로를 타는 편이 효율적이다. 산 비센테에서 7번가를 거쳐 퍼시픽 코스트 하이웨이로 통하는 길은 말리부까지 가는 데 가장 오래 걸리는 경로지만 경관이 가장 아름답다.

휴대폰 알람이 울렸다. 또 엄마가 보낸 문자였다.

─?

부모님 집은 로스앤젤레스 405번 고속도로 너머의 퍼시픽 팰리세이즈에 있다. 그 동네는 너무 깔끔해서 갈 때마다 마치 영화 〈플래전트빌〉 세트장에 들어서는 느낌이 든다. 새로 지은 집들은 모두 전형적인 케이프코드 스타일이고, 쇼핑 센터는 기념일 시즌만 되면 온통 축제 분위기로 단장한다. 같은 LA지만 완전히 딴 세상 같다.

나는 엄마의 이메일을 열어보지도 않고 문자로 짧게 답장을 보냈다.

─근사해요!

엄마는 지난주에도 편한 옷을 입고 뒤뜰에서 쉬고 있는 랍비를 연사로 찍은 사진을 잔뜩 보내왔다. 그 클라우드 폴더가 떠오르자, 나는 엄마에게 유대교와 사진을 사랑한다고 해서 모든 사진을 유대교 테마로 찍을 필요는 없고, 모든 작품에 꼭 종교적인 정체성을 드러내지는 않아도 된다고 말하고 싶은 충동에 휩싸였다. 하지만 폰을 내려놓았다. 적어도 문자 세 통 이상 분량의 장문이었기 때문이다. 지금은 이 순간에 온전히 집중하고 싶었다. 중요한 이 순간에.

나는 33년을 살면서 굵직한 연애는 여섯 번, 첫 데이트는 마흔두 번을 했다. 파리에서는 주말로 그친 데이트도 한 번 있었다. 그리고 오늘, 처음이자 마지막으로 데이트 기한이 적혀 있지 않은 쪽지를 받았다.

"다프네?"

고개를 들자, 나보다 키가 약간 더 커 보이는 남자가 서 있었다. 회갈색 머리 아래로 초록빛이 감도는 갈색 눈동자가 나를 내려다보았다. 셔츠에 청바지를 입은 남자는 빨간 장미 한 송이를 들고 있었다.

"안녕하세요."

나는 인사하며 무의식적으로 자리에서 일어섰다.

음, 왜 일어났지? 포옹이라도 하려고?

나는 당황한 기색을 숨기며 다시 자리에 앉았다. 제이크가 장미를 내밀었다.

"마침 밖에서 꽃을 팔더군요. 15분이나 늦어서 사과의 의미로 사 왔어요."

듣기 좋은 목소리였다. 친근하고 부드러웠다. 제이크가 웃음 짓자 눈가에 자연스러운 주름이 잡혔다.

나는 장미를 받았다.

"사과 받아줄게요. 왜 늦었는지 물어봐도 될까요?"

제이크가 사연이 있다는 듯한 표정으로 고개를 저었다.

"말하자면 긴데, 우리한테 시간이 얼마나 있죠?"

나는 제이크를 바라봤다. 지금 내 운명의 남자가 실체를 가지고 내 눈앞에 있다. 제이크의 턱 아래 있는 작은 점과 왼쪽 눈가에 박힌 주근깨가 눈에 들어왔다. 이렇게 작은 요소들이 모여서 한 사람을 만들어낸다. 이 사람을, 아니, 내 사람을.

"많아요. 충분히."

내가 말했다.

02

쪽지가 처음 날아온 건 초등학교 5학년 때였다. 어느 날, 축구 연습을 마치고 집에 돌아오니 내 방 책상 위, 그때 내가 닳도록 읽던 《제시카 달링》 시리즈 책 위에 우편엽서 한 장이 놓여 있었다.

세스, 8일

엽서에는 달랑 이렇게 한 줄만 적혀 있었고, 뒷면에는 패서디나의 야경이 인쇄돼 있었다.

뭐지?

나는 엽서를 들고 거실로 뛰어나가 부모님께 엽서를 내밀었다.

"이게 뭐예요?"

부모님도 몰랐다. 두 분 다 한창 바쁘던 시기였다. 당시 엄마는 유대인 비영리단체에서 일했고, 아빠는 새로 나온 수질 정화기의 서부 지역 판매를 총괄하고 있었다. 5년쯤 뒤, 아빠가 다니던 회사가 문을 닫았고 아빠는 제약업계로 이직해 몇 년을 더 일한 뒤 은퇴했다. 다른 집 같았으면 이런 변화가 생활 수준의 변화로 곧장 체감됐겠지만, 우리 집은 원래부터 검소한 삶에 익숙했기 때문인지 큰 타격이 없었다. 적어도 내가 보기엔 그랬다.

나는 우리 가족이 별다른 걱정 없이 편하게 살아왔다고만 생각했다. 하지만 나중에야 알게 됐다. 부모님이 '다들 잘 먹고 잘사는' 동네에서 우리 형편에 맞춰 살기 위해 얼마나 신중한 선택을 해야 했는지 말이다. 제일 좋은 학군의 제일 좋은 거리에서 가장 작은 집을 골라 산 것도 전부 나를 그 지역의 공립 명문학교에 보내기 위해서였다. 엄마는 그저 작은 정원만 있으면 된다고 했다. 엄마의 장미 키우는 솜씨는 수준급이었다. 엄마가 기른 장미는 남부 캘리포니아의 태양 아래에서 3월부터 10월까지 쉬지 않고 꽃을 피워냈다.

"세스가 누구니?"

가스레인지 앞에서 양파를 볶고 있던 아빠가 물었다. 아빠는 엄마 못지않게 집안일을 많이 했고 주방에서도 많은 시간을 보냈다. 아빠의 부모님, 그러니까 내 할아버지와 할머니는 미국에 처음 이민 와서 정통 유대식 식품을 파는 코셔 델리를 운영했는데, 일손이 부족해 가족 모두가 일을 거들었다고 한다. 아빠도 예외는 아니었다.

아빠의 질문에 잠시 생각해봤다. 세스? 익숙한 이름이긴 했다. 내가 아는 남자아이 중에 세스라는 이름을 가진 아이가 한 명 있었다. 브렌트우드 초등학교에 다니는, 나보다 한 학년 위의 축구부 남자아이인데 훈련 시간이 겹쳐서 종종 마주쳤고, 가끔 훈련이 끝난 뒤에는 남은 거라며 나에게 파란색 게토레이를 주기도 했다. 파란 게토레이는 입술과 혀를 흉측한 보라색으로 물들여서 평소에 피하는 음료수였지만, 세스가 주면 이상하게 기분이 좋았다.

"축구부 남자애요."

내가 대답하자 아빠가 뒤돌아서며 주걱을 내 쪽으로 불쑥 내밀었다.

"그 애한테 한번 물어보지 그러니?"

다음 날, 파란색 게토레이는 없었다. 하지만 이번엔 내가 먼저 다가가보기로 했다.

"안녕?"

세스는 키가 크고 눈동자는 파란색이었다. 얼굴에는 무당벌레 날개에 박힌 점처럼 작은 주근깨가 나 있고 머리는 빨간색이었다.

"어, 안녕?"

"이거 네가 보냈어?"

나는 패서디나 엽서를 꺼내 세스의 눈앞에 들이밀었다.

세스가 보더니 웃음을 터뜨렸다.

"아니? 근데 웃긴다."

"뭐가 웃겨?"

세스는 당황한 것 같았다.

"몰라. 그냥…… 엽서잖아."

이 대화가 어떻게 연애로 이어졌는지는 설명하기 어렵다. 아무튼 그렇게 됐다. 세스가 빅칠에 아이스크림을 먹으러 가자고 했고 우리는 그날부터 정확히 8일, 그러니까 일주일하고 하루를 더 사귀었다. 그리고 상호 합의하에 헤어졌다. 우리는 친구로 지내는 게 더 잘 맞았다.

그때부터 비슷한 일이 반복됐다. 쪽지의 형태는 다양했다. 엽서일 때도 있고, 그냥 작은 종잇조각일 때도 있었다. 한번은 포춘쿠키에서 나온 적도 있다. 쪽지를 받는 타이밍도 제각각이었다. 어떤 때는 이미 누군가와 만나고 있는 중에 받기도 했고, 어떤 때는 상대를 만나기 직전에 도착했다. 휴고 때는 서로 알게 된 지 6주가 지나서야 쪽지가 왔다. 쪽지 내용은 늘 똑같았다. 이름, 그리고 함께할 기간.

적어도 오늘 아침까지는 그랬다. 오늘 내가 받은 쪽지에는 이름만 있을 뿐, 기간은 적혀 있지 않았다.

"그 마가리타 어때요? 저는 보드카 취향이라."

제이크가 말했다. 보드카라니, 흥미로웠다.

"먹을 만해요."

나는 장난스럽게 고개를 갸웃거리며 덧붙였다.

"보드카처럼 자극적이네요."

제이크가 웃음을 터뜨렸다.

"지금 나 당황하게 하려고 일부러 그러는 거죠? 다프네가 가끔 그런다고 켄드라가 말해줬어요."

"아닌데, 그래 보여요?"

제이크가 나를 빤히 바라봤다.

"약간요."

그러고는 헛기침을 하더니, 없는 넥타이를 고쳐 매려는 것처럼 윗단추 주변을 손으로 매만졌다. 당황한 기색이 손끝에 드러났다.

"근데 나쁘진 않아요."

이 자리를 마련해준 사람은 직장 동료 켄드라였다. 아, 전 직장 동료라고 해야겠다. 나는 잘나가는 영화 제작자 이리나의 비서로 일하고 있는데, 켄드라가 내 전임자였다. 업계 사람이 아니라면 이리나의 이름이 생소하겠지만, 누구나 알 만한 유명한 영화들을 여럿 제작한 실력자다.

"다프네, 괜찮은 남자 있는데 만나볼래? 이름은 제이크, 서른다섯 살이고 솔로 된 지 얼마 안 됐어. 그렇다고 아무나 만나는 사람은 아니야. 엔터테인먼트 업계에서 일해."

그날 켄드라와 나는 LA의 야외 쇼핑몰 더 그로브에서 점심을 먹는 중이었다. 그 쇼핑몰은 언제 방문하든 1년 내내 동화 속 세상처럼 아기자기하게 꾸며져 있었다. 크리스마스에는 산타가 끄는 열차가 돌아다녔고 부활절에는 커다란 토끼 장식이 등장했다. 꼭 특별한 시즌이 아니어도 드라마 〈길모어 걸스〉에 나올 법한 커다란 정자와 반짝이는 조명, 프랭크 시나트라 음악에 맞춰 춤추는 분수가 늘 우리를 반겼다. 언젠가 켄드라와 "더 그로브에서 점심 먹기 좋은 날 같지 않아?"라며 농담했던 날을 기점으로 이곳은 우리의 정기 회동 장소가 되었다. 우리가 둘 다 좋아하는 치즈케이크팩토리도 있으니 금상첨화였다.

"배우야?"

내가 물었다.

"TV 제작자."

"재미없다."

"안정적이잖아. 외모도 호감형이야."

켄드라가 감자튀김을 하나 집어 입에 넣으며 말했다.

"잘생기진 않았다는 말이네."

"무슨 소리야. 호감형은 섹시할 수도 있다는 뜻이야."

"귀여울 순 있겠지. 거기까진 인정할게. 호감형이라는

말을 듣는 사람이 절대 섹시할 리가 없어."

"어차피 결혼 상대로 섹시한 사람은 별로야."

그 사람이 진짜 인연일지 아닐지는 어차피 만나보면 알게 되겠지.

"그렇긴 해. 좋아, 만나볼게."

나라고 결혼을 원하지 않는 건 아니다. 진지한 만남을 거부하는 것도 물론 아니다. 그저 내가 선택할 수 있는 일이 아닐 뿐이다. 우주의 섭리라고 하든, 운명이라고 하든, 아니면 우스꽝스러운 타이밍이라고 하든 늘 내 의지가 아닌 무엇인가가 내 인생의 방향을 결정해왔다. 내 인생은 독특한 규칙에 따라 다른 사람들의 삶과 다르게 흘러갔다.

제이크도 본인 앞으로 마가리타 한 잔을 주문했다. 우리는 과카몰리와 칩스, 게살 케이크(비건 레스토랑답게 사실은 야자나무 줄기가 주재료인, 이름만 '게살' 케이크), 버섯 파히타, 고수가 줄기째 듬뿍 올라간 라이스볼을 주문했다.

"자몽 세비체도 시킬까요?"

제이크가 물었다.

"그건 건너뛰죠. 자몽을 별로 안 좋아해요."

내가 대답했다.

마커스라는 이름표를 단 웨이터가 주문을 받고 떠나자 제이크가 갑자기 수첩을 꺼냈다.

"잠깐만 실례할게요. 이상하게 들릴지도 모르겠지만, 닥터마틴 부츠 신은 사람을 보면 기록하는 게 취미라서요."

"농담이죠?"

내가 물었다.

제이크가 고개를 젓고는 수첩 위로 몸을 기울이고 열심히 뭔가를 끄적이며 설명했다.

"정말이에요. 대학교 다닐 때 장난삼아 시작했는데 지금까지 계속하고 있어요."

"종류는 상관없어요?"

제이크가 고개를 들더니 진지한 표정으로 답했다.

"당연히 블랙 부츠만."

나는 마시던 마가리타를 뿜었다. 라임 주스와 테킬라가 섞인 액체가 입에서 분수처럼 뿜어져 나와 제이크 얼굴을 향해 날아갔다. 물방울 입자가 내 눈 앞에 슬로모션으로 퍼져나갔다. 나는 눈이 휘둥그레진 채 입을 틀어막았다.

"어머, 미안해요."

제이크가 눈가에 맺힌 물방울을 손가락으로 닦아냈다.

"술벼락 맞아도 싸죠. 좀 특이한 취미이긴 해요."

"저는 특이한 거 좋아해요."

나는 이렇게 말하고 테이블 위에 있던 냅킨을 건넸다. 제이크가 냅킨을 받아 얼굴을 닦았다.

"휴, 다행이에요. 사실은 저, 꼬리도 있는데 한 시간째 평범한 사람인 척 말고 앉아 있느라 힘들었거든요."

"정말 재밌으시네요. 시간 가는 줄 모르겠어요. 진심이에요."

제이크가 냅킨을 꼭 쥐고 공 모양으로 구겼다. 그리고 수첩을 도로 집어넣었다.

"다행이네요. 저도 그래요."

우리는 식사를 하며 몇 가지 공통점을 발견했다. 둘 다 셰익스피어를 좋아했고, 빨간 사과보다 초록색 사과를 선호했으며, 야행성이었다.

"세상이 너무 아침형 인간 위주로 돌아가는 거 같지 않아요? 회사, 헬스장, 파머스 마켓 할 것 없이 다요. LA에서는 아침 9시 넘어서 하이킹을 나가면 한심한 눈으로 쳐다본다니까요."

나는 동의의 의미로 잔을 치켜들었다.

"뭔지 알아요."

"우리 같은 사람들을 위해 밤에 여는 파머스 마켓도 있어야 한다고 봐요. '늦게 기어나오는 사람이 신선한 채소를 얻는다', 어때요?"

"획기적인데요?"

"고마워요."

제이크가 웃었다. 제이크는 이제 마가리타 두 잔째였는데 볼이 벌써 발그레했다. 귀여웠다. 술이 약한 남자는 정말 오랜만이었다.

"다프네가 하는 일에 대해 말해줄 수 있어요?"

제이크가 물었다.

내 일은 온갖 업무가 잡다하게 섞여 돌아갔다. 어떤 날은 해롭다고 느껴질 만큼 힘들었고, 또 어떤 날은 꽤 짜릿하기도 했다. 화가 나는 순간도 많았다. 하지만 가장 큰 특징은 유연하다는 점이었다. 그건 내 상사를 설명할 때도 딱 들어맞는 말이었다.

"이리나는 좀 별난 사람이에요. 그래도 난 이리나를 좋아해요. 아니, 좋아한다기보다는 이해한다고 하는 게 맞겠네요."

"켄드라 말로는 이리나가 트레일 믹스 봉지에서 땅콩만 골라오라고 시켰다던데, 그럴 거면 그냥 땅콩을 사면 되지 않나요?"

나는 어깨를 으쓱했다.

"트레일 믹스만의 그 맛이 있거든요. 그냥 땅콩하고 다르긴 하잖아요."

"다프네도 그런 일을 해요?"

나는 웃었다.

"아직은 아니에요. 그건 켄드라가 와서 해줘요."

솔직히 말하면 그런 행동도 이제는 그러려니 하게 됐다. 지난 3년 동안 비서로 일하면서 나는 이리나의 리듬을 어느 정도 파악했고, 그에 맞춰 일하는 법도 터득했다. 나는 이제 어느 커피 체인점을 가든 이리나의 커피 취향에 맞춰 정확하게 주문할 수 있다(스타벅스는 오트밀크 미스토, 커피 빈은 오트 플랫화이트, 피츠 커피는 블랙커피에 오트밀크 추가). 이리나는 늘 유기농 식품을 먹어야 한다고 강조하지만, 실제로는 별로 개의치 않았다. 이리나는 마일리지로 비행기 좌석을 업그레이드하는 걸 좋아하지만, 그게 불확실할 땐 아예 일등석을 끊었다. 아침 회의는 가능하지만, 성공적으로 진행된 적은 거의 없다. 그리고 헬스장이 없는 호텔에는 절대 묵지 않는다. 나는 이리나에게 맞춤형 서비스를 제공했고, 이리나는 그 대가로 내가 금요일에 휴가를 내든 월요일에 11시에 출근하든 관여하지 않았다.

이리나와 나는 할리우드에서는 흔치 않은, 여자들끼리 서로 돕고 의지하는 관계였다. 상하 관계라는 권력 역학까지 얽혀 있다는 점을 고려하면 우리 사이는 정말 기적 같은 관계라고 할 수 있었다.

"조금 까다롭긴 해요. 근데 안 그런 사람도 있나요?"

제이크는 내 말에 필요 이상으로 깊이 생각하더니 입을

열었다.

"저는 그렇게까지 까다롭진 않은 것 같아요."

"정말 그렇게 생각해요?"

"저에 대해 벌써 단정하고 있군요."

나는 나초 한 조각을 집어 들고, 숟가락으로 살사 소스를 퍼서 그 위에 얹었다.

"아닌데요."

"다프네 눈썹이 이미 말해줬어요."

"제 눈썹이 뭐라고 했는데요?"

"이렇게요."

제이크가 자신의 이마를 손가락으로 가리키더니 눈썹을 위아래로 들썩였다. 그걸 보고 웃다가 그만 살사 소스가 목에 걸렸다. 황급히 물을 들이켰다.

"사실은, 맞아요."

겨우 진정하고 난 다음, 내가 인정했다.

"알아요. 근데 신경 쓰이진 않아요."

제이크가 말했다.

"왜요?"

제이크가 팔꿈치를 테이블 위에 올리고 몸을 살짝 내 쪽으로 기울였다.

"왠지 다프네가 시간을 줄 것 같아서요. 제가 다프네를 알아갈 시간."

나는 가방 안에 있는 기한 없는 쪽지가 떠올랐다.

"오늘 왜 늦었는지도 아직 말 안 해줬잖아요."

"아, 차가 고장 났어요."

제이크가 답했다.

"너무 성의 없는 거짓말인데요."

"차 고장이요? 얼마나 흔한데요."

"타이어 펑크라도 났어요?"

"카뷰레터가 말썽이었어요."

"그게 뭔지도 모르겠는데요."

제이크가 갑자기 불편해 보였다. 너무 몰아붙였나? 선을 넘었나? 하지만 차 고장은 누가 봐도 핑계 아닌가? 평소와 다른 쪽지 때문에 제이크에게 특별한 친근감이 느껴진 나머지 좀 무례하게 굴었는지도 모른다. 아무튼 첫 데이트에서 이렇게 행동하는 건 분명 적절치 않았다.

전에도 이 점을 조심해야 했다. 나는 상대방이 내 삶에 얼마나 머물지를 미리 알고 있었으니까. 당사자들보다도 먼저, 그것도 내가 알아서는 안 될 시점에. 정신 차리자. 지금 제이크의 차가 대수인가.

"어쨌든 운전을 하시네요. 요즘 LA 사람들은 다 우버를 타는 것 같던데. 공유 차량 아이디어 좋죠. 저는 우버만 타면 멀미를 해서 누리지 못하지만요."

제이크가 살짝 미소 지었다.

"조수석에 앉으면 좀 덜할걸요?"

"음, 낯선 기사님하고 대화하는 게 조금 어색해서요."

"사실 저도 그래요. 한번은 뒷좌석에서 기사랑 눈도 안 마주치고 통화하는 척하다가 내린 적도 있어요."

"정말요? 그런 모습은 전혀 상상이 안 되는데요?"

그때 테이블에 엎어두었던 내 휴대폰이 진동했다. 얼른 폰을 집어 가방 안에 넣었다. 그 짧은 순간, 화면에 뜬 이름이 눈에 들어왔다. 휴고였다. 설마 벌써 9시인가? 두 시간이 이렇게 빨리 지나갔다고?

"계산해달라고 할까요? 오늘 저녁은 제가 살게요."

"아, 친구예요. 오늘 데이트 어땠는지 물어보려고 전화했을 거예요."

제이크가 손짓으로 웨이터를 부르면서 물었다.

"친구에게 뭐라고 할 거예요?"

나는 제이크가 웨이터와 대화를 마치고 나를 바라볼 때까지 기다렸다가 대답했다.

"일단은 합격. 신발에 좀 집착하는 면이 있긴 한데, 좀 더 만나봐야 알 것 같아."

제이크가 천천히 눈을 깜빡이며 나를 바라봤다. 그 눈

빛을 마주하는 순간, 내 안에서 뭔가가 풀려나가는 느낌이 들었다. 마치 목에 걸려 있던 목걸이가 툭 끊어지는 것 같았다. 이렇게 편안한 분위기에 어울리지 않는 감정이었다.

"켄드라한테 고맙다고 해야겠어요. 다프네처럼 자기 생각이 확실한 여자는 별로 못 봤어요."

"칭찬 같기도 하고, 제 성별에 대한 모욕 같기도 하네요."

"절대 아니에요. 실은 제가 여자를 많이 안 만나봤어요."

제이크가 너무 진지한 표정으로 말해서 나는 또 웃음이 터질 뻔했다. 웨이터가 계산서를 가져오는 동안 웃음을 꾹 참느라 목이 간질거렸다. 제이크가 바지 뒷주머니에서 카드를 꺼냈다. 나도 카드를 꺼내려고 지갑으로 손을 뻗자 제이크가 내 손등 위에 조심스럽게 손을 얹었다.

"오늘은 제가 낼게요."

제이크가 말했다. 평소 같았으면 내가 말동무로서 제값은 했는지 농담이라도 던졌겠지만, 나는 그냥 웃으면서 고맙다고 했다.

제이크가 내가 주차한 곳까지 에스코트를 했다. 내 차는 2012년식 은색 아우디로, 내가 애정을 담아 '설리번'이라는 애칭으로 불렀다. 이전 차주는 폭스 채널에서 오랫동안 방영한 시트콤에 출연한 배우였는데, 종영되자마자 나한테 차를 팔고 곧장 캐나다로 돌아갔다.

나란히 걸으면서 보니 제이크는 생각보다 키가 컸다. 아니, 그보다는 제이크의 존재가 내 안에서 점점 더 커져가는 것 같았다. 의자를 빼주고, 문을 열어주고, 차도를 건너는 동안 내 등에 가볍게 얹은 제이크의 손길이 따뜻하게 느껴졌다. 그 온기가 나를 포근하게 감싸는 듯했다.

곧 주차 미터기 앞에 도착했다. 밤공기는 맑고 온화하고 상쾌했다.

"소개할게요. 얘는 설리번이에요."

내가 말했다.

제이크가 차를 유심히 바라봤다.

"줄여서 설리라고 불러도 돼요?"

"참고로 설리번은 남자예요."

내가 말했다.

제이크는 항복하듯이 양손을 들어 올렸다.

"절대 성별 단정 지은 거 아니에요."

그러고는 내 앞으로 다가와 한 손으로 내 팔꿈치를 가볍게 감쌌다.

"또 볼 수 있어요?"

제이크가 물었다.

"좋아요."

내가 고개를 끄덕이자 제이크가 망설임 없이 몸을 숙여 내 뺨에 가볍게 입을 맞췄다. 입술이 부드러웠다. 아니, 입술은 원래 다 이렇게 부드러웠던가?

"운전 조심해요."

제이크가 말했다.

"제 카뷰레터는 멀쩡해요."

내가 말하자 제이크가 웃으며 고개를 저었다.

"완전히 졌네요. 그럼 잘 들어가요."

제이크가 도로를 좌우로 살핀 뒤 반대편으로 건너갔다. 나는 차에 올라탔다. 가방에서 휴대폰을 꺼내 보니 예상대로 부재중 전화 두 통이 찍혀 있었다. 문자도 한 통 와 있었다.

─잘되는 중인가? 지금 로렐인데 들를래?

나는 가방 속을 뒤적이며 쪽지를 찾았다. 아까 생각 없이 막 집어넣은 게 후회됐다. 내 인생의 마지막 쪽지일 텐데 왜 더 조심하지 않았을까. 그동안 기한 없는 쪽지를 얼마나 기다려왔는데. 접히거나 구겨진 채로 둘 수는 없다. 다행히 상태는 괜찮았다. 그래놀라 부스러기가 몇 조각 붙어 있어서 털어냈다.

제이크

오로지 이름뿐이다.

─이제 출발. 20분 뒤 도착.

나는 휴고에게 답장을 보냈다. 이 기쁜 소식을 당장 누군가에게 전하고 싶었다. 지금 말할 사람은 휴고뿐이었다.

다프네 벨이 드디어 마지막 짝을 만났다고.

03

휴고, 3개월

휴고와 나는 연기 학원에서 만났다. 정확히 말하면 학원은 아니고, 학원 앞 주차장에서. 둘 다 연기를 배우러 온 게아니라, 다른 용건이 있었다. 그때 나는 한 케이블 방송국에서 어시스턴트로 일하고 있었는데, 새로 제작되는 드라마에 캐스팅된 남자 배우의 연기 수업을 위해 운전기사 역할까지 하고 있었다. 그날, 수업 끝날 시간이 한참 지났는데도 배우가 나오지 않았다. 빨리 차에 태워서 15분 안에 워너브라더스 스튜디오에 도착해야 하는데, 시계를 보니당장 출발해도 10분은 늦을 판이었다.

학원 문 앞에서 초조하게 발을 구르고 있는데 한 남자가나타났다. 마치 제임스 딘 리부트 영화의 오디션을 보러온 듯한 차림과 외모였다.

"안됐지만 수업 끝났어요."

내가 말했다. 주차장을 힐끗 보니 내 설리번 옆에 대충 주차한 컨버터블 포르쉐 한 대가 보였다. 그 차에서 내린 듯했다.

"아, 나 배우 아니에요. 친구 데리러 왔어요."

남자의 말에 나는 웃음을 터뜨렸다. 외모는 이제껏 본 어떤 사람보다도 배우 같았기 때문이다. 심지어 당시 나는 하루 종일 오디션 테이프를 들여다보는 일을 하는 사람이었는데도.

남자는 내가 웃는 모습을 말없이 바라봤다.

"지금 기분 나빠하지 않으려고 노력하는 중이에요."

"흰 티셔츠에 가죽 점퍼를 입고, 배우가 아니라고요?"

그렇게 되묻자 남자가 고개를 숙여 자신의 옷을 내려다봤다.

"어제 입은 옷을 봤으면 그런 말 안 했을걸요?"

그제야 남자의 체격이 눈에 들어왔다. 나는 키가 작은 편이 아니다. 허리를 꼿꼿이 세우면 173센티미터가 넘으니까. 그런데 남자는 머리가 나보다 훨씬 위에 있었다. 내가 고개를 들고 올려다봐야 할 정도였다.

"그쪽은 배우예요?"

남자가 물었다.

"나도 배우는 아니에요."

"그런 것 같아요."

남자가 말하고 싱긋 미소를 지어 보였다. 양 볼에 보조 개가 깊게 패였다.

"왜냐하면 배우라는 직업을 별로 안 좋아하는 것 같거 든요."

"난 그런 말 한 적 없는데요."

남자의 시선이 잠시 땅으로 떨어졌다가 다시 내게로 향 했다.

"굳이 말하지 않아도 알 수 있죠. 나는 휴고예요."

남자가 손을 내밀었다. 검지에 은색 반지가 하나 끼워져 있었다.

"다프네예요."

휴고의 손가락은 길고 차가웠다.

그때 문이 벌컥 열리더니 사람들이 우르르 쏟아져 나왔 다. 내가 기다리던 배우 디온테가 가장 먼저 나왔다. 그 스 물두 살짜리 남자애가 나를 발견하고 씨익 웃자, 나는 마 치 영화 〈졸업〉에서 10대 남학생과 사랑에 빠진 유부녀 미 세스 로빈슨이 된 기분이 들었다.

"저 늦었죠? 저도 알아요. 근데 선생님이 장면 분석 끝 나기 전에는 안 보내주신다지 뭐예요."

디온테가 내 팔을 붙잡고 몸을 돌려 주차장 쪽으로 이 끌었다. 그렇게 돌아서는 순간, 갈색머리의 늘씬한 여자가 휴고의 품에 안기는 모습이 눈에 들어왔다.

그럼 그렇지.

휴고와 다시 마주친 건 그로부터 5주가 지난 뒤였다. 그 무렵에도 나는 연기 학원에 정기적으로 방문했다. 디온테는 열두 살 때 오토바이 사고로 아버지를 잃은 트라우마 때문에 운전대를 잡지 못했다. 그래서 연기 수업이 있는 매주 화요일과 목요일마다 수업 끝나는 시간에 맞춰 내가 데리러 가야 했다.

청바지와 티셔츠 차림으로 지낼 만했던 LA의 날씨는 6월에 접어들자 탱크톱과 반바지, 차가운 물병까지 챙겨야 겨우 견딜 수 있을 정도로 뜨거워졌다. 차를 몰고 주차장에 들어서자 휴고가 보였다. 이번에는 파란색 스트라이프 셔츠에 로퍼를 신고 있었는데, 그 모습이 마치 조지 클루니 같았다. 나는 휴고가 나를 기억하지 못할 거라고 생각했다. 그런데 내가 차에서 내리자마자 휴고가 먼저 손을 흔들었다.

"다프네, 안녕."

"안녕, 이름이 휴고였나요?"

휴고가 환하게 웃었다.

"맞아요. 여전히 배우는 아니에요. 아, 이것도 배우로 쳐 줄지 모르겠는데, 며칠 동안 입으로 글 쓰는 작업을 하긴 했어요. 손목터널증후군이 와서요."

휴고가 손을 들어 보였다.

"현대인의 숙명이죠."

나는 가볍게 대답하며 가방을 어깨에 둘러메고 학원 입구 쪽으로 걸음을 옮겼다.

"누구 데리러 오는 거예요?"

휴고가 물었다.

"배우요."

내가 대답하자, 휴고가 씩 웃더니 재미있다는 표정을 지었다.

"촬영장에 데려다줘야 해요. CBS에서 새로 제작하는 한 시간짜리 드라마에 나오는 배우예요. 저는 어시스턴트고요."

내가 부연설명을 하자 휴고가 고개를 끄덕였다. 나는 휴고에게 그게 왜 궁금하냐고 묻지 않았다. 답을 안 들어도 뻔하니까.

"어때요, 재밌어요?"

"기사 노릇이요?"

휴고가 웃음을 터뜨렸다.

"아니, 그 드라마."

"본 적 없어요."

그 순간, 지난번처럼 학원 문이 벌컥 열리더니 디온테가 제일 먼저 튀어나왔다. 역시나 늦어서 어쩔 줄 몰라 하는 표정이었다. 디온테가 내 차를 향해 서둘러 달려갔지만 나는 일부러 천천히 걸어갔다. 느릿느릿 운전석 문을 열면서 힐끗 보니 어김없이 한 여자가 휴고의 목에 두 팔을 두르고 푹 안겨 있었다. 그런데 5주 전에 봤던 갈색머리 여자가 아니었다. 이번엔 금발에 배꼽 피어싱을 한 여자였다.

"아, 오늘도 늦었죠?"

조수석에서 디온테가 물었다.

"늦었지만 괜찮아요. 내 잘못이라고 하면 돼요. 내 역할이 뭐겠어요. 배우들 대신 방패막이 되는 거죠."

그다음 주 화요일, 주차장에 들어서자 본인의 포르쉐 보닛 위에 앉아 있는 휴고가 보였다. 검은색 폴로셔츠에 청바지 차림이었고 한쪽 발은 타이어 위에, 다른 발은 허공에 떠 있었다.

"돌아가면서 한 명씩 다 만나보는 중이에요?"

내가 물었다.

"안녕."

휴고가 인사를 건넸다. 나를 보고 진심으로 반가워하는 얼굴이었다. 휴고의 얼굴은 늘 생동감이 넘쳤다. 머릿속을 스쳐 지나가는 생각들이 곧장 표정으로 드러나는 것 같았다.

"무슨 말이 하고 싶은 걸까요?"

휴고가 물었다.

"여기 다니는 배우들이 그쪽 이상형인가 해서요."

내 말에 휴고가 학원 건물을 바라보더니 다시 나를 바라봤다.

"내가 여기 다니는 여자들의 이상형일 수도 있죠."

"어, 그 대사 어디서 베낀 거죠?"

내가 차 문을 잠그며 말했다.

"잭 니콜슨."

휴고가 곧바로 대답했다. 짜증나게도 묘하게 짜릿했다. 이 남자가 낸시 마이어스 감독을 안다고?

"여기서 자꾸 마주치니까 꼭 학교 앞에서 애들 기다리는 학부모들 같네요."

내가 말했다.

"첫째, 나를 학부모 역으로 캐스팅하는 건 절대로 사양이에요. 둘째, 오늘은 누구 데리러 온 거 아니에요. 수업 끝나기 전에 여기서 사라져야 돼요. 카산드라 눈에 띄었다간 죽을지도 모르거든요."

"재밌네요."

내가 무표정하게 말했다.

"난 그쪽이 재밌어요."

휴고가 곧바로 응수했다.

"그럼 왜 왔는데요?"

내가 묻자 휴고가 타이어 위에 있던 발을 내리고 내 앞에 다가섰다.

"보면 몰라요? 그쪽 보러 왔잖아요."

"말도 안 돼."

내가 코웃음 치자 휴고가 눈을 크게 떴다.

"말 되는데."

그러더니 고개를 끄덕였다. 매력적인 남자였다. 큰 키에 잘생긴 얼굴, 보기 좋게 그을린 피부, 패션 센스까지, 누가 봐도 잘나가는 사람 같았다. 하지만 거만했다. 그것도 지금 내 코를 파고드는 진한 향수 냄새만큼 적나라하게. 거만한 사람이 무정한 사람으로 바뀌는 건 순식간이다. 엮이고 싶지 않았다. 게다가 휴고 이름이 적힌 쪽지도 못 받았으니까.

"으쓱해지긴 하는데 나는 그쪽이 좋아하는 스타일 아니에요."

내가 말했다.

"왜 그렇게 생각해요?"

"내 말을 믿으세요."

"믿긴 하는데 궁금해서요."

그때 학원 문이 벌컥 열리더니 디온테가 나왔다. 이번엔 혼자였다.

"장면 분석은 아직 안 끝났는데 선생님이 먼저 가도 된대요."

디온테가 내게 말하고 휴고를 바라봤다.

"어, 안녕하세요."

"안녕하세요."

휴고가 화답했다.

"촬영에 또 늦기 싫어서요. 지각할 때마다 줄리가 성질 내는 거 무서워요."

디온테가 조수석 문을 열면서 내게 말했다.

휴고가 내 앞으로 바짝 다가오더니 운전석 문을 대신 열어줬다. 내가 차에 오르자 휴고가 창문을 밀어 문을 닫았다. 그리고 열린 창문 쪽으로 몸을 기울였다.

"나는 그쪽이 재밌는 사람 같아요. 섹시하고."

나는 얼굴이 화끈거렸지만 무시했다.

"번호 알려주면 안 돼요?"

휴고가 내 앞으로 휴대폰을 쑥 들이밀었다. 조수석을 힐끗 보니 디온테는 대본을 펼쳐 들고 아무것도 안 들리는 척하고 있었다.

"나는 다른 사람들하고 달라요."

내가 말하자 휴고가 눈을 가늘게 떴다.

"알아요."

휴고가 대답했다.

내가 시동을 걸자, 휴고가 휴대폰과 함께 한 걸음 물러섰다.

"잠깐만요. 이런, 어디서 주차딱지 받았나 봐요."

휴고가 차 앞유리와 와이퍼 사이에 꽂힌 종이를 꺼내 건네며 말했다.

나는 몸을 돌려 그 쪽지를 조심스럽게 펼쳤다.

휴고, 3개월

기뻐해야 할지 화를 내야 할지 알 수 없었다. 내 마지막 연애는 4년 전이었고, 6개월 만에 끝났다. 그 이후로는 주말로 그친 짧은 만남뿐이었다. 그리고 지금, 90일간의 연애가 시작되려는 참이었다. 나는 휴고의 휴대폰을 가리켰다.

"줘봐요."

내가 말했다.

09

　나는 산타모니카 대로변의 레스토랑 로렐 하드웨어로 들어갔다. 직원에게 손짓으로 인사를 건네고 안뜰로 향하는 계단을 내려가자 구석 테이블에 앉아 있는 휴고가 보였다. 안뜰은 여전히 아름다웠다. 테이블은 다양한 구도로 배치되어 있었고 나무를 감싼 작은 조명들이 은은한 빛을 내뿜었다. 분위기는 편안하면서도 감각적이었고 음식도 늘 만족스러운 곳이었다. 예전에 먹었던 '롤리팝' 방울양배추는 상큼했고, 오리볶음밥은 풍미가 깊었으며, 연어구이는 먹어본 것 중 최고였다.

　나탈리와 함께 있을 줄 알았는데 남자 세 명만 휴고와 합석하고 있었다. 그중 한 명은 이 레스토랑 점장이었다.

　"왔어? 멋지네."

　휴고가 일어나 내 볼에 가볍게 입을 맞췄다.

　"다프네, 여기는 세르지오하고 어윈이야. 폴은 알지?"

휴고가 고갯짓으로 점장을 가리켰다. 나는 폴에게 가볍게 손 인사를 건넸다.

"이쪽은 내 친구 다프네예요."

인사를 마치고 빈자리에 앉자 휴고가 테킬라 소다 한 잔을 건넸다. 내가 평소 퇴근 후 즐겨 마시는 음료였다. 이제는 휴고도 자주 마시지만.

"우린 이만 일어날게요."

어원이 말했다.

"휴고, 알렉산드라 의사를 타진해봐요. 긍정적이면 우리도 다시 생각해볼 테니."

휴고가 고개를 끄덕였다.

"이만한 조건의 매물은 찾기 힘들어요."

"그래요. 연락 줘요."

세르지오가 나를 향해 고개를 돌렸다.

"만나서 반가웠어요."

"저도요."

내가 인사를 건네자 두 사람이 자리를 떠났다. 폴도 레스토랑 안으로 돌아갔다.

"저 사람들이 '820 선셋'에 관심 있다는 손님들이야?"

"맞아, LA에 하루 더 머문다고 건물 좀 보여달래서 나탈리와 한 저녁 약속도 취소했어. 지금 개 화가 머리끝까지

나 있을걸?"

"늘 있는 일이잖아."

휴고가 나를 흘겨봤다.

"오늘은 잔소리 좀 참아줘. 지금 진이 다 빠졌어."

"잘 풀리는 거 같던데?"

나는 휴고의 고객들이 나간 문 쪽을 가리켰다.

"알렉산드라가 쉽게 협조 안 해줄 거야. 상업용 부동산
은 끝물이라고 생각하거든. 저 사람들도 그걸 알아. 그냥
날 갖고 노는 거야."

알렉산드라는 휴고의 사업 파트너로, 나도 몇 번 만난
적 있었다. 해군 장교 출신인데 금융 감각이 남달랐고, 시
간을 어떻게 쪼갰는지 아이를 셋이나 낳아서 키우고 있었
다. 내가 이해한 바로는, 휴고의 일은 세르지오와 어윈 같
은 고액 자산가들에게 부동산이 계속 오를 거라는 믿음을
심어주고 초고가 매물에 투자하게 만드는 것이었다. 이번
투자 대상은 '820 선셋'이라는 건물이었다.

"데이트 어땠어?"

휴고가 물었다.

나는 테킬라를 한 모금 마셨다. 제법 독했지만 나는 술
이 잘 받는 편이다. 제이크와 마가리타 두 잔을 마시고 와
서 살짝 들떠 있기도 했다.

"지금까지와는 좀 달랐어."

내가 말했다.

휴고는 등을 의자에 기댄 채 옆 의자에 팔을 툭 걸쳤다.

"뭐가 달랐는데?"

"이번 쪽지에는 기한이 없었어."

내가 말했다.

휴고는 내 연애에 얽힌 미스터리, 즉 내가 수혜자이자 관련자인 우주의 장난 같은 이 기이한 현상을 알고 있는 유일한 사람이었다.

"그럴 리가."

"진짜야."

입 밖에 내고 나니 심장이 요동쳤다. 사실 나는 이번 쪽지가 의미하는 바를 아직 제대로 헤아려보지 않은 상태였다. 휴고의 반응이 표정으로 드러났다. 처음에는 놀라움, 그다음에는 혼란스러움, 마지막엔 내가 묘사하고 싶지 않은 복잡한 표정으로 바뀌었다.

"와우."

"응, 완전히 와우야. 근데 다행히 괜찮은 사람 같아. 이름은 제이크, 워너브라더스에서 TV 프로그램 만든대."

"아, 그쪽이구나."

휴고는 엔터테인먼트 업계에 종사하는 사람들이 '느려

터졌다'고 생각한다. 휴고가 보기에 '그쪽' 사람들은 오전 11시부터 오후 4시 사이에만 어렵사리 연락이 되는 것처럼 굴면서 본인들이 무슨 세계 평화라도 중재하는 줄 아는 군상들이었다.

"색안경 끼고 보지 마."

내가 집게손가락으로 휴고를 가리키며 말했다.

"그래서 넌 그 쪽지가 무슨 뜻 같아?"

휴고가 물었다. 나는 어깨를 으쓱했다.

"한 가지밖에 없지."

휴고가 고개를 끄덕였다.

"그래도 그런 경우라면 한 '40년'이라고 적혀 있을 줄 알았는데."

나는 테킬라를 한 모금 더 마셨다.

"나 재혼 같은 건 안 하나 봐."

"근데 기한이 없다는 게 진짜 '영원히'라는 뜻일까?"

휴고의 질문에 나는 헛기침을 했다.

"뭐, 관점에 따라 다르겠지. 어쨌든 내 인생 끝날 때까지는 지속되는 거 아닐까?"

"되게 낙관적이네."

휴고가 몸을 앞으로 살짝 기울이더니 잔을 들고 스카치인지 버번인지를 마셨다. 나는 늘 그 두 가지를 구분하지 못했다.

"넌 그 남자 마음에 들어? 네가 꿈꾸던 사람이야?"

휴고의 질문에 곰곰이 생각해봤다. 나는 쪽지 내용과 내 삶 사이에 일정한 패턴이 있다는 사실을 고등학생이 된 지 한참이 지나서야 깨달았다. 세 번째 쪽지를 받고 나서야 쪽지에 적혀 있는 기한이 어떤 의미인지, 내게 어떤 정보를 전하는지가 분명해졌다. 그제야 과거의 일들을 되짚어보게 됐고, 아…… 하다가, 아! 하고 퍼즐이 맞춰졌다. 누군가를 만날 때마다 기한이 따라붙었지만 나는 포기하지 않고 언젠가 영원한 사랑이 찾아올 거라고 믿었다. 나를 보고 따뜻하게 웃어주는 완벽한 남편감을 만날 날을 고대했다. 새하얀 튤 드레스를 입고 레이스 베일을 쓴 내 모습과, 잘생기고 다정하며 우리 부모님의 마음에도 쏙 드는 신랑의 모습을 머릿속으로 그려보곤 했다. 바라는 건 자유니까.

하지만 시간이 지나면서 그 환상도 점점 식상해졌다. 그래서 나는 계속해서 상상을 업데이트했다. 어떤 날은 상상속 연인과 이탈리아로 날아가 카프리섬 절벽을 배경으로 결혼식을 올렸고, 또 어떤 날은 라스베이거스에서 몸에 착 달라붙는 새하얀 미니드레스를 입고 있었다. 상대의 모습도 형체가 없는 이미지에서 점점 구체적인 모습을 갖춰갔다. 음악도 디즈니 애니메이션 주제곡에서 머라이어 캐리, 프랭크 시나트라를 거쳐, 벤 모리슨까지 변화했다. 웬 음악이냐고? 러브스토리에는 배경 음악이 필요한 법이니까.

그리고 지금, 휴고 앞에 앉아 제이크를 떠올려보니 문득 그런 생각이 들었다. 제이크는 지금의 내가 아니라, 한때의 내가 꿈꿨던 이상형에 더 가까운 사람 같았다. 인생을 아직 깊이 알지 못했던 시절, 그래서 모든 게 가능할 거라 믿었던 시절, 서른셋의 여자는 도저히 갖기 힘든 낙관을 가졌던 시절의 내가 원했을 법한 사람이었다.

"좋은 사람 같아."

마침내 내가 입을 열자 휴고가 코웃음을 쳤다.

"좋은 사람? 그게 다야?"

"좋은 사람인 게 얼마나 중요한데."

"네 말이 맞아."

휴고가 잔을 내려놓았다. 그리고 덧붙였다.

"뭐, 아무튼 축하해. 그래서 언제 소개해줄 거야?"

"일단 두 번째 데이트부터 하고."

"그 남자한테 네가 운명의 상대라고 밝히기 전에? 그리고 네 친구가 이 정도 사람이라는 걸 보여주기 전에?"

휴고가 자기 얼굴과 몸을 가리켰다.

"응, 대충 그 순서로."

그때 테이블 위에 놓여 있던 휴고의 휴대폰이 울렸다.

"나탈리네."

"받아."

휴고가 전화를 받았다.

"달링, 잘 있었어?"

휴고의 휴대폰에서 여자 목소리가 희미하게 들려왔다. 정확히 뭐라고 하는지는 들리지 않았지만 말투가 날카로운 걸로 봐선 화가 난 게 분명했다.

"알아, 잠깐만, 들어봐, 자기야."

휴고의 목소리가 한층 부드러워졌다.

"미안, 진심이야. 미안해."

휴고가 내게 등을 돌리고 손으로 입을 가린 채 통화했지만 소용없었다. 휴고가 하는 말은 다 들렸다.

"만회할게. 정말이야. 음……."

휴고가 잠시 멈칫하더니 말을 이었다.

"그럼, 알지, 자기야. 나도. 응, 끊을게."

휴고가 휴대폰을 테이블 위에 도로 내려놓았다.

"잘 넘어갔네."

내가 말했다.

휴고가 고개를 절레절레 젓더니 잔을 단숨에 비웠다.

"모르겠다. 요즘 일도 너무 바쁘고 정신도 없고, 숨 돌릴 틈이 없어."

"그런 생활을 좋아하잖아."

휴고가 나를 정면으로 바라봤다.

"내가?"

"그럼 자산가 둘 앉혀놓고 설득해서 2억 달러짜리 계약 따내는 것보다, 나탈리하고 조용히 집에서 데이트하는 게 더 좋다고?"

휴고가 피식 웃었다.

"좋은 지적이야."

나는 잔을 들었다.

"휴고의 미래를 위하여."

"다프네의 미래를 위하여. 아주 밝아 보여."

나는 제이크를 떠올렸다. 그러자 내 뺨에 닿았던 입술이 생각났다.

"햇빛처럼? 아니면 방사선처럼?"

내 물음에 휴고가 잠깐 고민하더니 입을 열었다.

"너랑 평생 함께한다면, 둘 중 한 가지는 확실하겠지."

05

　우리의 첫 데이트 날, 휴고는 나를 선셋 대로에 있는 타워바로 데려갔다. 세련되고 클래식한 분위기의 호텔 레스토랑으로 늦은 밤에 유명인들이 종종 목격되기도 했고 패션잡지 보그 에디터들의 모임 장소로도 유명한 곳이었다. 내 상사 이리나도 이곳 단골이었다. 타워바에서 10년 넘게 지배인으로 있던 디미트리 디미트로프가 은퇴한 해에는 여러 매체에서 이 소식을 다루기도 했다. 디미트리는 손님의 이름은 물론, 선호하는 좌석과 음료 취향까지 모두 기억하는 걸로 유명했다. 그날 나는 휴고가 이곳 단골이라는 사실을 단번에 알아챌 수 있었다.

　우리는 호텔 수영장 바로 옆에 놓인 야외 테이블에 앉았다. 불빛이 주변을 은은하게 밝혔다. 한쪽에는 밴드도 있었다. 토요일마다 재즈나 프랭크 시나트라, 빙 크로스비의 음악을 연주한다고 했다.

"로맨틱한데요?"

내가 자리에 앉으며 말했다. 저녁 8시가 가까워지면서 어둠이 짙어지자 조명과 함께 이곳의 화려함이 서서히 드러나기 시작했다.

"즐겨 찾는 곳 중 하나예요. 10년째 단골인데, 올 때마다 새로워요. LA가 뉴욕에 못 미친다고 말하는 사람이 있으면 여기로 데려오곤 하죠."

그 말을 듣고 휴고의 나이를 짐작할 수 있었다. 나는 그전까지 주로 또래나 연하만 만났다. 그들은 대부분 아직 미래를 심각하게 고민하지 않았고 머릿속에 확고한 이상형이 없어서 굳이 내가 상대의 기준에 맞추려 애쓸 필요가 없었다. 하지만 휴고는 나보다 최소한 다섯 살은 많아 보였다. 나중에 알고 보니 일곱 살 차이였다. 나는 휴고가 이전에 만나온 여자들과는 꽤 거리가 있었고, 그 점이 나를 불안하게 했다. 좋게 말하면, 긴장하게 만들었다.

"정말 멋진 곳이네요."

수영장 너머 스카이라인을 바라보니 도시 전체가 구름 위에 떠 있는 것 같았다. 야자수와 빌딩, 주택들이 나란히 늘어서 있었다. 이런 풍경을 볼 수 있다는 게 바로 LA의 매력이었다. 이곳에서는 경험의 향연이 수평으로 펼쳐지고 끊임없이 뻗어나가며 탐색을 유도했다. 반면 뉴욕은 위를 항해 자라나는 도시였다. 그곳에서는 기대와 열기가 도미노처럼 층층이 쌓여 하늘을 향해 치솟았다. 모든 게 밀집된 뉴욕과 달리 LA에서는 언제나 새로운 경험을 직접 찾아 나서야 했다.

그래서였을까. 나는 쪽지를 받을 때마다 묘한 체념이 들었다. 앞으로 무슨 일이 일어날지 이미 알고 있었기 때문이다. 가끔은 내가 이 시스템의 덕을 본다고 느끼기도 했다. 이별이 고통스러운 이유는 예측 불가능성 때문이 아닌가? 이별은, 마치 작은 물방울 속에 단둘이 갇힌 것처럼 서로에게 꼭 붙어서 세상을 수채화처럼 바라보던 이들이 어느 날 갑자기 남남이 되는 일이었다. 이별을 겪은 친구들은 사랑이 이렇게 끝날 줄 몰랐다며 울먹이곤 했다. 하지만 나는 항상 끝을 알고 있었다. 수영장에 물이 없는 걸 알고도 머리부터 뛰어드는 사람은 없을 것이다. 나는 쪽지에 적힌 기간에 따라 마음을 얼마나 쓸지 정해두고 관계를 시작했다. 물론 이별이 찾아오면 나도 다른 사람들처럼 실망했고, 가슴이 아프기도 했다. 하지만 놀라지는 않았다. 끝날 줄 몰랐다는 말은 나에겐 해당되지 않는 말이니까.

이날 휴고는 검은색 헨리셔츠에 짙은 청바지를 입고 있었다. 목에는 열쇠 모양 펜던트가 달린 가죽끈 목걸이를 하고 있었다. 후에 알게 된 사실이지만, 그 펜던트는 휴고가 처음으로 매입했던 건물의 열쇠였다. 피코에 자리한 아담한 2층 건물로, 현재는 레스토랑이 들어섰다고 했다.

"가족끼리 운영하는 레스토랑인데, 처음으로 확장해서 낸 2호점이 바로 제 건물에 입점한 거예요."

휴고는 어떻게 이런 행운이 자신에게 찾아왔는지 믿기지 않는다는 듯이 아이처럼 들떠서 이야기했다. 그 목소리에서 일에 대한 자부심이 느껴졌다.

그때 20대 초반쯤으로 보이는 웨이터가 주문을 받으러 왔다.

"캘빈, 잘 지냈어?"

휴고가 먼저 말을 걸었다.

"저야 늘 똑같죠. 잘 지내셨어요?"

"물론이지."

휴고는 내 쪽을 보며 웃었다.

"여기는 다프네야."

캘빈은 가볍게 고개를 숙여 인사했다.

"처음 뵙겠습니다."

"네, 안녕하세요."

"마실 것 좀 드릴까요?"

캘빈이 묻자 휴고가 내게 손짓했다.

"여성분 먼저."

"테킬라 소다요. 라임 있으면 넣어주세요."

"알겠습니다."

휴고가 만족한 듯 고개를 끄덕였다.

"나는 스카치. 뭐든 괜찮아."

캘빈이 자리를 뜨자 휴고가 말을 이어갔다.

"캘빈은 몇 년 전에 큰 사고를 당했어요. 멀홀랜드에서 어떤 미친놈이 들이박는 바람에. 그때 거의 석 달 동안 일을 못 하게 되어서, 우리 집에서 몇 주 지냈어요."

"한 아파트에서요?"

"단독주택이에요."

내가 놀란 기색을 보이자 휴고가 덧붙였다.

"아, 난 어차피 집에 잘 안 있어요."

나는 휴고를 유심히 바라봤다.

"착한 사람 행세도 하네요?"

"나쁜 일 해온 걸 이렇게라도 상쇄해야죠."

그리고 고개를 젓더니 덧붙였다.

"캘빈은 괜찮은 녀석이에요."

그날 저녁, 지금도 또렷이 기억나는 건 휴고가 진심 어린 사람처럼 보였다는 점이다. 놀라웠다. 나까지 이 남자의 술수에 넘어간 건 아닐까 싶어 스스로가 바보처럼 느껴졌다. 혹시 내가 '진짜'와 '연기'도 구분하지 못하는 걸까?

레스토랑에서 휴고에게 든 감정은 연기 학원 주차장에서 만났을 때와는 전혀 달랐다. 어쩌면 나는, 옛날의 다프네에서 조금도 변하지 않았는지도 몰랐다. 근사한 레스토랑과 누군가를 도와줬다는 이야기 하나에 금방 마음이 흔들리는 걸 보면.

"그 꼬맹이는 연기 잘 배우고 있어요?"

휴고가 물었다.

"디온테? 잘하고 있어요. 나한테 자세한 얘기는 안 하지만요. 꼭 필요한 얘기만 하는 정도라서. 그래도 레슨은 좋아하는 것 같아요."

"카산드라도 좋아했죠."

"그 갈색머리 여자는요?"

내가 되묻자 휴고는 미소를 지으며 나를 바라봤다.

"나를 뻔한 남자라고 생각하죠?"

나는 테킬라를 한 모금 삼켰다.

"맞잖아요."

휴고가 몸을 앞으로 기울였다.

"아니라는 걸 증명해도 될까요?"

"뭘 위해서요? 내 포상을 원하는 건 아닐 테고."

내 말에 휴고는 마치 세계 얻어맞은 사람처럼 과장된 제스처로 의자에 기대어 앉았다. 휴고는 잠시 동안 아무 말도 하지 않았다. 나는 그냥 지켜보고 있었다.

마침내 휴고가 입을 열었다.

"원해요. 아니, 원하는 것 같아요."

3개월은 상황을 파악하기에 충분한 시간이다. 나는 과거에 힘든 이별을 두 번 겪었다. 힘들다기보다는 아팠다는 말이 적절하다. 대부분의 이별은 사이좋게 끝나거나, 적어도 원만하게 끝났다. 화가 난 사람이 없으면 굳이 다툴 일도 없기 때문이다. 쪽지에 기한이 적혀 있던 덕분에 나는 이별을 순리처럼 받아들일 수 있었다. 대학교 2학년 때 벤 허치슨이 바람을 피웠을 때도 나는 화내지 않았다. 그럴 때가 됐으니까. 쪽지에 적힌 4개월 반이 다가와 있었다.

"그 두 문장은 완전히 다른 뜻이에요."

내가 말했다.

휴고는 한참 동안 나를 바라보다가 마치 진실을 인정하듯이 말했다.

"맞아요."

나는 스테이크를, 휴고는 연어구이를 주문했다. 우리는 마실 것을 더 시켰고 감자튀김과 볶은 시금치도 주문했다. 휴고는 나이프로 연어와 시금치를 작게 썰어 포크 위에 올리고는 한 입 한 입 천천히 음미하며 먹었다.

"그걸 다 어떻게 먹어요? 들어갈 배가 있어요?"

휴고가 내 접시를 가리키며 물었다.

"신진대사가 활발해요."

세상에는 사람의 체형보다 훨씬 더 흥미로운 대화 주제가 많지 않나. 내 반응을 눈치챘는지 휴고는 잠시 침묵하다가 말했다.

"좀 뜬금없을지 모르지만, 당신이랑 대화하는 게 참 편하고 좋아요."

나는 감자튀김 하나를 집어 케첩에 찍어 먹으며 대답했다.

"영광이에요."

"전혀 그렇게 생각 안 하는 것 같지만, 아무튼 진심이에요."

나는 테이블 아래로 발목 부근에서 꼬고 있던 다리를 풀어 다른 방향으로 다시 포갰다.

"고마워요."

내 마음속에서 작게 경보음이 울렸다.

스물네 살 때 잠깐 샌프란시스코에 산 적이 있다. 한 애플리케이션 개발업체에 인턴으로 채용되어 이사했는데, 입사한 지 6개월 만에 회사가 어려워졌다. 샌프란시스코는 이상한 도시였다. 워싱턴처럼 수직적이고 경직된 문화가 느껴지면서도, 태평양 북서부 도시의 자유로운 사고방식과 울창하고 풍요로운 자연이 공존했다. 그리고 그 모든 특성에도 불구하고 캘리포니아에 속했다.

그곳에서 노아를 만났다. 샌프란시스코에서 기상학 박사 과정을 밟던 남자였다. 첫 데이트 때 나는 직감했다. 이 남자에게 상처를 받을지도 모르겠다고. 이후 받은 쪽지엔 5주라고 적혀 있었다. 그때 이렇게 생각했던 기억이 난다. 너무 길어. 하지만 진심은 이랬다. 너무 짧잖아.

노아는 텍사스 사람 특유의 느릿한 억양에 딱 보기 좋을 정도의 수염이 난 매력적인 남자였다. 눈동자는 선명한 파란색이라서 마주 보고 있으면 마치 미사일 한 쌍을 바라보고 있는 것처럼 강렬했다. 우리는 함께 도시 랜드마크인 금문교에서 일출을 보았고 선선한 9월의 헤이트애슈버리 거리를 거닐었으며 샌프란시스코 최고의 인도 음식점을 찾아가기도 했다. 노아는 도시 곳곳에서 내게 기억할 만한 순간들을 선사해주었다. 마침내 5주가 지났지만 나는 노아와 헤어지고 싶지 않았다. 그런데 노아에게 전화 한 통이 걸려왔다. 아이슬란드에서 장학금이 지원되는 연구직 제안이 들어왔다고. 노아는 금요일에 연락을 받고 바로 그 다음 주 화요일에 떠났다.

예상하지 못한 이별은 아니었다. 그때 나는 이런 경험도 필요하다며 애써 스스로를 다독였다.

식사를 마친 뒤, 휴고가 자리에서 일어나 기타 연주자에게 다가갔다. 나는 휴고가 연주자에게 뭔가 속삭이며 지폐를 건네는 모습을 멀리서 지켜봤다. 다시 돌아온 휴고에게 미심쩍은 눈빛을 보내자 휴고가 어깨를 으쓱했다.

잠시 후, 음악 연주가 시작됐다. 스티비 원더의 〈리본 인 더 스카이〉 첫 구절이 잔잔하게 흘러나왔다.

"오, 별이 당신을 오늘 밤 내 곁으로 인도해주기를 오랫동안 기도했어요."

휴고가 기타 연주자를 바라보다가 내 쪽으로 시선을 돌렸다.

"과해요?"

'그럼요. 심하죠. 요즘 누가 이런 거에 넘어가요?'

나는 눈알을 굴리며 이렇게 말하고 싶었지만, 대신 살며시 고개를 저었다.

"춤추자고 하면 창피하다고 하겠죠?"

휴고가 물었다.

"한번 해봐요."

내 말에 휴고가 의자를 밀치고 일어나 손을 내밀었다. 나는 휴고의 손을 잡았다.

그날 나는 상체는 타이트하고 치맛자락은 발목까지 부드럽게 흘러내리는 검은색 원피스를 입고 있었다. 휴고가 내 등에 손을 얹었다.

주변 테이블에서 우리를 바라보는 시선이 느껴졌다. 전에 느껴본 적 없는 기대감이 밀려들었다. 예상치 못한 설렘이 가슴 깊은 곳에서 피어올랐다.

"향이 좋네요."

휴고가 말했다.

나도 휴고의 향이 마음에 들었다. 주차장에서 맡았던 향수 냄새와는 다른 느낌이었다. 휴고의 목과 어깨 사이에 코를 묻고 싶을 정도였다. 휴고의 손가락이 내 등을 따라 천천히 미끄러져 내려갔다.

"어때요? 턴도 한번 해볼래요?"

휴고가 속삭였다. 나는 몸을 살짝 떼고 휴고를 바라봤다. 휴고는 환하게 웃고 있었다.

"안 될 게 뭐 있어요."

내가 답하자 휴고가 내 팔을 들어 올리더니 나를 한 바퀴 부드럽게 돌렸다.

06

로렐 하드웨어에서 나온 뒤, 나는 휴고를 집까지 데려다줬다. 휴고의 집은 침실이 세 개인 스페인풍 단독주택으로, 웨스트 할리우드와 베벌리힐스 사이, 장미가 줄지어핀 애슈크로프트 거리에 있었다. 운전대를 잡았을 땐 마지막으로 뭔가를 입에 댄 지 한 시간이 훌쩍 지난 뒤였다. 덕분에 정신은 또렷하게 맑았고, 오늘 밤의 일들이 마치 휴고와 함께 앉아 있는 또 하나의 동승자처럼 생생하게 느껴졌다.

휴고의 집은 우리 집에서 차로 겨우 8분 거리지만, 마치 전혀 다른 세계에 있는 집처럼 느껴졌다. 세월의 흔적이 은은하게 깃든, 고전적이면서도 아름답게 잘 관리된 주택이었다. 외벽 한쪽은 연두색 이끼로 덮여 있었고 다른 한쪽은 담쟁이덩굴이 휘감고 있어서 식물의 푸르름이 커다란 유리창의 현대적인 느낌을 부드럽게 완화시켰다.

"들어가서 한잔할래?"

휴고가 물었다.

갑자기 피로가 몰려왔다.

"내일 출근해야 돼. 머피도 기다리고 있고."

담쟁이덩굴로 덮인 아치형 입구 아래 휴고의 차가 주차되어 있었다. 그 옆에 세워진 오토바이 핸들에는 헬멧이 걸려 있었다. 완벽해 보이는 공간에서 유일하게 생활의 흔적이 느껴지는 물건이었다.

뭐라고 콕 집어 말하긴 어렵지만, 휴고의 집에는 어딘가 이상한 구석이 있다. 외관뿐 아니라 내부도 흠잡을 데 없이 아름답다. 이 집에 처음 왔을 때 나는 예상했던 것보다 훨씬 개성 넘치는 인테리어를 보고 놀랐던 기억이 난다. 유리와 크롬 위주의 차가운 인테리어일 거라고 예상했는데, 커다란 벨벳 의자들이 놓여 있고 가구들은 질감이 살아 있는 고풍스러운 원단으로 덮여 있었다. 주방 벽은 파란 페인트로 칠해져 있었다. 그런데 전체적으로 따뜻하고 아늑해 보이면서도 왠지 모를 공허함이 느껴졌다. 주방 서랍을 열면 텅 비어 있을 것만 같은 느낌이 들었다. 한번은 휴고가 샤워하는 동안 책장을 구경하다가 로버트 맥팔레인의《언더랜드》를 발견하고 꺼내 본 적이 있다. 장식용 소품일 거라고 생각했는데 펼쳐보니 진짜 책이었다. 심지어 파란 펜으로 여기저기 밑줄이 그어져 있었고 곳곳에 휴고가 직접 남긴 메모들도 보였다.

"집에 있는 거 전부 내가 고른 건 아니야."

언젠가 휴고가 그렇게 말한 적이 있지만, 시간이 갈수록 그 말은 설득력을 잃어갔다. 그리고 이제 나는 알고 있다. 이 집에 있는 건 모두 휴고의 손길이 닿은 것들이라는 걸. 휴고는 아름다움을 사랑한다. 한번은 휴고가 윌셔에 있는 삭스 피프스 애비뉴에서 정장을 고를 때 따라갔는데 이탈리아 브랜드 브리오니에 휴고 전담 퍼스널 쇼퍼가 있었다. 프라다에서는 전속 재단사가 휴고에게 직접 연락해 신상품과 최신 트렌드를 알려주곤 했다. 휴고는 자신과 자신을 둘러싼 모든 것들이 언제나 멋져 보이기를 바랐다.

휴고가 운전석 쪽으로 몸을 기울여 가볍게 나를 안았다.

"잘 가. 축하해, 다프."

"고마워. 내일 또 얘기하자."

나는 휴고가 차에서 내려 현관 계단을 오르는 모습을 지켜봤다. 문 앞에 다가서자 현관 위 조명이 자동으로 켜져 황동 장식이 달린 나무문과 흰 스투코 외벽이 부드럽게 빛났다.

나는 손을 가볍게 흔들고 차를 뒤로 뺀 뒤 천천히 집으로 향했다.

집까지는 7분밖에 걸리지 않았지만 문을 열고 들어가 시계를 보니 어느새 자정이 넘어 12시 12분을 가리키고 있었다. 머피는 나를 봤지만 굳이 일어나지 않았다. 다만 몸을 약간 뒤척이며 '지금 너 때문에 깼다'는 사실을 주지시켰다. 아까 산책을 했으니 아침까지 얌전히 있을 것이다.

나는 스물여섯 번째 생일에 버지니아주 페어팩스의 유기견 보호소 바크앤비치스에서 머피를 입양했다. 지금은 아쉽게도 문을 닫은 곳이다. 머피는 테리어 믹스지만 다른 종이 섞여 있어서 일반 테리어보다 몸집이 크고 털도 훨씬 부드럽다.

머피는 특이하게도 개다운 행동을 거의 하지 않는다. 놀이나 장난감에도 관심이 없다. 내 생각에, 1940년대에 살던 어느 은행원의 영혼이 나쁜 마녀의 저주를 받아 머피의 몸에 갇혀버린 게 분명하다. 다른 개들처럼 이리저리 냄새를 맡으면서 돌아다니지도 않을뿐더러 공놀이를 하자고 하면 진심으로 질색했다. 마치 이렇게 말하는 것 같았다.

'공을 물어 오라고? 입으로? 문명인끼리 왜 이래?'

"잘 있었어?"

나는 머피에게 다가가 귀를 긁어줬다. 머피는 조용히 고개를 끄덕이더니 다시 눈을 감고 곧장 잠들었다. 나는 그 옆에서 힐을 벗고 차가운 원목 마루에 앉아 다리를 쭉 폈다. LA의 건물은 단열이 안 돼서 밤이면 한기가 돌았다. 겨울에는 몸이 으슬으슬 떨릴 정도였다. 카펫을 깔아야겠다는 생각이 들었다. 난방기도 들여놓을까?

이 집은 선셋 대로에서 두 블록 떨어진 노스가드너 거리에 있다. 중앙에 공동 정원이 있는 타운하우스 형태의 아파트인데, 총 다섯 세대가 각각 독립된 출입구를 갖고 있다. 그리고 운 좋게도 우리 집 출입구는 도로 쪽으로 나 있다.

아파트는 꽤 넓다. 사실 내가 내는 월세를 생각하면 말도 안 되게 크다. 집주인 마이크가 4년째 월세를 올리지 않았기 때문이다. 이 동네에선 거의 있을 수 없는 일이다. 거실은 탁 트여 있고 주방 공간도 여유롭다. 굳이 단점을 찾자면 싱크대 대리석 상판이 조금 낡았고 수납장 필름이 조금씩 벗겨지는 중이라는 정도? 심지어 워크인 옷장이 딸린 침실도 있다.

처음 이 집으로 이사 왔을 때, 나는 복도와 거실 벽을 세이지그린 색으로 칠했다. 인테리어는 딱히 계획 없이 이것저것 사 모으면서 완성됐다. 프린트 패브릭, 뉴트럴 색감, 원목, 리넨 소재가 뒤섞여 있다. 로즈볼 벼룩시장에서 건진 빈티지풍 오렌지색 베이클라이트 조명에, 커튼은 포터리반이다. 전체적으로 물건이 과하게 많다는 게 문제다.

나는 소파 위에 털썩 앉았다. 잘 준비를 해야 할 시간이라는 걸 머리로는 알고 있다. 서둘러 양치질을 하고 잠옷으로 갈아입은 다음 멈추지 말고 그대로 침대까지 직행해야 한다. 하지만 욕실까지 가는 길조차 멀게만 느껴졌다. 나는 얼어붙은 발을 소파 위로 올려 끌어안고 잔뜩 웅크렸다.

앞에 놓인 커피 테이블에는 《사랑으로 읽는 셰익스피어 For the Love of Shakespeare》가 놓여 있다. 예전에 이리나가 우리끼리 나눴던 농담을 기억하고 선물한 책이다. 그 농담이 정확히 뭐였는지는 이제 기억나지 않지만, 나는 이 책을 정말로 좋아한다.

그녀의 열정은 순수한 사랑 중에서도 정수로 이루어졌다.

솔직히 말하면, 나는 사랑을 원했다. 어쩌면 평생을 찾아 헤맸는지도 모른다. 진짜 사랑, 함께 나이 들고 싶다는 마음이 들고, 오직 한 사람과 보낼 긴 시간이 두렵지 않고 오히려 설레는 그런 사랑.

언젠가 더 이상 쪽지가 날아오지 않는 날이 올 거라는 예상은 했다. 하지만 아이러니하게도 그날을 딱히 기다리지는 않았다. 마음 한구석에서는 계속해서 탐색하기를 원했다. 깊이 빠지지 않으면 상처받고 무너질 일도 없으니까. 깊은 우물에서 빠져나오는 건 어렵지만 얕은 웅덩이에서 빠져나오기는 쉽다.

이 생각이 새로운 통찰이라고 할 만큼 대단한 생각은 아닐 것이다. 우리는 인터넷 덕분에 수천 명의 낯선 사람들 중에서 인연을 골라 만날 수 있는 로맨스의 시대에 살고 있다. 하지만 선택을 하고 나서 후회하는 '구매자의 변심'에서 자유로운 사람은 거의 없을 것이다.

그렇다 해도……

갑자기 갈증이 나서 소파에서 일어나 싱크대에서 탁한 수돗물을 한 잔 따랐다. 다들 LA에서는 정수기를 써야 한다고 말하지만, 나는 브리타 정수기를 사서 일주일 정도 사용하고 필터를 더 갈지 않았다. 뭐가 정말 걸러지는지도 모르겠고, 내 눈으로 확인할 수 있는 건 물통에 검은 가루들이 생긴다는 점 정도였다. 이건 오히려 더 나빠진 게 아닌가?

나는 내게 없는 것을 그리워했다. 한 번도 가져본 적도 없는 것을 원하다니, 이상한 일이다. 하지만 사랑이 그렇지 않을까? 눈으로 보거나, 만지거나, 설명할 수 없어도 우리는 사랑을 믿는다. 마치 심장의 존재처럼 의심의 여지 없이 사랑이 있다고 받아들인다.

나는 뒷문 쪽으로 걸어가 공동 정원을 내려다봤다. 인적 하나 없이 고요했다. 어두운 하늘에는 구름이 드리워져 있었다.

문득 지금의 상태를 훗날의 내가 그리워하게 될까 궁금해졌다. 아직 가능성이 닫히지 않은 상태. 나는 늘 다음 순간 어떤 일이든 일어날 수 있다는 믿음을 마음 한구석에 품고 살아왔다. 공항에서 누군가와 부딪히거나 약국에서 줄을 서 있다가 인연을 만날지도 모르니까. 바 테이블에서 세 칸 떨어져 앉아 있는 남자와 오늘 밤 함께 나서게 될지 누가 알겠는가. 쪽지 한 장 한 장에 이런 근사한 모험이 숨어 있었다.

싱글로 산다는 건 복권을 사는 것과 같다. 대부분의 경우 희망을 안고 편의점에 갔다가 과자 한 봉지와 맥주 여섯 캔 묶음만 들고 돌아오지만, 늘 가능성은 열려 있다. 단 한 장의 종이가 모든 걸 바꿔놓을 수도 있으니까.

07

마틴, 3일

나는 지하철 계단을 헐레벌떡 뛰어 내려갔다. 내가 배정받은 숙소에서 파리 1구의 세트장까지는 꼬박 30분은 걸렸다. 이미 지각은 확정이었다. 3주 전부터 나는 파리의 영화 촬영 현장에서 제작자인 이리나의 보조로 일하고 있었다. 출국 열흘 전에 켄드라에게 갑자기 업무를 넘겨받고 LA에서 프랑스로 날아와 정신없이 현장에 적응하던 참이었다.

"내일부터 외국에서 한 달 동안 근무하라는 제안을 받으면 뭐라고 답하겠어요?"

면접 자리에서 이리나가 물었다.

나는 단정하게 손질된 이리나의 검은색 머리칼과 완벽하게 각이 잡힌 바지, 풀을 먹인 흰색 셔츠, 바짝 세운 옷깃을 바라봤다. 이렇게 자기 관리를 치밀하게 하는 사람이 즉흥적일 수 있다면 나라고 못 할 이유도 없을 것 같았다.

"완벽한 제안이라고 답하겠습니다."

나는 망설임 없이 대답했다. 머피를 두고 가는 게 마음에 걸렸지만, 다행히 머피가 부모님을 잘 따르니 부탁드리기로 했다.

그렇게 해서 나의 첫 파리 생활이 시작됐다.

"아가씨, 잠깐만요!"

정신없이 달려가는데 뒤에서 누군가가 외쳤다. 돌아보니 우아한 단발머리를 한 50대 여인이 나를 부르고 있었다. 역시 프랑스 여성들은 제대로 꾸미는 법을 알았다.

"이거 떨어졌어요."

여인이 가리키는 바닥에 편지 봉투 하나가 떨어져 있었다. 봉투를 주워 열어보니 그 안에 쪽지가 있었다.

마틴, 3일

평소 같았으면 들뜰 만한 내용이었다. 외국에서, 그것도 파리에서 3일간의 데이트라니. 하지만 지금은 마틴이 누군지도 모르겠고 일단 출근이 더 급했다.

나는 쪽지를 움켜쥔 채 전속력으로 달려 문이 닫히기 직전에 지하철 차량 안으로 몸을 던졌다. 이번 영화는 예산이 빠듯했다. 사실 영화판에서 예산이 넉넉하다는 말 같은 건 들어본 적이 없었다. 심지어 제작비가 2억 달러라 해도 사정은 마찬가지였다. 덕분에 나는 주연배우나 제작진이 머무는 숙소와 멀리 떨어진 파리 16구 외곽의 숙소를 배정 받았지만 개의치 않았다. 파리에 처음 왔다는 사실 자체에 들떠 있었고, 나는 원래 길을 잘 찾으니까. 어릴 적부터 지도 보는 게 좋았다. 나는 열 살 무렵부터 나고 자란 팰리세이즈를 벗어나 세상을 탐험해보고 싶다는 갈망을 키우기 시작했다. 아빠는 가끔 말리부의 포인트 듐 해변이나 새로 생긴 아이스크림 가게에 나를 데려가곤 했는데 그럴 때마다 마치 재미있는 모험이라도 떠나는 듯한 분위기를 만들어주셨다. 아빠가 운전하는 동안 나는 무릎 위에 지도를 펼치고 로스앤젤레스 전체를 탐험했다.

나는 튈르리 역에서 내려 길을 건넜다. 오늘 촬영지는 리츠 파리 호텔 앞, 방돔 광장이다. 세련된 회색 대리석 건물들이 늘어서 있고 우아하게 차려입은 프랑스인들이 지나다니는 거리. 사방에서 프랑스어가 속삭임처럼 들려왔다. 꿈을 꾸고 있는 것 같았다. 전 세계에서 가장 아름다운 영화 세트장 같은 도시에서, 실제 영화 세트장으로 가는 중이라니.

촬영 중인 영화는 오드리 헵번 주연의 1964년 영화 〈파리의 뜨거운 나날〉*의 리메이크작이었다. 제작사에서는

---

* 한국판 제목은 〈뜨거운 포옹〉.

실제 배우 대신 오드리 헵번의 홀로그램을 활용하겠다는 계획을 세웠으나, 이리나가 끝까지 살아 있는 배우를 써야 한다고 주장했다.

"영화 홍보할 때는 어쩔 건데요? 기자들이 질문 세례 퍼붓는 동안 홀로그램 띄워놓고 뒷짐 지고 있으려고요?"

하지만 너무나 당연하게도 신인 배우가 오드리 헵번의 존재감을 넘어서기란 결코 쉬운 일이 아니다. 누가 내게 의견을 묻는다면, 물론 아무도 묻지 않았지만, 나는 마치 프랑스인처럼 도도한 말투로 이렇게 말했을 것이다.

"당연한 거 아니에요?"

나는 리볼리 거리를 달려 스타벅스 매장으로 뛰어 들어갔다. 촬영장에서는 배우부터 스태프까지 모두가 커피를 원했고, 특히 스타벅스를 고집했다. 파리는 미국인을 경멸하지만 미국 브랜드는 사랑하는 도시인 듯했다. 파리지앵들은 겉으로는 아닌 척하면서도 우유를 오트밀크로 변경하고 시나몬을 추가하고 설탕 대신 스테비아를 선택할 수 있는 스타벅스의 다양한 선택지에 흡족해하는 눈치였다.

줄을 서서 기다리다 내 차례가 오자 나는 종이를 꺼내 점원에게 건넸다. 프랑스인 스태프 중 한 명이 주문할 음료 목록을 전날 미리 프랑스어로 적어준 것이었다. 이 방법을 사용하기 전까지는 커피 주문하는 데만 30분씩 걸리곤 했다.

커피를 기다리는 사이 휴대폰을 확인하니 이리나에게서 문자 두 통, 감독의 비서인 마거릿에게서 한 통이 와 있었다. 이리나는 어디냐고 독촉했고 마거릿은 트리플 에스프레소를 추가해달라고 부탁했다. 나는 바리스타를 불러 음료 하나를 더 주문했다.

세트장에 도착하니 화가 머리끝까지 난 이리나가 제일 먼저 보였다. 이리나는 마음이 편할 땐 의자에 앉아 있고, 뭔가를 집어던지고 싶을 땐 서 있는 편이었다. 오늘은 초조하게 왔다 갔다 하고 있었다.

"왔네?"

이리나가 말하며 손가락을 까딱했다. 나는 음료 캐리어에서 오트밀크 미스토를 꺼내 이리나에게 건넸다. 마거릿이 나머지 캐리어를 들고 가서 각 음료의 주인을 찾아주기 시작했다. 마거릿은 창백한 얼굴에 열여덟도 안 되어 보이는 앳된 인상이지만 사실 서른한 살의 프랑스인이었다.

"지금 몇 시지?"

이리나가 물었다.

나는 폰을 꺼내 확인했다.

"8시 35분이요."

"촬영이 몇 시부터였지?"

그 말에 나는 이리나를 바라봤다. 당연히 몰라서 묻는
게 아니었다.

"죄송해요. 앞으로는 좀 일찍 들어가야겠어요."

이리나는 날 잠시 바라보다가, 분노에서 동정으로 표정
을 바꿨다.

"그래, 가서 물 한잔 마시고 와. 그렇게 시뻘건 얼굴로
있을 거 아니면."

나는 내 커피를 이리나 뒤에 놓인 빈 의자에 내려놓고
크래프트 서비스 테이블로 향했다. 일명 '크래프티'라고도
하는데 긴 테이블 몇 개에 간식을 차려놓은 공간이다. 야
외 촬영을 하는 날이면 그 위로 천막처럼 생긴 작은 덮개
도 함께 쳐둔다. 크래프티는 '빌리지'에서 약 15미터 정도
떨어져 있었다. 빌리지는 감독과 핵심 스태프들이 모니터
앞에 앉아 촬영을 지휘하는 곳인데, 이리나도 그곳에 있었
다. 내 자리는 늘 이리나의 뒤쪽이었다.

미국 촬영장의 크래프티는 보통 그래놀라 바, 과일 플래
터, 감자칩, 팝콘 같은 전형적인 간식들로 채워진다. 예산
이 넉넉한 촬영장에서는 샐러드나 샌드위치 같은 식사가
나오기도 하지만 크게 특별하진 않았다. 하지만 프랑스는
달랐다. 첫날 점심으로 포치드 연어, 잎채소와 허브 샐러
드, 바게트, 여덟 종류의 치즈 스프레드가 준비됐고 디저

트로는 크렘 브륄레가 나왔다.

프랑스 제작사에서 만드는 진짜 프랑스 영화 현장이었다면 당연히 와인까지 구비되어 있었겠지만, 미국 제작사의 크래프티에서 술은 금지 품목이었다.

나는 쿨러 위에서 실온 생수 한 병을 발견하고 황급히 뚜껑을 열어 목을 축였다. 물을 마시고 고개를 돌리자, 커피 머신 앞에 윌리엄 홀든 역을 맡은 배우 자크가 서 있었다. 자크가 가볍게 고개를 끄덕이길래 나도 화답했다. 프랑스 출신인 자크는 1년 반 전에 마블 영화에 출연한 뒤, 좀 더 품격 있는 역할을 맡고 싶어서 기회를 기다리다가 이 작품을 만났다고 들었다.

촬영장에는 자크의 대역 배우도 함께 있었다. 새로운 장면을 찍기 전에 카메라 동선을 확인하거나 조명을 조정해야 할 때면 대역 배우가 자크를 대신했다. 그 시간 동안 자크는 의상을 갈아입거나, 헤어를 손질하고 메이크업을 받거나, 혹은 자신의 트레일러에서 브라질 출신인 남편 루카스와 큰 소리로 말다툼을 했다.

자크의 대역 배우는 옆모습과 뒷모습만 보면 자크와 꽤 닮았지만 정면에서 보면 인상이 조금 달랐다. 이목구비는 자크보다 더 또렷했지만 다듬어지지 않은 느낌이었고, 수염도 훨씬 짙었다. 이제 짐작했겠지만, 그 대역 배우의 이름이 바로 마틴이었다.

마틴이 누군지 알아낸 나는 일단 가만히 지켜보기로 했다. 지금까지는 쪽지를 받는 즉시, 마치 출동 명령을 받은 요원이 임무를 수행하듯 적극적으로 움직였지만 이번에는 그러지 않았다. 내가 아무것도 하지 않으면, 혹은 비협조적으로 굴면 어떻게 되는지 알고 싶었다. 마틴에게 특별히 이성적 끌림은 느껴지지 않았다. 그는 말수도 적었는데 생각해보니 대역 배우라 애초에 대사가 없어서 그런 것도 같았다.

그날 하루는 별다른 일 없이 지나갔다. 다만 안뜰에서 촬영한 장면은 눈을 뗄 수 없을 정도로 아름다웠다. 나는 파리를 바라보며 이렇게 정돈된 도시가 이토록 아름다울 수 있다는 사실에 새삼 놀랐다. 까다로운 건축 규제로 도시의 경관은 오랜 시간 변하지 않았고, 그 덕에 도시는 전체적으로 안정적이고 조화로운 인상을 풍겼다. 회색과 베이지빛 석조 건물이 어우러진 풍경에서 절제된 우아함이 드러났다.

이날 주연배우 릴리는 회색빛 파리 건물과 선명하게 대비되는 자홍색 투피스를 입고 있었다. 허리가 잘록하게 들어간 투피스에 같은 색 모자를 매치한 건, 원작 〈파리의 뜨거운 나날〉에서 오드리 헵번이 입었던 라임색 수트에 바치는 오마주였다. 리메이크 작품은 원제에서 '파리의'를 덜어내고 〈뜨거운 나날〉이라는 제목으로 공개될 예정이었다.

릴리는 그야말로 눈부셨다. 자크는 슬림한 프라다 수트를 입고 가슴 포켓에는 릴리의 옷과 똑같은 자홍색 포켓스퀘어를 꽂고 있었다. 두 사람이 안뜰을 가로질러 걸어오는 모습은 마치 새하얀 캔버스 위에 붉은 물감을 과감하게 휘갈기는 장면처럼 강렬했다. 입에서 나도 모르게 '예술이네'라는 말이 흘러나왔다. 예술을 이렇게 생생하게 체험한 건 처음이었다.

촬영이 끝나갈 무렵엔 이미 해가 지고 있었다. 저녁 9시가 넘은 시각이었다. 프랑스의 여름은 해가 무척 길어서 밤 10시가 다 되어야 짙은 어둠이 찾아왔다. 해가 질 무렵의 파리는 연노랑, 분홍, 연보라, 푸른색 순으로 빛깔을 바꾸어가며 도시 전체를 파스텔 색감으로 물들였다. 프랑스 영화 현장에서 조명팀은 거저 일한다는 말이 돌았다.

촬영이 끝나고 철수 작업이 한창일 때 낑낑대며 박스를 옮기는 마거릿이 눈에 들어왔다. 나는 이리나 옆에 다가가서 마거릿을 가리켰다.

"혹시 더 시킬 일 있으세요? 가서 도와줘야 할 것 같아서요."

이리나는 마거릿을 힐끔 보더니 내 얼굴을 유심히 바라

보며 입을 열었다.

"힘쓰는 일은 안 했으면 좋겠는데? 그러다 다쳐서 내일 못 나오면 곤란해."

다시 돌아보니 마틴이 마거릿을 도와서 짐을 함께 나르고 있었다.

"봤지? 힘쓰는 것도 잘하는 사람이 따로 있어."

이리나가 말했다. 나는 다음 날 스케줄을 이리나와 간단히 맞춰본 뒤, 백팩을 어깨에 둘러메고 지하철역으로 향할 채비를 했다. 밤공기가 포근해서 걷는 건 나쁘지 않았지만, 세 번이나 환승해야 한다고 생각하자 갈 길이 막막하게 느껴졌다.

그때 베스파 한 대가 내 옆에 멈춰 섰다.

"데려다줄까요?"

마틴이었다. 지금껏 프랑스인일 거라고 생각했는데 말투를 들어보니 미국인이었다.

나는 등에 멘 가방의 무게와 지하철 계단 수를 잠깐 계산해봤다. 그리고 고개를 끄덕였다.

"고마워요."

나는 뒷자리에 올라탔다.

08

마틴의 제안으로 숙소 근처의 카페에 들렀다. 우리는 생맥주와 크레이프, 감자튀김을 시켰다.

마틴은 소르본대학교에서 연기를 전공했고 지금은 취업 비자로 파리에 머무르고 있다고 했다. 나이는 스물다섯 살로 나보다 네 살 아래. 마틴이 말하는 걸 듣고 있으니 마치 미국의 어느 시골 마을에서 벌목을 하다가 파리 한복판에 뚝 떨어진 청년과 대화하는 것처럼 친숙하고 정겨운 느낌이 들었다.

"앞으로 뭐 하고 싶어요?"

맥주 몇 잔을 비운 뒤 마틴이 물었다.

"이리나 밑에서 일한 지 얼마 안 됐어요. 한동안은 이 일을 하겠죠."

사실 내 커리어는 바람에 흩날리는 깃털 같았다. 야망이 없는 건 아니었다. 늘 최선을 다했고, 믿을 수 있는 사람이 되려고 노력했다. 해결책도 잘 찾는 편이었고, 야근이나 허드렛일도 마다하지 않았다. 다만 바쁘게 살고 싶은데 무엇을 하면서 바빠야 할지를 아직 정하지 못했을 뿐. 꾸준히 한 방향으로 올라가기보다는 자꾸 샛길로 샜다. 세개의 업계에서 비서로 일했고, 할리우드에서는 서로 다른 두 종류의 일을 했다. 어느 순간부터 마음 한편에 이런 생각이 자라났다. 지금쯤 노선을 확실히 정하고 계급의 사다리를 타고 있어야 하지 않을까? 아직 뚜렷한 목표가 없더라도 적어도 방향은 정해두었어야 하지 않을까? 그럼에도 나는 지금 내 일이 좋았다. 아직 경험하지 못한 일이 더 많았지만, 내가 알고 있는 범위 안에서는 충분히 만족스러웠다. 항상 부지런히 움직이고, 빠르게 판단하고, 정신을 바짝 차리고 있어야 한다는 점이 특히 마음에 들었다.

"방송국에서 어시스턴트로 일했던 적이 있어요. 상사는 괜찮았는데 방송국 조직 문화가 나랑 안 맞았어요. 특히 사내 정치질 같은 건 정말 질색이에요."

내가 말하자 마틴이 물었다.

"촬영장 정치질도 만만치 않잖아요? 모니터 앞자리에도 서열이 있고, 커피도 아무나 못 시키고."

"음, 커피 심부름하는 사람으로서 그건 좀 마음에 드네요."

내 말에 마틴이 맥주를 한 모금 들이켰다. 우리는 잠시 말을 멈추고 밤공기를 즐겼다.

"나는 일이 바쁘게 돌아가는 현장에 있는 게 좋아요. 내 역할이 크든 작든 상관없어요. 시시한 역할이면 어때요? 덕분에 지금 이렇게 파리에 있잖아요."

나는 주변을 가리켰다. 활기찬 카페, 웃고 있는 연인들, 담배 연기, 체크무늬 테이블보. 이국적이면서도 익숙한 도시의 향기와 리듬이 우리를 감싸고 있었다.

"멋진 대답이에요."

마틴이 맥주를 또 한 모금 들이켰다.

"파리 온 지는 오래됐어요?"

"6년쯤? 대학교 졸업하고 나서는 세 달에 한 번씩 미국에 갔다 와야 했는데, 이제 그럴 필요가 없어서 좀 편해졌죠."

"어떻게요? 결혼이라도 한 거예요?"

마틴이 씩 웃었다.

"맞아요. 피오라라는 친구랑 했어요. 아, 같이 살진 않아요. 사귀는 건 더더욱 아니고. 걔는 여자친구가 따로 있거든요. 다행히 프랑스 정부는 그런 거에 별로 신경 안 쓰더라고요."

"프랑스가 그렇다고 듣긴 했어요."

"혹시 내 말 듣고 충격받은 건 아니죠?"

마틴의 질문을 듣고서야 지금까지 마틴과의 사이에서 어떤 설렘도 느끼지 못했다는 걸 깨달았다. 쪽지에 '마틴'이라고 적혀 있었으니 당연히 그런 기류가 있을 거라고 짐작했지만, 지금 분위기는 직장 동료끼리 퇴근 후에 술 한잔하는 느낌에 가까웠다.

"충격을 왜 받아요?"

내가 대답하자 마틴이 말없이 고개를 끄덕였다.

"전에 파리 와본 적 있어요?"

"유럽은 아예 처음이에요."

마틴이 피식 웃었다.

"잠을 얼마나 중요하게 생각해요?"

"며칠 안 자도 안 죽는다?"

"완벽해요."

마틴이 말했다.

그 주말, 마틴은 나를 데리고 파리 구석구석을 돌아다녔다. 에펠탑에 오르고, 노트르담 대성당의 아름다움을 감상하고, 몽파르나스 카페에서 식사를 하면서 1920년대 예술가들이 왜 그토록 이 도시를 사랑했는지 조금은 알 것 같았다. 고딕 양식의 생드니 대성당도 둘러본 후, 센강을 따라 걷던 중 내 운동화 밑창 한쪽이 덜렁거리다 결국 떨어져나갔다.

"업혀요."

마틴이 나를 들쳐 업었지만 1분도 못 가 멈춰 섰고, 결국 택시를 잡았다. 우리는 너덜너덜한 신발을 보며 웃음을 터트렸다.

마틴과의 잠자리는 눈이 번쩍 뜨일 정도는 아니었지만, 그럴 필요도 없었다. 나쁘지 않았고, 그 점만으로도 충분히 만족했다. 다름 아닌 파리에서 누군가와 몸을 맞대고 사랑을 나눈다는 사실 자체가 행복했다.

다른 사람과 사랑을 나눌 때 나는 종종 내 몸과 영혼이 분리되는 느낌을 받곤 했다. 내가 다른 사람이 된 것 같을 때도 있었고, 옷을 벗는 순간 내 영혼이 몸에서 빠져나와 멀리서 나를 지켜보는 듯한 기분도 들었다. 행위 그 자체보다는, 지금 내가 사랑을 나누고 있다는 사실이 더 크게 다가왔다. 그리고 이 장면을 나중에 어떤 이야기로 기억하게 될지를 더 의식하는 편이었다. 마틴의 품에서도 나는 마음속으로 이야기를 써 내려갔다. 파리에서 사랑을 나누다니!

이후 우리는 마틴의 집 발코니에서 담배를 나눠 피웠다. 집이 17구 끝자락에 위치해 발코니에서 멀리 몽마르트르가 보였다. 나는 파란 바탕에 하얀 글씨로 '다저스'라고 적힌 마틴의 티셔츠를 입고 있었다.

"미국이 그립진 않아?"

내 질문에 마틴은 대답 대신 담배를 깊이 들이마셨다. 마틴은 흰색 헤인즈 티셔츠에 추리닝 바지를 입고 있었다. 헤인즈와 LA 다저스라니. 나는 마틴이 지난 6년 동안 프랑스에서 옷을 산 적이 있는지 궁금했다. 아니면 과거의 자신이 남긴 유산으로 이곳의 옷장을 채운 걸까.

"가끔 그립긴 하지. 일요일에 다이너에 가서 먹던 핫케이크가 떠오르거나 미식축구를 보러 가고 싶을 때? 미국의 효율성이 그리울 때도 있고. 양방향으로 열리는 문 같은 거 말이야."

나는 말없이 마틴을 바라보았다.

"여기는 문 두 짝 중 하나는 안으로 열리고 하나는 밖으로 열리게 해놨어. 웃기지 않아? 프랑스 사람들은 이게 편한가?"

마틴이 손으로 문을 여닫는 시늉을 하며 말했다.

"그게 다야?"

내가 묻자 마틴은 연기를 내뿜었다. 담배 냄새가 코끝을 스쳤다. 처음 맡아보는 새롭고 짙은 향이었다.

"아니, 그리운 건 많지. 그래도 뭐, 시간이 지난다고 사라지는 것들은 아니니까. 나중에 돌아가도 미국의 문은 여전히 이쪽저쪽으로 열리겠지."

마틴이 웃었다. 나는 말없이 고개를 끄덕였다.

"언젠가 다시 미국으로 돌아가게 되면, 너 같은 사람을 만났으면 좋겠어. 다프네, 너랑 있으면 그냥 모든 게 좋게 느껴져. 정말로."

마틴이 다가와 두 손으로 내 허리를 감쌌다. 나는 마틴에게 부드럽게 입을 맞췄고 마틴은 고개를 숙여 내 어깨에 기댔다. 나는 마틴의 어깨 너머로 원룸을 바라보았다. 헝클어진 침대 시트, 테이크아웃 용기 안의 먹다 만 빨간색과 초록색의 인도 커리, 망고 처트니 소스, 오르세 미술관 팸플릿. 고작 3일이었지만 그사이에 남은 추억은 생각보다 많았다.

"보고 싶을 거야."

내가 말했다. 진심이었다. 마틴의 향수병이 느껴졌다. 아니, 어쩌면 내 향수병이었는지도 모른다. 마치 심장 박동처럼 우리 사이를 조용히 울리는 감정이었다. 시간이 지나면 이 순간조차 그리워질 것 같았다. 길을 잃은 듯 헤매던 20대의 한가운데에서, 파리에서 느꼈던 이 감정까지도.

09

제이크와 첫 데이트를 한 바로 다음 날, 전화가 걸려왔다. 머피는 커피 테이블 옆에 앉아 음소거된 TV를 바라보고 있었다. 마치 눈빛으로 채널을 바꾸려고 애쓰는 듯한 표정으로. 화면에서는 출연자들에게 원하는 집을 찾아주는 리얼리티쇼 〈하우스 헌터스〉가 방영 중이었다.

전화벨이 울린 시각은 오후 3시 정각, 하루 중 딱 중심인 시간이었다.

"여보세요?"

"다프네, 잘 있었어요?"

수화기 너머로 제이크의 목소리가 들려왔다.

"그럼요. 회사예요."

절반은 거짓말, 절반은 진실이다. 나는 회사가 아니라 집에 있었지만, 이리나가 새로 맡은 광고 촬영의 예산을 검토하는 중이었다. 이리나는 가끔 부수입을 위해 해외 광고를 제작한다. 예산안 작업은 손이 많이 가는 일은 아니지만 오늘 안으로 마쳐야 했다.

"아, 그랬군요. 미안해요. 그럼 간단하게 말할게요."

"괜찮아요. 오히려 전화해줘서 고마운걸요."

진심이었다. 수화기 너머로 들려오는 제이크의 목소리가 따뜻하게 느껴졌다.

"다행이네요. 내가 연락한 이유는, 오늘 밤에 하는 코미디 쇼 티켓을 두 장 구했거든요. 할리우드에 있는 노천극장인데, 매일 라인업이 바뀌어서 확실하지 않지만 오늘 제리 사인펠드가 나온다는 소문이 있어요."

내 얼굴에 미소가 번졌다.

"진짜요?"

"갈래요?"

"너무 좋아요."

켄드라와 지나가듯 저녁 약속을 하긴 했지만, 취소하면 켄드라가 오히려 기뻐할 것 같았다. 제이크는 켄드라가 소개한 사람이니까. 게다가 지금까지 둘이 잡은 약속 세 번 중 두 번은 켄드라가 먼저 취소하기도 했다.

"데리러 갈까요? 아니면 극장 앞에서 만날까요? 어느 쪽이 편해요?"

"같이 가요. 운전 실력도 볼 겸."

제이크가 큰 소리로 웃었다.

"좋아요. 문자로 주소 보내줘요. 7시까지 갈게요. 괜찮죠?"

"완벽해요."

제이크는 6시 55분에 도착했다.

'똑똑' 하고 문 두드리는 소리가 들렸다. 나는 그때 바지에 한쪽 다리만 끼운 채 마스카라를 바르고 있었다. 머피는 침대 위에 조용히 앉아 있었다.

"잠깐만요!"

나는 문을 향해 소리쳤다.

왜 이렇게 일찍 왔지? 보통 레스토랑에서 만나기로 할 때는 제시간에 오고, 집으로 올 땐 조금 늦게 오는 게 매너 아닌가? 심장이 쿵쾅대고 마음이 급해졌다. 화재 대피 훈련을 하는 기분이었다. 나는 잠시 숨을 고른 뒤 청바지 단추를 채웠다. 그리고 오렌지색 크롭 스웨터에 머리를 집어넣으면서 맨발로 문을 향해 달려갔다.

문을 열자, 감색 스웨터에 청바지를 입은 제이크가 뒷짐을 지고 서 있었다. 이번에는 안경을 쓰고 있어서인지 레스토랑에서 봤을 때보다 훨씬 더 잘생기고 한결 성숙해 보였다. 뭐랄까, 세상의 풍파에 단련된 사람 같달까. 그 모습이 묘하게 매력적이었다.

"안녕하세요."

내가 인사했다.

"잘 지냈어요? 오늘 정말 눈부시네요."

제이크가 웃으며, 내가 살짝 연 문을 활짝 열어 젖혔다.

"고마워요. 어서 들어와요."

내가 문을 잡고 있는 사이 제이크가 안으로 들어섰고, 나도 뒤따라 들어갔다. 문이 닫히면서 바깥의 시원한 공기가 실내로 스며들었다.

"조금만 기다려줄래요? 거의 다 됐어요."

내가 말했다.

제이크는 천천히 집 안을 둘러봤다. 미리 정리를 해두긴 했지만, 몇 년간 쌓인 물건들 때문에 공간이 깔끔해 보이지는 않았다. 잡다한 물건이 너무 많았다.

제이크가 잠시 조용히 있다가 입을 열었다.

"좋은데요. 다프네가 정말 여기서 살고 있는 것 같아요."

나는 웃었다.

"정말 그러고 있어서 그런가 봐요."

나는 방으로 들어가 신발을 골랐다. 갈색 가죽 플랫폼 슈즈를 꺼냈다. LA는 보통 12월까지 여름 날씨가 이어지지만, 오늘은 조금 선선한 편이라서 앞이 막힌 신발도 괜찮을 것 같았다.

"마실 것 좀 줄까요?"

내가 방 안에서 물었다.

"다음에요. 바로 출발하는 게 나을 것 같아요."

나는 작은 클러치백에 립글로스와 신용카드, 신분증을 넣고 방을 나왔다. 그리고 카운터 위에 있던 열쇠를 챙기며 제이크에게 가자고 손짓했다.

제이크의 차는 검은색 BMW로, 작은 흠집 하나 없이 매끈했다.

"새 차처럼 수리가 됐네요?"

내가 말하자 제이크가 미소를 지었다.

"메리골드는 집에 있어요."

"메리골드요?"

"제 차들은 전부 여자거든요. 다프네하고 다르게 난 페미니스트라서."

제이크가 장난기 섞인 미소를 지으며 말했다. 그리고 덧붙였다.

"메리골드는 쉐보레 클래식 모델인데, 고장이 자주 나요."

"그렇군요."

제이크가 조수석 문을 열어주었고, 나는 차에 올라탔다.

차 안에서 은은한 솔 향이 나서 둘러보니 백미러에 나무 모양의 방향제가 걸려 있었다. 제이크가 운전석에 오르는 동안 나는 손가락으로 방향제를 가볍게 건드렸다.

"이거 요즘도 나오네요."

"전 태평양 북서부 출신이라 주변에 숲 향기가 좀 있어야 마음이 놓이거든요."

"포틀랜드?"

"시애틀."

"한 번도 안 가봤어요. 시애틀에 대해 아는 거라곤 영화 〈그레이의 50가지 그림자〉에서 본 게 전부예요."

내 말에 제이크가 운전석에서 고개를 돌려 나를 바라보았다.

"그게 시애틀에 대한 제일 정확한 묘사예요. 멋진 영화죠."

제이크가 시동을 걸었다. 차는 선셋 대로를 따라 올라가다 할리우드 대로로 접어들었다.

할리우드는 내가 LA에서 가장 꺼리는 곳이다. '할리우드 명예의 거리'에는 늘 관광객들이 북적거리고, '마담 투소', '하드락 카페' 같은 명소까지 있어서 그야말로 인산인해다. 차창 밖을 보니 떼 지어 몰려다니는 10대 아이들, '스튜어트네 가족 휴가'라고 적힌 단체 티셔츠를 입고 돌아다니는 가족 여행객들이 눈에 띄었다. 명예의 거리에는 한 커플이 쪼그려 앉아 어떤 배우의 이름을 가리키며 사진을 찍고 있었다. 사람들이 가장 많이 몰린 곳은 돌리 파튼의 명판 앞이었다. 본 걸 그대로 제이크에게 전했더니 그가 말했다.

"돌리 파튼은 명판이 두 개 있는 거 알아요? 사람들이 잘 모르더군요."

"몰랐어요. 사실 뉴욕에는 타임스스퀘어가 있다면 LA에는 할리우드가 있다는 정도밖에 몰라요."

내가 답했다.

"맞는 말이죠. 나는 뉴욕에 대해서도 잘 몰라요. 몇 번 안 가봤거든요 최근에 갔을 땐 거의 브루클린에만 있었고."

"아, 브루클린! 한때 거기 사는 게 꿈이었어요. 결국 못 이뤘지만요."

"모든 걸 다 이룰 순 없으니까요."

제이크가 차선을 바꾸며 내게 물었다.

"LA에서 자란 건 어땠어요?"

나는 제이크의 질문을 듣고 잠시 생각했다. 내가 LA 출신이라고 말하면 사람들은 하와이처럼 느긋한 풍경이나, 드라마 〈베벌리힐스의 아이들〉에 나오는 럭셔리한 삶을 떠올리는 것 같다. 낮에는 야자수가 늘어선 거리를 거닐며 여유롭게 쇼핑을 하고, 밤에는 해변에서 모닥불을 피우며 친구들과 시간을 보내는 낭만적인 삶. 물론 전부 LA에서 가능한 일이긴 하다. 하지만 막상 살아보면 베벌리힐스는 그냥 조용한 교외 지역이고, 해변은 어른 몰래 술 마실 수 있는 장소일 뿐이다.

"부모님은 팰리세이즈에 살아요."

나는 우리가 달리는 방향의 반대편을 손으로 가리키며 덧붙였다.

"브렌트우드에 있는 학교에 다녔는데, 그냥 평범했어요. 사실 부모님이 그 평범한 생활을 위해 무척 애쓰신 거죠. 그때도 이 동네엔 잘사는 집이 많았으니까."

"다프네 집도 여유가 있는 편이었어요?"

제이크가 운전석 창밖으로 시선을 돌려 도로를 살핀 뒤 부드럽게 좌회전해 파운틴 애비뉴로 들어섰다. 제이크의 질문에 별다른 의도나 특별히 기대하는 대답은 없는 듯했다.

"전혀요. 그렇다고 전기세 못 낼 정도는 아니고, 그냥 딱 먹고살 만한 정도였어요. 휴가 여행지는 늘 국내였고 시험 잘 봤다고 프라다 가방 사주는 그런 집은 아니었죠."

제이크는 말없이 미소만 지었다. 나는 이어서 말했다.

"근데 아마 돈이 많았어도 그런 걸 사줬을 것 같진 않아요. 부모님은 남들 눈에 어떻게 보일지 별로 신경 쓰지 않는 분들이거든요. 저도 그 영향을 많이 받은 것 같아요."

"다프네는 고급 취향 아니에요?"

"바디워시 떨어지면 주방세제 쓰는데요."

"그건 고급이냐 아니냐를 떠나서 심각한 문제 같은데요?"

제이크가 웃으며 내 쪽을 힐끔 바라봤다. 나는 웃으며 고개를 뒤로 기댔다.

"제이크네 집은 어땠어요?"

"아버지는 엔지니어셨어요. 아마존에도 있었고, 여러 스타트업 회사에서 일하셨죠. 꽤 높은 연봉을 받으셨는데 몇 년 전에 완전히 은퇴하셨어요. 어머니는 매디슨 파크에서 가게를 하세요. 도자기, 보석 같은 걸 파는데, 요즘에는 CBD*가 제일 잘 나간대요."

"멋지네요. 가게는 운영하신 지 오래됐어요?"

"한 20년 넘었어요. 업종은 몇 번 바뀌었지만요. 한때는 식료품 가게였던 적도 있죠."

제이크가 다시 좌회전해 극장 주차장 안으로 들어섰다. 주차를 기다리는 차들이 길게 늘어서 있었고, 인도 위에도

---

* 의료용 대마 제품.

사람들이 바글바글했다. 딱 붙는 검은 바지에 탱크톱을 입고 머리에 비니를 쓴 여자 무리가 지나갔다. 오른쪽에서 검은 티셔츠에 카고 바지를 입은 남자가 우리 차로 다가오더니 주차권을 건넸다. 그리고 오토바이나 겨우 들어갈 법한 좁은 자리를 가리키며 주차하라고 했다.

놀랍게도 제이크는 그곳에 정확히 차를 끼워 넣었다.

"운전 정말 잘하네요."

벽돌 건물 사이의 넓은 골목처럼 보이는 공간에 무대가 설치되어 있었다. 중앙의 무대를 중심으로 관객석을 둥글게 배치하고 무대 위쪽에는 흰색 실크 천을 걸어놓았는데 그 천에는 프로젝터로 띄운 수많은 별들이 반짝이고 있었다.

"여기 정말 멋져요. 너무 마음에 들어요."

제이크가 미소 지었다.

"그렇죠? 나도 오늘이 처음이에요. 연말에 여기 왔던 직장 동료들도 너무 좋았다고 계속 얘기하더라고요. 평범한 공간을 이렇게 바꿔놓은 게 정말 인상적이에요."

새로운 곳을 방문할 때마다 LA에는 숨겨진 명소가 참 많다는 걸 새삼 깨닫곤 했다. 도시 곳곳에 생각지도 못한 문화가 숨어 있었다. 가끔은 LA가 그저 광고판과 테슬라뿐인 것처럼 느껴질 때도 있지만, 지난 10년 사이 이 도시는 훨씬 더 다채롭고 흥미로운 곳이 되었다. 다운타운 LA

는 설치미술과 퓨전 음식의 중심지가 되었다. 물론 그만큼 쓰레기도 많아졌지만 예전에는 느낄 수 없었던 생동감이 넘쳤다. 한때 뉴욕이 자랑하던, 날것 그대로의 에너지로 가득했다. 그리고 관심만 가지면 이 모든 걸 손에 닿을 듯 가까이에서 만나볼 수 있다.

우리는 무대 왼편에 있는 2인석에 앉았다. 웨이트리스 가 다가와 주문을 받았다.

"저는 테킬라 소다로 할게요."

내가 말하자 제이크가 고개를 끄덕였다.

"같은 걸로 주세요."

"보드카 좋아한다고 하지 않았어요?"

"새로운 걸 맛보는 것도 좋아요. 난 가리는 게 없어요. 특히 술은."

나는 잠시 주변을 둘러봤다. 오른쪽에 나이가 지긋한 부 부가 앉아 있었다. 여행객인 듯했다. 남자는 천장에 드리운 실크 천을 가리키며 뭔가를 말하고 있었고, 여자는 남자의 티셔츠 자락을 살짝 잡은 채 다정하게 기대고 있었다.

그 옆으로 처녀파티를 하는 듯한 무리가 보였다. 다들 많이 취한 것 같은데 서로의 이름을 굳이 그렇게 큰 소리 로 불러야 하나 싶을 만큼 요란하게 떠들었다.

그때 제이크가 내 어깨를 살짝 건드렸다.

"저 사람이 여기 사장인가 봐요."

왼편에서 그래픽 티셔츠에 청바지를 입은 잘생긴 남자가 테이블을 돌며 손님들과 악수를 나누고 있었다.

"재밌는 곳이네요. 코미디 좋아해요?"

내가 물었다.

"그럼요."

제이크는 당연하다는 듯이 답했다.

"LA 처음 왔을 땐 매주 수요일 밤마다 다른 어시스턴트들하고 코미디 클럽에 갔어요. 회사 법인카드로 피자도 사먹었죠. 티켓 값이 20달러 정도였는데, 가끔 회사 상사들이 티켓을 줘서 공짜로 보기도 했어요. 그때 정말 재미있는 코미디언들을 많이 봤어요."

문득 오늘 밤 제리 사인펠드가 나올지도 모른다는 말이 떠올랐다. 소문이 진짜라면 좌석이 꽉 찼어야 하는데, 그 정도는 아닌 걸 보니 가능성은 낮아 보였다. 그래도 왠지 모르게 기대됐다.

"LA 코미디 시장에서 흥미로운 점 중 하나가 뭔지 알아요? 뉴욕도 비슷하겠지만, 아무리 유명한 코미디언이라도 새로운 아이디어를 짜면 관객 반응을 먼저 확인할 필요가 있거든요. 그래서 진짜 유명한 사람들도 이런 무대에 서요. 투어나 스페셜 쇼를 녹화하기 전에 말이에요. 매주 와서 보면 멘트가 점점 다듬어지고 탄탄해지는 게 눈에 보여요."

제이크는 좋아하는 주제가 나오자 손을 많이 사용했다. 나를 향해 손짓했다가 무대를 가리키기도 하고, 손을 쥐었다 폈다 하면서 끊임없이 움직였다.

"코미디 쪽에서 일해요?"

내가 물었다.

"아이러니하게도 드라마 쪽이에요. 처음에는 넷플릭스 드라마 부서의 임원 어시스턴트로 시작했는데, 그게 계기가 돼서 계속 이쪽에서 일하게 됐어요. 드라마도 재미있어요. 코미디에는 드라마적인 요소가 많고, 드라마에도 코믹한 면이 많잖아요. 시트콤처럼 장르가 명확한 경우를 빼면, 요즘은 드라마하고 코미디가 거의 구분되지 않을 정도로 섞이는 추세인 것 같아요."

그때 웨이트리스가 음료를 들고 나타났다.

"와, 감사합니다."

제이크가 말하며 음료를 받아 들었다.

"더 필요한 건 없으세요?"

웨이트리스의 물음에 제이크가 나를 바라봤다.

"괜찮아요. 고마워요."

내가 대신 웨이트리스를 향해 말했다.

마이크가 켜지며 지지직거리는 소리가 나더니 무대 위로 한 남자가 올라왔다.

"여러분, 안녕하세요! 오늘도 이 할리우드 구석까지 와 주셔서 감사합니다. 오늘 밤도 멋진 공연을 준비했습니다. 최고 중의 최고가 모였습니다! 혹시 아직도 모르는 분들을 위해 말씀드리면, 저희는 매주 토요일마다 공연을 하고 수요일 밤엔 스페셜 쇼도 열고 있으니까요, 관심 있는 분들은 웹사이트를 확인해주세요! 그럼, 첫 번째 출연자를 소개하겠습니다. 바이 로젠입니다!"

사람들이 박수 치며 환호했다. 나는 제이크를 쳐다봤다.

"어디서 본 사람 같은데요."

"엄청난 사람이에요."

제이크가 대답했다.

"바이 로젠은 코미디언이자 TV 쇼 진행자, 코미디언 서바이벌 리얼리티쇼 〈라스트 코믹 스탠딩〉의 2016년도 우승자입니다. 넷플릭스 스페셜 네 편을 찍었고, 지금은 '사랑은 돈으로 살 수 있어' 투어를 준비 중입니다. 다 같이 박수로 맞아주세요. 바이 로젠!"

소개가 이어지는 동안 제이크가 내 쪽으로 몸을 살짝 기울여 덧붙였다.

"바이가 첫 번째 넷플릭스 스페셜 촬영할 때 나도 넷플릭스에 있었거든요. 개그 코드가 나랑 딱 맞아요."

바이가 무대로 경쾌하게 뛰어올랐다. 나는 그제야 〈신부들의 전쟁〉이라는 프로그램에서 진행자로 나왔던 바이를 본 기억이 났다. 그때도 엄청난 존재감을 발산했다.

무대에 선 바이는 키가 168센티미터쯤 되어 보였고, 금발을 포니테일로 질끈 묶고 검정 브래지어가 비치는 흰색 티셔츠를 입었다. 뭐랄까, 쿨하고 현실적인 사람으로 보였다. 토요일 밤에 친구들과 저녁을 먹으면서 가십으로 수다를 떠는 대신 무대에 오르는 쪽을 택하는 유형 같았다.

"여러분, 안녕하세요! 최고의 코미디 쇼에 온 걸 환영해요. 다들 어디서 왔어요?"

관객들이 여기저기서 도시 이름을 외치자 바이는 하나하나 받아치며 재치 있는 농담을 던졌다.

"근데 왜 좋은 대학들은 전부 시골에 있을까요? 부잣집 애들은 중서부로 날아가서 명문대 다니고, 원래 그 지역 애들은 대학은커녕 월마트에서 일하잖아요. 라크로스하는 금수저들 마약 살 돈 보태주지 말고, 교육에 좀 더 투자하면 사회가 조금이라도 나아지지 않을까요?"

바이의 코미디는 단순히 웃기기만 한 게 아니었다. 말 속에 뼈가 있고, 진실을 정면으로 찔렀다. 바이가 한마디 할 때마다 객석에서 웃음이 터졌다. 애써 무시하고 지나쳤던 현실을 정면으로 마주했을 때 나오는 웃음이었다. 바이는 우리가 매일 보면서도 외면하는 것들, 알고 있어도 입 밖에 내지 않는 것들을 거침없이 이야기했다. 속이 시원하게 뚫리는 코미디였다. 누군가가 내 머릿속에서만 맴돌던 말을 대신 해주면 이렇게 통쾌할 수가 없다. 그냥 솔직한 말을 듣는 것만으로도 이렇게 후련할 수 있다니. 요즘처럼 서로 눈치 보고 비위 맞추기 바쁜 시대에는 더더욱 그렇다. 바이도 그 점을 콕 집어 말했다.

바이는 10분가량 무대를 채우고 내려갔다. 바이의 무대만 밤새 봐도 지루하지 않을 것 같았다.

"진짜 멋지다."

내가 중얼거리자, 제이크는 말없이 내 의자 등받이에 팔을 걸쳤다.

이어서 20대로 보이는 트레이 아이어라는 코미디언이 무대에 올랐다. 역시나 입담이 좋았다. 특히 LA의 교통 체증에 대한 농담이 인상적이었다.

"LA는 정말 차가 너무 막혀요. 심지어 카풀 차선 타려고 헤어지려던 여자친구하고 안 끝내고 질질 끈 적도 있어요."

이어서 한마디를 더 보탰다.

"도로가 얼마나 엉망진창이냐면요. 패서디나에서 좌회

전하기 힘든 이유가 뭔지 알아요? 40킬로미터 떨어진 로스앤젤레스 국제공항에서 누가 차선을 바꿔서 그래요."

관객들이 폭소를 터뜨렸다.

그다음에는 낯익은 외모의 아담한 남자가 무대에 올라왔다. 2010년대에 조연으로 여러 영화에 출연했던 배우였다.

"〈기동순찰대〉에 나왔던 사람 아니에요?"

내가 묻자 제이크가 고개를 끄덕였다.

나쁘지는 않았지만, 전반적으로 좀 올드한 느낌이었다. 내가 조용히 하품을 삼키자 제이크는 내 반응을 눈치챈 듯 고개를 돌려 나를 바라봤다.

"나가서 뭐 먹을까요?"

제이크가 물었다.

"사인펠드는?"

나는 입 모양으로 물었다.

제이크가 잠시 머뭇거렸다.

"그게, 사인펠드는 안 와요."

"확실해요?"

내가 되물었다.

"확실해요."

제이크가 말했다. 그리고 난처한 표정을 짓더니 결국 털어놓았다.

"실은, 사이펠드가 나올 수도 있다고 한 건 거짓말이었어요."

제이크의 얼굴에는 여러 감정이 얽혀 있었다. 자신의 거짓말을 내가 어떻게 받아들일지 몰라 다양한 반응에 대비하는 것 같았다. 제이크가 거짓말에 능하지도, 자주 하지도 않는 사람이라는 게 느껴졌다.

"사인펠드 미끼로 날 불러낸 거예요?"

제이크가 고개를 끄덕였다.

"사인펠드가 나올 가능성이 전혀 없는 건 아니었어요. 0에 수렴하긴 하지만 0은 아니랄까요."

"내가 사인펠드 좋아하는 건 어떻게 알았어요? 사인펠드 나온다는 말에 거절할 수도 있잖아요."

제이크가 자리에서 일어나 내게 손을 내밀었다. 손바닥은 거칠지만 따뜻했다.

"그럴 리가. 사인펠드 싫어하는 사람이 어디 있어요."

제이크가 내 재킷을 건네며 말했다.

10

제이크는 나를 로럴 캐니언에 있는 이탈리안 레스토랑 파체로 데려갔다. 어린 시절의 추억이 깃든 곳이라 낯설지 않았다. 아빠는 동쪽 지역에 갈 일이 있을 때마다 나를 이곳에 데려오곤 했다. 음식도 물론 훌륭하지만, 이곳의 진짜 매력은 공간이 주는 분위기다. 로럴 캐니언을 따라 올라가다 보면 오른편에 살짝 숨은 듯한 모습으로 파체가 나타난다. 최근 몇 년 사이 주차장과 옆 세탁소 자리까지 규모를 확장하면서 훨씬 넓어졌다. 가장 좋은 자리는 따뜻한 난방 램프가 있는 창가 쪽 자리다. 옛 세탁소의 홍보 문구인 '세탁부터 정리까지'가 그대로 붙어 있어 독특한 분위기를 자아냈다.

"로럴 캐니언에 오면 가끔 고향 생각이 나요. LA에서 유일하게 자연 냄새를 맡을 수 있는 곳이잖아요. 나무 냄새도 나고."

제이크가 창밖을 바라보며 말했다.

"산불 날 때는 빼고요."

내가 말했다.

"맞네요. 그건 그냥 지옥이죠."

제이크의 입에서 나온 말이 너무 직설적이라 당황스러웠다.

"조금 어두운데요."

내가 웃으며 말했다.

"아, 미안해요. 다프네 유머에 맞춰보려다 좀 오버했네요."

진심으로 미안해하는 얼굴이다.

"있는 그대로가 더 매력적이에요."

내 말에 제이크는 조용히 미소 지었다. 볼이 살짝 붉어졌다. 이윽고 주문한 음식이 나왔다. 제이크는 붉돔 요리를, 나는 링귀니를 시켰다.

"고향에는 자주 가요?"

내가 물었다.

"그러고 싶은데, 생각처럼 안 되네요. 바쁘다는 핑계로 자꾸 미루게 돼요. 부모님이라도 자주 오셨으면 좋겠는데 두 분 다 여행을 즐기지 않으세요."

"어떤 느낌인지 알 것 같아요."

내가 고개를 끄덕였다. 우리 부모님도 플로리다 가는 걸 국경이라도 넘는 것처럼 여기시니까.

"어릴 땐 가족 여행을 많이 다녔어요. 부모님하고 나, 누나까지 넷이서. 여름휴가로 유럽에 다녀온 적도 있고, 코스타리카에서 크리스마스를 보내기도 했는데 나이가 드신 뒤부터는 여행을 귀찮아하세요. 어머니는 정원 가꾸고, 아버지는 골프 치러 다니고."

제이크가 어깨를 으쓱하고 덧붙였다.

"그냥 하고 싶은 거 하면서 조용히 지내고 싶으신 것 같아요."

"두 분 사이가 좋은가 봐요."

내가 말했다.

"그것도 맞아요."

제이크가 와인을 한 모금 마시고 답했다.

우리 가족은 여행을 자주 가지 않았다. 간다고 해도 크리스마스엔 캘리포니아 남부 팜스프링스, 독립기념일엔 네바다주 타호 호수 정도였다. 부모님은 비교적 개방적인 성향이고 다른 문화에도 관심이 많은 편이지만 멕시코처럼 가까운 곳조차 선뜻 떠나지 않았다. 여행은 비용이 들었고 우리 가족의 일상에서 중요한 자리를 차지하는 일도 아니었다.

"파스타 맛있어요?"

제이크가 내 접시를 슬쩍 바라보며 물었다.

"맛있어요. 한 입 먹어볼래요?"

내가 포크를 들며 권하자 제이크가 고개를 끄덕였다.

"좋아요."

제이크는 감정을 솔직하게 표현하는 남자였다. 궁금하면 파스타 접시를 들여다보거나 한 입 맛보는 것도 주저하지 않았다.

나는 포크에 링귀니를 돌돌 말아 제이크 쪽으로 내밀었다. 제이크는 거리낌 없이 고개를 숙여 면을 받아먹었다.

"음, 맛있네요."

제이크가 입술에 소스를 살짝 묻힌 채 말했다.

나는 웃으며 고개를 저었다.

"왜요?"

제이크가 물었다.

"아니에요. 그냥, 너무 솔직해서요."

내가 웃으며 말하자 제이크도 미소 지었다.

"칭찬으로 들을게요."

제이크의 눈이 내 얼굴을 따라 천천히 움직였다. 시선이 내 입술에 머무르더니 다시 눈으로 돌아왔다. 그 순간 공기가 바뀌었다. 조금 전까지는 가볍게 탐색하는 분위기였다면, 지금은 전류가 흐르는 것처럼 긴장감이 느껴졌다.

"뭐 하나 물어봐도 돼요?"

제이크가 말했다.

"왠지 질문에 함정이 있을 것 같은데요?"

내가 장난스럽게 되묻자, 제이크는 눈썹을 살짝 올렸지만 말을 아꼈다. 나는 와인을 한 모금 마셨다.

"뭐든지 물어봐요."

제이크는 내게서 눈을 떼지 않았다.

"어떤 사람을 원해요?"

나는 눈을 깜빡이며 제이크를 바라봤다. 이런 질문을 받은 건 처음이었다. 적어도 이제 두 번째 만난 데이트 상대에게서는. 물론 다른 사람들에게서는 많이 들어봤다. 친구들, 부모님 지인, 동네에서 중매하는 아주머니까지도. 하지만 데이트 상대에게서 이런 질문을 받은 적은 없었다.

"모두가 원하는 사람이요."

"그게 뭐죠?"

나는 잠시 머뭇거렸다. '사랑'이라는 단어로는 부족해 보였다. 제이크가 묻는 건 단순한 감정이 아니었다. 내가 진지한 관계를 원하는지, 누군가를 진심으로 받아들이고 함께할 준비가 되어 있는지를 알고 싶어 하는 눈빛이었다.

"저한테 맞는 사람이요. 아침에 눈 떴을 때, 아무것도 걸치지 않았을 때도 함께 있고 싶은 사람, 힘든 일이 있어도 도망치지 않고 옆에 있고 싶은 사람이요. 그냥 같이 행복해지고 싶어요."

제이크는 천천히 고개를 끄덕였다. 내 말을 어떻게 받아들였는지 알 수 없었다. 표정에 실망이나 안도, 그 어떤 감정도 명확히 드러나지 않았다.

"그럼 제이크는요?"

사실 대답을 어느 정도 예상할 수 있을 것 같았다.

제이크가 내 눈을 조용히 바라봤다. 나는 제이크가 지금 하려는 말이 꺼내기 힘든 이야기라는 걸 직감했다. 사람들은 마음 아픈 이야기를 꺼내기 전에 특유의 미안한 표정을 짓는다. 지금 제이크의 표정처럼.

"예전에 한 번 결혼했어요. 아주 어릴 때였죠."

나는 말없이 고개만 끄덕이며 다음 말을 기다렸다.

"고등학생 때 만났고, 대학 졸업하자마자 결혼했어요."

"시애틀에서요?"

제이크가 천천히 고개를 끄덕였다.

"이름은 비아트리스, 다들 '비'라고 불렀죠."

서늘한 기운이 등을 타고 올라오더니 가슴속 깊은 데까지 번졌다.

"이혼한 게 아니군요."

제이크는 고개를 저었다.

"그때 둘 다 겨우 스물일곱 살이었어요. 가혹한 진단이었죠. 의사는 18개월 정도를 예상했는데 1년 조금 넘기고 그만."

제이크의 눈에 금세 눈물이 맺혔다. 지금 내 앞에 있는 이 남자는 믿기 어려울 만큼 여려 보였고, 그 감정을 숨기지 않고 그대로 보여주고 있었다. 손끝이 저릿했다. 나는 양손을 허벅지 아래로 넣고 다리를 꼬았다.

"많이 힘들었겠어요. 듣기만 해도 마음이 아파요."

내가 천천히 말했다.

제이크가 조용히 숨을 삼켰다. 감정을 감추려 하지도, 그렇다고 넘치게 드러내지도 않았다. 나는 그 미묘한 경계를 안다. 마음을 보여줘야 하지만 너무 많이 드러내선 안 되는, 연애라는 섬세한 심리 싸움.

"인생에서 가장 힘든 일이었어요. 지금도 매일 생각나요."

"정말 안타깝네요."

나는 조심스레 말했다. 어떤 말이 적절한지, 어떻게 위로해야 할지 알 수 없었다. 그때 마음속에서 또 다른 감정이 피어올랐다. 거리를 두고 싶다는 마음. 제이크의 이야기에서 한 걸음 물러나고 싶었다. 이제 겨우 두 번째 데이트인데 너무 깊고 사적인 곳까지 초대받은 기분이었다.

연애에 대해 사람들이 잘 말하지 않는 진실이 하나 있다. 진짜 내 모습을 보여주는 것도 어렵지만, 상대가 자기 모습을 드러낼 때 받아주는 건 더 어렵다는 사실이다.

제이크가 내 감정을 눈치챈 듯 자세를 살짝 고쳐 앉았다. 순간 나는 이 상황을 감당하지 못한 내 자신이 싫어졌다. 하지만 이미 중요한 순간은 흘러가버렸고, 기회는 사라졌다.

"사별한 남자에 대해 사람들이 뭐라고 하는지 알아요?"

제이크가 물었다. 나는 분위기를 누그러뜨리려고 일부러 농담조로 받았다.

"침대에서 끝내준다?"

제이크가 웃음을 터뜨렸다. 속에서부터 터져 나오는 호탕한 웃음이었다.

"인생을 보는 시야가 다르다고 하죠."

제이크가 테이블 너머로 손을 뻗어 내 손을 잡았다. 밤공기는 서늘했지만, 제이크의 손은 따뜻했다. 그 온기를 조금 더 오래 느끼고 싶었다.

"너무 무거운 얘기였으면 미안해요."

"삶이 원래 무겁잖아요."

"내 얘기 듣고 혹시 겁났어요?"

나는 고민했다. 겁이 나진 않았다. 아니, 사실은 겁이 났다.

"겁이 나야 할까요?"

"다프네가 어떻게 받아들이느냐에 따라 다르겠죠. 단지 난 이제 가벼운 관계는 자신이 없어요."

나는 쪽지를 떠올렸다. 제이크의 이름만 적혀 있던, 쪽지의 넓은 여백이 생각났다. 이어서 이전 연인들을 떠올렸다. 파리의 마틴, 샌프란시스코의 노아, LA의 휴고. 어그러진 약속들, 응답 없는 메시지들, 어긋난 대화들. 그리고 내가 수없이 들었던 말. '그게 그렇게 중요한지 몰랐어.'

"진지한 관계를 원한다는 말이에요?"

내가 조심스레 물었다.

제이크가 어깨를 살짝 으쓱했다가 내렸다.

"꼭 그런 건 아니에요. '가벼움'의 반대가 '진지함'은 아니잖아요."

"그럼 뭐예요?"

내가 되물었다.

제이크가 나를 바라봤다. 엷은 갈색 눈동자가 난방 램프 불빛을 받아 금색으로 빛났다. 마치 눈 속에 작은 태양을 박아놓은 것처럼.

"'가벼움'의 반대는 '깊이'예요."

11

스튜어트

스튜어트와 나는 고등학교에서 처음 만났다. 스튜어트는 'AP* 과목의 제왕' 같은 존재였다. 선생님들조차 스튜어트와 논쟁하는 걸 부담스러워했는데, 대부분의 경우 스튜어트가 옳았기 때문이다. 우리 반에서 IQ가 가장 높은 학생이기도 했다(지금 생각하면 문제의 소지가 있지만, 그때는 전교생이 학교에서 IQ 테스트를 받았다). 스튜어트의 공책은 거의 예술 작품 수준이었다. 시험별로 정리되어 있고, 색깔별로 구분되어 있었으며, 교과서 페이지 번호까지 빠짐없이 표시되어 있었다. 심지어 지금도 그 필기가 후배들 사이에서 '족보'처럼 전해 내려온다는 이야기가 있다. 스튜어트는 당연히 스터디 계획을 도맡아 짰다. 스튜어트와 수업을 같이 듣는 학생들은 그 혜택을 누릴 수 있었다. 나

* Advanced Placement, 대학 과목 선이수제.

는 그중 하나가 아니었다. 그 시절 내 관심사는 성적이 아니라 첫 키스였다. 10년째 궁금해하고 있지만, 여전히 경험해보지 못한 상태였다.

나는 5학년부터 11학년까지 단 한 장의 쪽지도 받지 못했다. 그러다 12학년이 되어 스튜어트를 만났고 우리는 급속도로 친해졌다. 둘 다 토론팀이었고 말싸움이라면 누구에게도 지지 않았다.

우리 부모님은 스튜어트를 무척 마음에 들어 했다. 스튜어트는 유대인은 아니었지만 그 외의 모든 조건을 갖춘 것처럼 보였다. 똑똑하고, 깔끔하고, 아이비리그 진학을 목표로 착실히 준비해나가고 있었다. 당시 나와 스튜어트 사이에는 낭만적인 감정이 없었다. 단지 관심사가 잘 맞았을 뿐이다. 우리는 '우리가 다른 애들보다 더 낫다'는 인식을 공유했다. 함께 러시아 문학을 탐독했고, 우아한 저녁 모임을 즐겼으며, 와인에 대해 아는 척하는 걸 좋아했다. 스튜어트가 연애 상대로 보인 건, 그로부터 7년 후 뉴욕에서 우연히 다시 마주쳤을 때였다.

그때 나는 대학 시절 룸메이트였던 알리사를 만나러 뉴욕에 잠시 머물고 있었고, 5월의 어느 토요일 아침, 레스토랑 사넬스 앞에 줄을 서 있다가 스튜어트를 만났다. 스튜어트는 멋있었다. 아니, 멋지다는 말로는 부족했다. 잘나가는 사람의 아우라가 풍겼다.

고등학생 때 스튜어트는 약간 창백한 얼굴에, 살집이 조금 있었고, 지적 허영과 학문적 집착 사이 어딘가에서 줄을 타는 학생이었다. 하지만 뉴욕에서 만난 스튜어트는 매일 새벽 4시에 일어나 장이 열리기 전에 운동하러 가고 휴대폰 단축번호에는 뉴욕의 고급 꽃집 전화번호를 저장해두었을 법한 세련된 금융인처럼 보였다.

"이게 누구야, 다프네!"

스튜어트가 활짝 웃으며 나를 끌어안은 뒤 함께 있던 남자를 소개했다. 동행인은 스튜어트보다 훨씬 나이가 들어보였고 이름은 테드라고 했다.

"여긴 어쩐 일이야?"

나는 주말 동안 전 룸메이트 알리사를 만나러 뉴욕에 왔고 여전히 LA에 살고 있다고 말했다. 알리사는 가볍게 인사를 건넸다.

"LA? 난 거기 하나도 안 그리워. 믿어져?"

스튜어트가 말했다. 당시 나는 LA의 부모님 집에 다시 들어가서 살고 있었다.

"그럴 수도 있지."

우리는 자연스럽게 자리를 함께했고, 식사가 끝날 무렵 스튜어트가 조심스럽게 물었다.

"시간 괜찮으면 저녁 같이 먹을래? 어떻게 지냈는지 듣고 싶어."

스튜어트가 몸을 움직일 때마다 티셔츠가 가슴에 자연스럽게 밀착되는 모습이 눈에 들어왔다. 알리사와 내가 화장실에 가려고 자리에서 일어나자 스튜어트가 매너 있게 함께 일어섰다.

"좋아."

내가 대답했다.

그날 밤 8시, 스튜어트가 알리사의 집으로 나를 데리러 왔다. 그때 알리사는 이스트 빌리지에 있는 3층 아파트에 살고 있었는데, 기적처럼 그 공간을 혼자 차지하고 있었다. 한때 나도 뉴욕 생활을 꿈꿨다. 하지만 이제는 그게 내 길이 아니라는 걸 받아들인 상태였다. 뉴욕에서 살아남을 자신이 없어서도 아니고, 빠듯한 형편 탓에 먹고살 길이 막막해서도 아니었다. 단지 내 삶이 뉴욕과 전혀 다른 방향으로 흘러가고 있었기 때문이다. 물론 나도 독립하고 싶었고, 언젠가는 부모님이 사는 팰리세이즈를 떠나 405번 고속도로 건너편 어딘가로 나가야 한다는 사실을 알고 있었다. 하지만 부모님과 나 사이에 미국의 절반이나 되는 거리를 두고 살고 싶지는 않았다. 그 정도의 거리를 감당할 자신이 없었다. 나는 스물다섯 살이라는 나이에 걸맞지 않게 여전히 부모님께 의지하고 있었다. 그게 바람직하지 않다는 걸 알면서도 거기서 벗어날 방법을 찾지 못했다. 그 당시 나는 여러 직장을 전전하며 말단 업무를 맡고 있었고, 방송국에서 보조로 일하게 된 건 그로부터 2년이 지나서였다.

그럼에도 나는 여전히 뉴욕이 좋았다. 그곳에서는 모든 것이 자연스럽게 맞물려 돌아가는 듯했다. LA에서는 모든 것이 흩어지고, 서서히 달아오르고, 하품이 날 정도로 늘어졌지만 뉴욕에서는 모든 게 연결되고, 불꽃이 튀고, 부딪쳤다.

"근사한데?"

스튜어트가 말했다.

나는 배꼽이 보이는 기장의 새하얀 레이스 블라우스에 검은색 와이드 팬츠를 입었다. 귀에는 길게 늘어지는 깃털 모양 귀걸이를 하고, 발목을 감싸는 가느다란 끈이 달린 힐을 알리사에게 빌려 신었다.

"고마워. 너도 멋지네."

스튜어트는 단정한 셔츠에 어두운색 청바지를 입고 있었다. 오전에 마주쳤을 때처럼 멋있었다. 아니, 그때보다 더 빛나 보였다.

스튜어트는 나를 플랫아이언 디스트릭트에 있는 ABC 키친으로 데려갔다. 넓고 탁 트인 분위기의 세련된 레스토랑이었다. 스튜어트는 망설임 없이 메뉴를 주문했다. 납작한 플랫브레드, 커민 향을 입힌 구운 당근, 버터 풍미를 가미한 무, 신선한 제철 샐러드, 감자튀김, 넙치 스테이크까지. 그리고 카베르네 와인 한 병을 곁들였다.

스튜어트는 성공한 사람이 되어 있었다. 예상대로 은행에 다녔고, 최연소 파트너 타이틀까지 달았다고 했다. 그뿐만이 아니었다. 일 외적으로도 흥미로운 삶을 살고 있었다.

고등학교 시절, 나는 스튜어트가 언젠가 아주 입체적인 인물이 될 것 같다고 종종 생각했다. 그 예감이 지금 현실이 되었다. 스튜어트는 최근 스카이다이빙 자격증을 땄고 콩고에서 고릴라와 함께하는 하이킹 프로그램의 대기자 명단에도 이름을 올려놨다고 했다. 여유 시간에 창업해서 매각한 과외 스타트업은 현재 기업가치가 2천만 달러를 넘었다고 했다.

"LA에서는 어떻게 지내?"

스튜어트가 물었다.

고등학교 시절, 평범한 아이들은 빅칠에서 요거트 아이스크림을 사 먹고 루이비통 가방을 들고 다니면서 그게 사회적 지위를 증명한다고 여겼다. 스튜어트와 나는 그런 문화에 휩쓸리지 않았고, 우리가 평범한 아이들보다 우월하고 특별하다고 믿었다. 그리고 지금, 스튜어트는 그 믿음을 현실로 만들었다. 스튜어트에게는 성공을 증명할 결과물이 있었고 누구나 인정할 만한 인생을 살고 있었다. 그에 비해 나는 뭐라고 대답해야 할지조차 알 수 없었다.

"길을 찾는 중이야."

나는 웃으면서 덧붙였다.

"대학 졸업하고 로스쿨 생각도 했는데, 공부해보니까 내가 엘셋* 체질은 아니더라고."

스튜어트가 고개를 저었다.

"변호사 쪽은 나도 안 맞더라."

"나도."

나는 어린 시절의 객기를 너무 오래 끌고 있는 건 아닐까 두려운 마음이 들었다. 마치 한밤중에 놀이공원에 혼자 남아 있는 것처럼, 다른 사람들은 다 집에 돌아갔는데 나 혼자 흥에 취해 표류하는 느낌. 스물다섯의 나는 이루고 싶은 것은 많지만 어디로 가야 할지, 무엇부터 해야 할지 알지 못했다. 30대에 접어든 사람들은 모두 당연하다는 듯 안정된 직업을 가지고 있는 것 같았다. 서른까지 5년밖

* LSAT, 로스쿨 입학 시험.

에 남지 않았는데 나는 아직도 제자리걸음 중이었고, 내게
도 그런 미래가 찾아올지 확신이 들지 않았다.

"넌 뭘 해도 잘할 거야. 고등학생 때도 그랬고. 너한테는
사람들을 끌어당기는 뭔가가 있거든. 멋있었어. 네가 탁구
리그 만들어서 다들 수업 끝나고 남아서 너하고 경기하려
고 했잖아."

"그냥 아마추어 핑퐁이었지."

내가 웃으며 말했다.

"그게 멋진 거야. 나 그때 너한테 완전히 빠져 있었어."

순간 얼굴이 뜨거워졌다. 사실 눈치채고 있었다. 부모
님도, 친구들도, 심지어 스페인어 선생님까지 우리가 너
무 붙어 다닌다고 말했으니까. 하지만 나는 스튜어트를 남
자로 의식해본 적이 없었다. 스튜어트는 좋은 친구였지 그
이상은 아니었다. 그리고 몇 년이 흘러 다시 마주한 이 순
간, 나는 그때의 내가 틀렸다는 걸 깨달았다.

"무슨 소리야. 우리 그냥 친구였잖아."

내가 말했다.

"겉으로는 그랬지. 그때 난 사춘기 남자애였고, 넌 예쁘
고 똑똑한 데다 남들 시선 따윈 신경 안 쓰는 애였으니까."

"엄청 신경 썼어. 안 그런 척했던 거야."

내가 말하자 스튜어트가 몸을 살짝 기울이며 내 검지를

살짝 감쌌다.

"그럼 지금은?"

"지금은 더 완벽하게 연기하지."

스튜어트의 집은 뉴욕의 이스트강이 내려다보이는 고층 아파트였다. 사면이 통유리에, 거실에는 회색 소파와 흰 의자가 가지런히 놓여 있었으며 〈아메리칸 사이코〉 주인공 집에 있던 것보다 더 많은 스테인리스가 반짝였다. 하지만 그곳에서 가장 인상적인 건 전망이었다. 창밖으로 펼쳐진 강과 도시의 불빛은 숨이 멎을 만큼 아름다웠다.

스튜어트는 나에게 와인을 건네더니 소파에 몸을 기대며 말했다.

"이리 와."

내가 다가가자 스튜어트가 내 어깨에 팔을 둘렀다. 나는 스튜어트의 어깨에 머리를 기댔다. 데오드란트 향이 은은하게 났다. 남성스럽고 깔끔한 향이었다.

"그동안 네 생각 많이 했어."

나는 고개를 들어 스튜어트를 바라보았다.

"정말?"

스튜어트가 고개를 끄덕였다.

"어떻게 지내는지 궁금해서 연락하고 싶었는데, 이런저

런 일들에 밀려서 타이밍을 놓쳤어. 그래서 오늘 널 만난 게 운명 같아."

누군가가 나를 이렇게 간절하게 원한다는 걸 느껴본 게 오랜만이었다. 그 감각이 온몸을 짜릿하게 휘감았다. 수 년간 쌓인 갈망이 밀려들었다. 나는 스튜어트가 얼마나 똑똑하고 다정한 사람이었는지를 떠올렸다.

"다음 달에 LA로 출장 가. 만날 수 있을까?"

스튜어트가 물었다. 나는 스튜어트의 얼굴을 올려다보았다. 강렬한 눈빛이 나를 정확히 겨냥하고 있었다.

"나 지금 네 앞에 있는데."

내 대답에 스튜어트가 천천히 몸을 기울였다. 그러고는 손바닥으로 내 뺨을 부드럽게 감쌌다.

"그러네."

스튜어트가 나에게 입을 맞췄다. 단단하게 뿌리를 내리는 것처럼 깊고, 서로의 숨결 속에서 호흡해야 할 정도로 긴 키스였다.

"좋아해. 많이."

스튜어트가 말했다.

"나도 네가 좋아."

내가 답했다.

그 순간, 머릿속에서 상상이 싹텄다. 오랜 시간이 지나

다시 만난 두 사람. 아직은 방황하고 있는 자유로운 여자와 안정적이고 매력적인 성공한 남자. 어린 시절과 달리 다양한 지식으로 무장한 우리는 매일 밤 화려한 저녁 파티를 열고, 사람들은 우리를 보며 이렇게 말한다. '그거 알아? 두 사람 고등학생 때 만났대.'

우리는 완벽하게 하나가 되었다. 스튜어트는 능숙했다. 내 몸을 천천히 이끌어 자기 위로 올리고 내 목에 거칠게 키스를 퍼부었다. 나는 최근, 아니 이제껏 한 번도 경험해 본 적 없는 방식으로 자연스럽게 몸을 스튜어트에게 맡겼다. 스튜어트의 손길은 내 등을 따라 내려오다가 어깨를 부드럽게 주무르더니 다시 놓았다. 스튜어트는 내 목에서 입술을 떼지 않은 채 한 손으로 내 배를 천천히 훑다가 손을 아래로 가져갔다. 나는 스튜어트에게 가까이 몸을 붙였다. 더 깊이 빠져들고 싶었다.

"우리 시간 많아."

스튜어트가 내 귀에 속삭이며 숨결을 불어 넣었다. 그러고는 천천히 조심스럽게 움직이기 시작했다. 나는 숨을 길게 내쉬었다.

얼마 뒤 나는 스튜어트의 셔츠를 걸치고 욕실로 향했다. 세수를 하려고 얼굴에 물을 적시고 거울을 보니 양 볼이 장밋빛으로 물들어 있었다. 사람들 말이 괜히 나온 게 아니었다. 만족스러운 잠자리는 피부 미용에 효과가 있었다. 원래 계획대로라면 나는 다음 날 LA로 돌아가야 했지만 일정을 미루기로 마음먹었다. 당장 급한 일이 있는 것도 아니고 며칠 더 머물면서 스튜어트와 시간을 보내고 싶었다. 우리의 7년간 공백을 메우기 위해.

나는 치약을 짜서 입안 가득 머금은 뒤 가볍게 헹구고 조용히 침실로 돌아왔다. 스튜어트는 침대에 앉아 알람을 맞추고 있었다. 나는 말없이 옆으로 몸을 밀어 넣었다.

"왔어?"

스튜어트가 내 이마에 입을 맞추고 덧붙였다.

"내가 내일 아침에 진짜 일찍 일어나야 하거든."

그리고 마치 증거물을 내밀듯이 알람시계를 내게 보여주며 말을 이었다.

"미안한데 내일 아침에 전화해도 될까?"

나는 내 몸을 내려다봤다. 스튜어트의 와이셔츠만 걸친 채, 그 아래에는 아무것도 입지 않은 상태였다. 나는 셔츠 자락을 끌어내려 조심스럽게 몸을 감쌌다.

"지금 가라는 거지?"

"화내지 마. 내가 원래 잠버릇이 좀 심해. 요즘 하루에 네 시간도 못 자거든."

"알았어."

내가 옷을 챙겨 입는 동안 스튜어트는 조용히 나를 지켜봤다. 나는 스튜어트에게 가슴을 보이고 싶지 않아서 등을 돌린 채 바지를 급히 입고 셔츠에 머리를 집어넣었다. 그리고 힐을 찾아 신었다.

"내 귀걸이 못 봤어?"

"아, 여기!"

스튜어트가 유쾌하게 말하며 침대 옆 탁자에서 귀걸이를 들어 올렸다. 내가 손을 뻗자 스튜어트가 장난스럽게 손을 뒤로 빼더니 다른 손으로 내 허리를 끌어당겼다. 그러고는 부드럽게 입을 맞췄다.

"오늘 즐거웠어. 만나서 정말 반가웠고."

나는 귀걸이를 하나씩 귀에 걸었다. 마치 12월 26일의 크리스마스트리가 된 기분이었다.

"나도."

내가 말했다.

스튜어트가 현관에서 나를 배웅하고 가볍게 작별 키스를 했다. LA에서 보자는 말은 없었다. 아니, 더 이상 그 어떤 말도 더 오가지 않았다.

밖으로 나서자 밤공기가 싸늘하게 피부를 감쌌다. 나는 두 팔로 몸을 끌어안고 이스트강을 등진 채 걷기 시작했

다. 한 블록쯤 걸었을까. 신발 밑창에 뭔가 달라붙은 느낌
이 들었다. 나는 멈춰 서서 중심을 잡고 오른손으로 종이
를 떼어냈다.

스튜어트, 하룻밤

나는 그 쪽지를 가방 속 깊숙이 밀어 넣었다. 그러고는
발걸음을 재촉했다.

12

휴고와 나는 일요일마다 멜로즈 플레이스의 파머스 마켓을 찾았다. 농산물 가판대가 여섯 개뿐인 조그만 야외 시장이었는데, 갈 때마다 맛있는 베이글과 선드라이드 토마토 풍미가 더해진 페타 치즈가 우리를 기다리고 있었다. 근처 알프레드 커피에서는 세상에서 가장 맛있는 아이스 라테를 맛볼 수 있었다.

파머스 마켓에서는 식재료만 파는 게 아니었다. 내가 본 것 중 가장 아름다운 장미 꽃다발도 그곳에 있었다. 보라색과 분홍색, 진한 버건디색 장미가 어우러져 시선을 사로잡았고 짙은 향을 풍기는 커다란 해바라기도 있어 마음이 끌리는 날이면 하나씩 사 오기도 했다. 옷가게들은 겨울에는 패치워크 코트를, 여름에는 코첼라 페스티벌 복장으로 어울릴 만한 가벼운 옷을 내걸었다. 나는 이 마켓을 정말 좋아했다. 휴고가 매번 아침 10시가 되기도 전에 끌고 오지만 않는다면 더 좋아했을지도 모른다.

휴고는 매일 아침 10킬로미터를 달렸고 조깅 코스의 끝은 늘 우리 집 근처였다. 그래서 일요일에는 운동을 마친 뒤 자연스럽게 우리 집에 들렀다. 나도 9시쯤이면 머피를 데리고 나와 휴고와 함께 마켓까지 걸어갔다. 그게 우리의 주말 루틴이었다. 물론 우리 둘 다 LA에 있을 때만 가능했다. 나는 항상 그곳에 있었지만, 휴고는 거의 없었으니까.

9시 3분, 휴고에게서 문자가 왔다.

―어디야?

나는 운동복을 급히 걸쳐 입고 문밖으로 얼굴을 내밀었다. 휴고는 냉감 소재의 검은 티셔츠에 반바지 차림으로, 한쪽 팔에는 휴대폰용 암밴드를 두르고 있었다. 다만 휴대폰은 지금 손에 들고 있었다.

"2분만."

내가 입 모양으로 말하자, 휴고가 한쪽 이어폰을 빼고 나를 반겼다.

"안녕."

"들어올래?"

내가 말하자 휴고가 고개를 저었다.

"아니, 네가 나와야지."

나는 대꾸 없이 문을 닫고, 제일 좋아하는 오렌지색 버켄스탁 슬리퍼를 신었다. 그러고는 지갑을 챙긴 뒤 뉴욕에서 산 'I ♥ NY' 토트백을 들고 열쇠를 손에 쥔 채 밖으로 나섰다. 머피에게 목줄을 보여줬지만 반응이 시큰둥해서 오늘은 혼자 가기로 했다.

"어젯밤 재밌었나 봐."

휴고가 말했다.

"그래 보여?"

나는 큼지막한 운동복 상의에 바이크 쇼츠를 입고 있었다. 휴고가 나를 한 번 훑어보더니 덧붙였다.

"아니, 그냥 좀 피곤해 보여서."

"와, 굉장한 칭찬이네."

나는 토트백을 어깨에 멨다. 그러자 휴고가 한 손으로 내 가방을 낚아채더니 말없이 들었다.

전날 저녁, 레스토랑에서 나온 뒤 제이크는 나를 집까지 데려다줬다. 하지만 키스는 하지 않았다. 사실 당연히 할 줄 알았다. 하지만 몸을 내 쪽으로 기울이더니 지난번처럼 볼에 가볍게 입만 맞출 뿐이었다. 그러고 나서 다음 주 금요일에 또 만날 수 있냐고 물었다.

우리는 말없이 걷기 시작했다.

"어젯밤에도 키스를 안 하더라. 두 번째 데이트였는데. 왜 그랬을까?"

내가 툭 던지듯 말했다.

"너는 신호를 줬고?"

휴고가 휴대폰을 주머니에 넣으며 물었다.

나는 제이크와 문 앞에 마주 서 있던 순간을 떠올렸다. 나는 키스를 하고 싶었고, 제이크도 그래 보였다.

"분위기는 있었지."

내 대답에 휴고는 잠시 생각에 잠기더니 입을 열었다.

"아직 그렇게까지 끌리는 건 아니라는 거네."

휴고는 이렇게 말하더니, 뭔가를 깨달은 듯 손가락을 튕기며 '딱' 소리를 내고 덧붙였다.

"이 생각은 못 해봤지? 넌 그 남자가 네 운명이라는 걸 알지만, 그 남자는 네가 자기 운명의 상대라는 확신이 없는 거야."

나는 휴고를 올려다봤다.

"뭐라는 거야! 그 사람도 분명 나한테 마음이 있었어. 분명 그런 분위기였다니까."

나는 숨을 깊게 들이쉬고 이어서 말했다.

"결혼했었대. 어젯밤에 그 얘기를 하더라. 혹시 그것 때문일까?"

휴고가 내 팔꿈치를 살짝 밀어, 지나가는 차를 피해 인도로 올라서게 했다.

"이혼했대?"

나는 고개를 저었다.

"6, 7년 전에 아내가 병으로 세상을 떠났대."

"안타깝네."

휴고가 고개를 이리저리 돌려 목을 풀면서 말했다.

나는 다시 차도로 내려왔다.

"그런 일을 겪어서 그런지 다른 사람들하고 좀 달라 보여. 진지하고 꾸밈없고 솔직한 느낌이야."

휴고는 기지개를 켜듯이 한 팔을 위로 뻗었다.

"그래서 좋다는 거지?"

"응, 당연하지."

휴고가 멈춰서 다른 팔도 들어 올리더니 허리를 좌우로 비틀고 등을 젖혔다. 나는 가만히 서서 그 모습을 지켜봤다.

"내가 이런 얘기 하니까 어색하지?"

그전까지 우리의 대화 주제는 주로 휴고의 연애 이야기였다. 난 주로 짧게 스쳐간 인연들밖에 없어서 할 말이 별로 없었다. 그리고 연애 이야기를 한다 해도 우리 둘 다 감정에 대해서는 깊은 얘기를 나누지 않았다.

"왜 그렇게 생각해?"

휴고가 되물었다.

"너 지금 80년대 홈트레이닝 비디오에 나오는 사람들처럼 이상한 폼으로 스트레칭하고 있잖아."

"아, 너무하네."

휴고가 장난스럽게 말하며 동작을 멈추고는 덧붙였다.

"어색하긴 한데, 널 사랑하니까 감수할 수 있어."

휴고는 내 어깨에 팔을 올려 나를 살짝 안았다가 다시 풀었다.

"그래서 어젯밤 네 데이트는 어땠는데?"

"나탈리하고 샌 비센테 방갈로 가서 한잔하고, 저녁은 집에서 배달 음식 먹었어."

"토요일 밤에 배달 음식을 먹었다고?"

"응, 나 정말 나쁜 놈이지? 레스토랑에 앉아 있을 생각하니까 너무 귀찮은 거야. 〈샤크 탱크〉 보다가 11시쯤 잠들었어."

"〈샤크 탱크〉? 너 그거 싫어하잖아."

휴고는 어깨를 으쓱했다.

"나쁘지 않던데."

나는 휴고를 빤히 바라봤다. 휴고는 셔츠 목에 선글라스를 걸면서 왜 그렇게 쳐다보냐는 듯한 표정을 지었다.

"좋아하는구나!"

"거기 나오는 패널 아저씨가 내 스타일이긴 해."

"아니, 너 나탈리 좋아하네. 지금 완전히 연애 모드잖아.”

마침 파머스 마켓 입구에 도착했다. 휴고가 손을 내밀어 먼저 들어가라는 제스처를 취했다.

“네가 잊은 것 같아서 말해주는데, 지금 내가 마켓에 같이 온 사람은 너야.”

“알아. 근데 우리 사귈 때는 여기 같이 오려고 하지도 않았잖아.”

“에브리띵 베이글 먹을래?”

휴고가 천천히 베이글 가판대로 향하며 물었다.

“응. 건포도 베이글도 사 와.”

휴고가 뭐라고 더 말했지만 나는 이미 해바라기에 마음을 빼앗겨 발걸음을 옮기는 중이었다. 일찍 와서 좋은 이유 중에 하나는 바로 이거였다. 보통 10시만 넘어도 해바라기는 다 팔리고 없었다.

우리는 장 본 것들을 들고 우리 집으로 돌아왔다. 나는 프렌치프레스로 커피를 내리고 네스프레소로 우유를 데웠다. 그리고 에브리띵 베이글 두 개를 바삭하게 구운 뒤 에어룸 토마토를 썰고 양파를 볶아 스크램블 에그와 함께 내놓았다. 사료 위에 계란을 얹어주자 머피가 기다렸다는 듯이 받아먹었다.

휴고는 주방 카운터 앞 스툴에 앉아 휴대폰으로 뭔가를 적고 있었다.

"너희 집 와이파이가 또 나를 밀어냈어."

주말마다 우리 집에 오면 늘 하는 투정이었다. 우리가 사귀던 시절, 나는 휴고의 휴대폰이 싫었다. 그 작은 화면에 자꾸만 휴고를 빼앗기는 느낌이 들었다. 나는 휴고를 온전히 차지하고 싶었지만 늘 모자란 기분이었다. 그때 느꼈던 답답함이 아직도 생생하다. 어쩌다 아침에 잠깐 함께 있는 시간에도 휴고는 늘 이메일을 확인하고 회신하느라 바빴다. 그러고는 회의가 있다며 서둘러 나가버렸다. 그런 순간들이 쌓이면서, 나는 소중한 걸 강탈당하는 기분이 들었다. 휴고가 의도적으로 우리 관계의 가능성을 막는 것처럼 느껴지기까지 했다. 내가 그렇게 매 순간을 붙잡으려 애썼던 건, 우리 관계가 오래가지 않는다는 걸 알고 있었기 때문인지도 모른다. 결국 끝날 걸 알기에 마지막 순간까지 가능한 한 오래 붙잡고 싶었던 것 같다.

하지만 이제는 전혀 신경 쓰이지 않았다. 나는 휴대폰에 집중한 채 앉아 있는 휴고의 어깨 너머로 거실을 훑어봤다. 몇 년 전만 해도 단조로웠던 공간이 이제 다채롭고 개성 넘치는 공간으로 변해 있었다. 아니, 솔직히 말하자면 물건이 너무 많았다. 부모님 집에서 가져온 낡은 가구 옆에는 길에서 주워 리폼한 협탁을 어정쩡하게 놓아두었는데, 이미 커피 테이블이 있었기 때문에 애초에 둘 자리가 없었다. 그리고 몇 달 전 리네로제가 폭탄세일을 할 때 충동적으로 사 온 장식장은 소파 뒤 비좁은 틈에 간신히 끼어 있었다. 휴고가 앉은 의자는 실버레이크에서 명장이 직접 깎았다는 말에 혹해서 산 두 개의 원목 스툴 중 하나였다. 집에 이미 의자가 많아서 전혀 필요 없는 물건이었다. 슬슬 짐을 좀 줄여야겠다는 생각이 들었다.

이 생각을 입 밖으로 꺼내자, 휴고가 폰에서 고개도 들지 않은 채 말했다.

"농담 아니고, 거의 저장 강박증 환자가 사는 집 같아. TNT에 물건 쌓아놓고 사는 사람들 나오는 상담 프로그램 있잖아. 거기에 이 집 신청할까 고민 중이야."

"TLC*겠지."

"아, 그래. 그거."

나는 다시 계란에 집중하며 토스트기에 베이글을 한 번 더 구웠다.

"베이글 반 개 줄까, 아니면 한 개 다 줘?"

"지금 탄수화물 제한하고 있긴 한데, 다 줘봐."

* 워너브라더스 디스커버리가 운영하는 라이프스타일 전문 채널.

뒤에서 휴고가 폰을 카운터 위에 내려놓는 소리가 들렸다. 나는 커피잔을 들고 카운터 쪽으로 몸을 돌렸다.

"일단 그 사람이랑 잘해봐. 언제 같이 보자."

휴고가 팔꿈치를 카운터에 괴고 내 쪽을 바라보며 말했다. 나는 커피를 한 모금 마셨다. 진하고 뜨거웠다. 나는 이런 묵직한 커피를 좋아하는 편이었다.

"더블 데이트?"

내가 묻자 휴고가 웃었다.

"그럴 리가. 그냥 셋이 술 한잔하면서 그 남자 어떤가 좀 보려고."

나는 커피잔을 내려놓았다.

"그러지 말고 나탈리도 데려와."

"걔가 오해해."

"무슨 오해? 너하고 사귄다고? 이미 사귀고 있잖아."

휴고가 고개를 저었다.

"아니, 지금보다 더 진지한 관계라고 생각할까 봐."

"사람들은 서로 더 연결되고 싶어 해."

내 말에 휴고가 잠시 나를 바라보았다.

"누가 아니래? 나탈리도 네가 나한테 특별한 사람이라는 거 알아."

"그럼 뭐가 문제야?"

휴고는 어깨를 으쓱했다.

"문제는 없어. 그냥 그 자리가 진지한 자리가 될 것 같아서. 너는 나한테 가족 같은 존재니까."

카운터 위에 놓여 있던 폰이 진동했다. 휴고는 다시 폰을 집어 들며 말을 이었다.

"너희 부모님은 잘 계셔? 마지막 뵀을 때가…… 그, 뭐더라? 로슈 하샤나* 때였나?"

"유월절."

"맞다, 그거. 네 아버지는 아마 지금도 우리가 잘되길 바라실걸?"

나는 접시에 스크램블 에그를 담고 얇게 썬 토마토와 볶은 양파를 곁들여서 휴고 쪽으로 밀어줬다.

"아니거든."

"장담하는데, 네 어머니는 진짜 우리가 결혼하길 바라셨어. 안 되면 본인이 나하고 결혼하실 기세였지."

부모님이 휴고를 좋아했던 건 사실이다. 하지만 대부분의 부모들이 그렇듯이 훤칠하고 경제적으로 안정적이라는 점에서 마음에 들어 한 정도지, 그 호감이 휴고만을 향한 각별한 애정이었는지는 확신할 수 없었다.

---

* 유대교 새해.

나는 나무 접시에 따뜻한 베이글을 담고 바질 후무스, 비건 페스토, 아보카도와 딜 크레마, 차이브 크림치즈 스프레드를 카운터 위에 가지런히 늘어놓았다.

"이렇게 대접해주면 나 진짜 버릇 나빠지는데."

휴고가 말했다.

"그럼 더 말하지 말고 맛있게 먹어."

우리는 식사를 시작했다. 계란을 조금 덜 익혔으면 좋았겠지만 나머지는 완벽했다.

"제이크는 네 요리 실력 알아?"

"아직 몰라."

"곧 알게 되겠네."

나는 에브리띵 베이글 반쪽에 차이브 크림치즈를 듬뿍 발랐다.

"제이크하고 어떻게 될지부터 두고 봐야지."

"그건 이미 알고 있는 거 아니야? 증거도 있잖아."

"그 쪽지가 정말 영원한 관계라는 뜻일까?"

사실 어젯밤부터 그 쪽지가 계속 마음에 걸렸다. 제이크가 내게 어떤 사람을 원하는지 묻고 나서, 내게 키스를 하지 않은 채 헤어졌던 그 순간부터. 제이크가 좋은 사람이라는 건 처음 만났을 때부터 알 수 있었다. 문제는 나 자신이었다. 혹시 제이크가 내가 줄 수 없는 무언가를 기대하면 어떡하지?

"넌 그렇게 생각 안 해?"

휴고의 물음에 나는 한참을 생각하다가 입을 열었다.

"내 생각도 그래. 당연히."

"그럼 됐네."

식사를 마친 후, 휴고가 설거지를 하겠다고 일어섰다. 그동안 나는 남은 음식들을 냉장고에 정리한 뒤 카운터를 닦았다. 부모님 댁까지는 차로 45분 걸렸고, 한 시간 안에 도착해야 했다.

"그 남자 꼭 만나봐야겠어. 날 잡아."

휴고가 현관으로 나가면서 말했다.

머피가 문가로 걸어와 휴고를 올려다봤다.

"머피, 오늘도 좋은 하루 보내길 바란다."

휴고와 머피는 늘 서로를 정중하게 대했다. 휴고는 머피의 공간을 존중했고, 머피 역시 휴고에게 자신을 개처럼 귀여워해달라고 하지 않았다.

나는 걸쇠를 풀고 문을 열었다. 휴고가 나를 살짝 안아준 뒤 문밖으로 나섰다.

"제이크 앞에서 이런 식으로 영역 표시하면 안 돼. 알지?"

나는 최대한 가볍게 말했다. 머피는 조용히 내 옆에 서 있었다. 나는 몸을 숙여 머피를 안아 올렸다. 머피는 썩 내키지 않는 듯했지만 얌전히 안겨 있었다.

휴고가 고개를 저었다.

"너 내 영역이 아니잖아."

그러고는 이어폰을 귀에 꽂으며 덧붙였다.

"그런 적도 없었고."

휴고가 손을 흔들고 파운틴 거리 쪽으로 걸어갔다. 무슨 뜻인지 묻고 싶었지만, 휴고는 내가 입을 떼기도 전에 이미 달리기 시작했다.

13

노아, 5주

얼굴을 보기 전에 남부 억양이 먼저 귀에 들어왔다.

"아, 저어어기 있네요."

마치 파도가 밀려오듯이 발음이 길게 늘어졌다.

노아가 다가오자 내가 먼저 인사했다.

"안녕, 난 다프네야. 반가워."

우리는 스머글러스 코브라는 바에서 만났다. 럼 칵테일과 탁 트인 공간으로 유명한 하와이풍의 티키 바였다.

"난 노아. 반가워."

노아는 키가 188센티미터쯤 되어 보였다. 헝클어진 금발머리와 푸른 눈이 인상적이어서 영화배우 오웬 윌슨이 겹쳐 보였다. 일부러 눈을 가늘게 뜨고 보지 않아도 닮았다는 걸 한눈에 알 수 있었다.

우리는 바로 전날, 데이트 앱 범블에서 연결됐다. 나는 막 샌프란시스코에 도착해 호텔에 짐을 풀고 새 삶을 시작하려던 참이었다. 대학교 때 만나던 남자친구와 긴 연애를 끝낸 지 얼마 안 됐고, 부모님 집에서 독립한 것도 처음이었다. 아직 20대 절반이 남아 있다는 사실에 들떴고, 노아를 만날 준비가 되어 있었다. 아니, 두 번째 노아, 세 번째 노아도 만날 수 있을 것 같았다.

노아는 내 옆으로 와서 등받이 없는 스툴을 끌어당겨 마치 말안장에 오르듯 양다리를 벌리고 앉았다. 그리고 바텐더를 향해 손짓했다.

"모험 어때, 다프네?"

노아가 내게 물었다. 물론 환영이었다.

"강렬하고 특별한 걸로 두 잔 만들어줘요."

노아가 말하자 팔뚝에 타투를 한 30대쯤 되어 보이는 여성 바텐더가 능숙한 손놀림으로 술을 섞기 시작했다.

"여기 와본 적 있어?"

노아가 물었다. 나는 고개를 저었다.

"어제 막 도착했어."

내가 이 바를 고른 이유는 단순했다. 구글 지도에서 가까운 바를 검색했을 때 제일 먼저 뜬 곳이었다.

"샌프란시스코에 어제 왔다고?"

노아가 놀란 듯 물었다.

"응. LA에서 왔어. 아직 집은 못 구해서 며칠 동안 힐튼 호텔에서 지낼 거야."

나는 대충 호텔이 있는 방향을 손으로 가리켰다.

"여긴 무슨 일로 온 거야?"

"직장 때문에. IT 회사에 붙었거든."

나는 말하면서 스스로가 자랑스럽게 느껴졌다. 태어나서 처음 가져보는 어른다운 직장이었다.

"이 동네 기술기업들이 잘나가지."

노아가 말했다.

"넌 아직 학교 다니는 거야?"

내가 아는 정보는 노아가 박사 과정을 밟고 있다는 것뿐이었다.

"응, 기상학 전공이야."

"와, 그거 전공하는 사람 처음 봐."

"어릴 때부터 날씨에 관심이 많았어."

바텐더가 볼 형태의 잔에 칵테일을 담아 우리 앞에 내려놓았다. 노아가 잔을 들어 내 잔에 가볍게 부딪쳤다. 나도 잔을 들어 한 모금 마셨다. 달콤한 쿨에이드에 럼과 생강을 섞은 맛, 최악이었다. 노아도 잔을 내려놓고 혀끝으로 입술을 훑으며 눈을 질끈 감았다.

"실패."

노아가 말했다. 그러고는 나를 빤히 바라봤다. 옆에 앉은 후 처음으로 나를 제대로 보는 듯했다.

"맥주 마시러 갈래?"

"좋아."

내가 말했다. 노아는 바 카운터에 20달러짜리 한 장과 10달러짜리 한 장을 올려놓고 내 손을 잡았다.

"그 전에 잠깐 들를 데가 있어."

내 손을 감싸 쥔 노아의 손은 크고 부드러웠다. 작지 않은 내 손이 노아의 손안에 완전히 감춰져서 가냘프게 느껴질 정도였다. 그 느낌이 좋았다.

밤공기는 포근하고 따뜻했다. 여름이 막 시작되었고, 무한한 가능성이 열려 있었다. 우리는 천천히 걸었다. 노아는 한동안 내 손을 놓지 않았다.

"어디 가는 거야?"

"페인티드 레이디스 보러."

노아가 답했다.

우리는 언덕을 오르기 시작했다. 숨이 차서 노아를 툭 치며 천천히 가자고 했다. 나는 샌프란시스코의 언덕길을 아무렇지 않게 오르내릴 만큼 체력이 좋은 편이 아니었다. 정상에 다다르자 노아가 왜 여길 데려왔는지 단번에 알 수 있었다. 페인티드 레이디스는 알라모 스퀘어 공원 맞은편에 나란히 서 있는 일곱 채의 알록달록한 집들이었다. 세월이 지나 색이 조금 바랬지만 여전히 파란색, 노란색, 흐릿한 붉은빛의 집들이 화려한 색감과 빅토리아풍 장식을 자랑하고 있었다.

샌프란시스코 전역에 있는 이런 집들은 19세기 골드러시 시절, 새로 얻은 부를 과시하기 위해 사람들이 집을 화려하게 꾸미면서 등장했다. 그리고 이제는 도시를 대표하는 랜드마크가 되었다.

우리는 공원에 서서 맞은편의 집들을 바라보았다.

"아, 〈풀 하우스〉에서 본 것 같아. 그 시트콤에 나오는 집 맞지?"

"오프닝 크레디트에 나오긴 하는데 집 내부는 딴 데서 촬영한 거야."

노아의 말을 들으니 테마곡이 귓가에 맴도는 듯했다. 노아가 그 시트콤을 알고 있다는 게 의외였고, 그래서 더 매력적으로 느껴졌다. 사실 〈풀 하우스〉 이야기를 꺼내면서도 속으로는 노아가 당연히 모를 거라고 생각했다.

"엽서 그림에 나올 법한 집들이 줄지어 서 있어서 '포스트카드 로우'라고도 하고 '일곱 자매'라고도 불러. 자주 오는 건 아닌데, 이 근처에 오면 들렀다 가곤 해."

"왜?"

내가 물었다. 어쩐지 노아와는 어울리지 않는 느낌이었

다. 생각해보면 노아는 모든 면에서 예상 밖이었다. 내륙 텍사스에서 자라 바닷가 도시에 자리 잡았고, 기상학을 전공하며 하늘을 연구했다.

노아가 웃었다. 그때 노아의 웃음소리를 처음 들었다. 녹음해서 벨소리로 쓰고 싶을 만큼 독특하고 기분 좋은 웃음이었다. 돌이켜보면 아마 그때였던 것 같다. 노아가 어떤 모험을 제안하든 따라가겠다고 마음먹은 순간이.

"그 도시 하면 떠오르는 곳을 직접 보는 게 좋아서. 그러면 그 도시를 이해하는 데 도움이 되거든."

노아가 말했다.

LA에서 자란 나는 관광객들이 베벌리힐스의 로데오 드라이브에서 허둥지둥 카메라를 꺼내거나 투어버스를 타고 할리우드 사인이 제일 잘 보이는 곳으로 우르르 몰려가는 모습을 보며 너무 유난스럽다고 느꼈다. 머리에는 선캡을 쓰고 허리에는 전대 같은 가방을 차고 물 밖으로 튀어나온 물고기처럼 이방인 티를 팍팍 내며 돌아다니는 사람들을 보면서 속으로 생각했다. 뭐가 그리 신기하다고 저렇게 들떠 있지? 왜 저렇게 티를 내는 거야? 내 눈엔 우스꽝스럽게만 보였다. 그런데 처음으로 LA를 떠나 다른 도시에 와보니 그 마음이 이해가 갔다. 이름만 들어도 떠오르는 장소를 눈앞에서 보았을 때 밀려오는 경이로움이 무엇인지 알 것 같았다. 도시가 지닌 상징을 눈으로 확인하는 순간. 우리보다 훨씬 오래 그 자리에 남아 있을 것들을 바라보는 기분.

"위에 봐봐. 오늘 같은 날은 북두칠성이 잘 보여."

노아가 내 뒤쪽으로 손을 뻗었다. 내 머리를 부드럽게 감싸는 손길이 느껴졌다. 나는 노아의 손에 머리를 기대며 몸을 뒤로 젖혀 하늘을 올려다보았다.

밤하늘이 마치 거대한 스크린 같기도 하고, 끝이 안 보이는 도로 같기도 했다.

"별도 공부해?"

나는 여전히 하늘을 올려다보며 물었다. 노아는 한 손으로 내 머리를 받친 채, 다른 손으로 내 허리를 감쌌다.

"대기를 공부해. 우리가 별을 볼 수 있는 이유 말이야."

내가 고개를 바로 들자 노아는 내 허리에서 손을 뗐다. 갑자기 내가 집에서 얼마나 멀리 와 있는지가 실감이 났다. 나는 이제 막 홀로서기를 위한 첫발을 내디뎠고 앞으로 어떤 삶이 펼쳐질지 알 수 없었다.

"뭐 마시러 갈까?"

노아가 말했다.

우리는 근처 펍에 가서 맥주를 시키고 감자칩 봉지를 뜯었다.

노아가 나를 힐튼 호텔까지 바래다줬을 때, 나는 살짝 취한 데다 짭짤한 감자칩 때문에 입안이 부어 있었다. 그때 가슴 한편에서 무언가가 차올랐다. 갈증, 새로운 것에 대한 허기였다. 노아가 어떤 사람이든, 어떤 경험을 선사할 예정이든, 나는 그 모든 것을 원했다. 내게 주어진 것보다 더 많이 알고 싶었다.

"주말에 약속 있어?"

노아가 호텔 로비의 매트에 서서 물었다. 자동문이 결정의 순간을 알리며 조용히 열렸다 닫혔다. 응할까, 말까.

"나 샌프란시스코에 아는 사람 너밖에 없는데."

마침내 내가 말했다.

"좋아, 또 보자는 말로 이해할게."

노아가 산뜻하게 대답했다.

안으로 들어서자 프런트 직원이 나를 불렀다.

"다프네 님 앞으로 왔어요."

직원은 편지 봉투를 내밀었다.

노아, 5주

닭살이 돋고 온몸에 전율이 일었다. 살아 있다는 기분이 밀려왔다. 그게 내가 바라는 전부였다. 숨을 쉬고, 생생하게 현재를 사는 것.

노아와의 5주. 나는 기꺼이 받아들였다.

14

"딸, 오는 길에 3번가에 있는 도넛 가게에서 글루텐프리 도넛 한 박스만 사다줘. 에이미가 온다는데 글루텐프리 음식 안 챙겨놓으면 또 구시렁댈 거야."

"한 박스나?"

나는 수건 한 장만 대충 두르고 서 있었다. 물방울이 등을 타고 흘러내려 타일 바닥 위로 똑똑 떨어졌다.

전화기 너머로 엄마가 헛기침을 했다.

"맛있을지도 모르잖아."

"알겠어. 주문만 미리 해놔요."

"그래, 그리고 공주님, 예쁘게 입고 와. 사람 일은 모르는 거야."

"엄마, 그냥 집에서 브런치 먹는 모임이잖아요."

"누가 멋진 사람을 데리고 올 수도 있잖니. 운전 조심하고, 서두르지 말고."

엄마가 전화를 끊었다. 나는 머리에 수건을 감고 몸의 물기를 닦은 뒤 로션을 바르고 커다란 목욕 가운을 몸에 둘렀다.

나는 될 수 있으면 내 알몸을 보지 않으려 했다. 주근깨 며 흉터, 점들이 마치 살아 있는 것처럼 팽창했다가 수축 하는 것 같았기 때문이다. 예전에 어느 잡지에서 모든 여 자는 하루에 5분씩 자신의 알몸을 들여다봐야 한다는 글 을 읽은 적이 있다. 그걸 실천하느니 차라리 발코니에서 뛰어내리는 게 낫겠다고 생각했다.

빗으로 머리를 슥슥 빗고 헤어 제품을 조금 발라 대충 매만졌다. 어차피 말리고 나면 볼륨이 죽어버리겠지만 운 좋게 적당한 바람을 만나면 오픈카를 타고 달리다 살짝 헝 클어진 듯한 스타일이 연출될 수도 있다.

오늘 입을 옷은 이미 옷장 문에 걸어두었다. 며칠 전 멜 로즈 플레이스에 있는 구제숍 데케이즈에서 발견한 하늘 하늘한 흰색 원피스였다. 잔잔한 파란색 꽃무늬에 어깨를 가볍게 덮는 앙증맞은 소매가 달린 옷이었다. 그 원피스 위에 크림색 케이블 니트 카디건을 걸치고 갈색 로퍼를 신 었다. 화장은 최대한 가볍게 하고 문을 나섰다.

주말의 선셋 대로는 늘 그렇듯 예측이 어려웠다. 차가 많을 수도, 텅 비어 있을 수도 있었다. 오늘은 운이 좋은 날이었다. 도로 위를 미끄러지듯 달려 부모님 집에 단 30분 만에 도착했다. 신기록이다.

어렸을 때 우리 집은 브렌트우드와 퍼시픽 팰리세이즈 가 맞닿은, 나무가 늘어선 거리에 있었다. 지금 부모님이 사는 집은 그보다 더 깊숙이 들어간 쪽에 있어서 팰리세 이즈 빌리지를 지나 한참 더 가야 했다. 그 근처에는 영화 〈스텝포드 와이프〉의 캘리포니아 버전 속편에 나올 법한 미키마우스 테마의 쇼핑몰과 고급 식료품점 에레혼이 있 었다. 거기서 파는 딸기는 한 팩에 12달러나 하지만, 맛을 보면 세상이 다르게 보일 만큼 달았다.

부모님의 새집은 소박한 편이었다. 1970년대에 지어진 방 세 개짜리 단층 주택으로, 현관 앞까지 돌계단이 이어 졌다. 내가 도착하자 아빠가 문을 열고 나왔다.

"치킨! 왔구나."

아빠는 키가 작지만 다부진 체형에 흰머리가 풍성했고 턱에는 짧은 수염을 길렀다. 아빠는 내가 태어났을 때 모 습이 마치 갓 손질한 닭고기 같았다며, 아기 때부터 지금 까지 줄곧 나를 치킨이라고 불러왔다.

"아빠, 잘 있었어요?"

내가 도넛 상자를 내밀자 아빠가 받아 들고 고개를 절레 절레 흔들었다.

"네 엄마란 사람은, 참. 들어가자."

아빠는 한 손에 도넛 상자를 들고 다른 팔로 내 어깨를 두르며 집 안으로 향했다.

"아침은 먹었니? 별일 없고?"

"휴고하고 파머스 마켓 가서 장 보고 같이 아침 먹었어요."

아빠가 나를 힐끔 보더니 목소리를 낮췄다.

"벌써 먹었다고?"

"걱정 마세요, 아빠. 엄마한테는 말 안 할 거예요. 그리고 저 또 먹을 수 있어요."

부엌에 들어서자 여느 때처럼 포근한 모습의 엄마가 눈에 들어왔다. 파란색 스웨터, 검은 바지에 앞치마를 두르고 갈색 머리칼을 핀으로 단정하게 정리한 엄마는 마치 추수감사절 음식이라도 준비하는 것처럼 분주하게 움직이고 있었다.

"어머, 다프네, 어서 와! 아니, 여보, 그걸 그렇게 들면 어떡해?"

엄마는 아빠 겨드랑이에 아무렇게나 끼워진 도넛 상자를 얼른 빼앗았다. 안이 부스러기로 난장판이 됐을 게 분명했다. 엄마는 상자를 조심스레 카운터 위에 내려놓고 뚜껑을 열었다.

"여보, 이것 봐. 도넛이 한쪽으로 다 쏠렸잖아."

엄마가 말했다.

"당장 당국에 신고해, 데브라! 도넛이 한쪽으로 쏠렸다니!"

아빠가 과장된 목소리로 외치자 엄마가 웃었다. 두 분은 늘 이런 패턴을 반복했다. 엄마가 사소한 일에 신경을 곤두세우고 짜증을 내면 아빠는 그런 엄마를 장난스럽게 놀렸고, 그러면 엄마는 결국 웃어넘겼다. 그게 바로 두 사람이 잘 맞는 이유였다.

"아이구, 이뻐라."

엄마가 두 손으로 내 얼굴을 감쌌다. 온기가 느껴졌다. 엄마 손은 언제나 따뜻했다.

"사랑하는 우리 딸, 잘 지냈지?"

"그럼요, 당연하지!"

엄마가 익숙한 손길로 그릇장에서 접시를 꺼내 건네며 도넛을 가리켰다. 나는 상자에서 도넛을 하나씩 꺼내 접시에 담았다.

카운터 위에는 먹음직스러운 음식이 가득했다. 베이글 옆에 훈제 연어가 잔뜩 쌓여 있고 그 옆엔 얇게 썬 양파와 토마토, 케이퍼, 오이가 가지런히 정리되어 있었다. 커다란 접시에는 색색의 과일이 푸짐하게 담겨 있었고 바구니

안에는 갓 구운 빵들이 수북이 쌓여 있었다. 빵 몇 개는 얼핏 봐도 엄마 솜씨였다.

계란 부치는 법부터 식탁 차리는 순서, 파 써는 방법까지 내가 아는 요리는 전부 엄마에게서 배웠다. 엄마와 내 입맛은 조금 달랐는데, 엄마는 담백한 전통 음식을 좋아했고 나는 매콤한 맛을 선호했다. 그래도 내가 주방에서 무언가 먹을 만한 걸 만들어낼 수 있는 건 전적으로 엄마 덕분이었다.

"배 안 고프니?"

엄마가 물었다.

아빠가 나를 보며 한쪽 눈을 찡긋했다.

"배고파서 쓰러지겠어요."

내가 말했다.

그때 현관문이 열리더니 이웃집 조안 아줌마가 들어왔다. 손에는 줄기 끝에 촉촉한 종이 타월을 감은 야생 장미 한 다발을 들고 있었다.

"데브라, 글쎄 하만타셴*이 타버렸지 뭐야."

조안 아줌마가 주방으로 들어서다가 나를 보고 말을 멈췄다. 아줌마는 실크 바지와 리넨 셔츠를 입고, 어깨 위로

---

* 유대인 명절에 먹는 삼각형 모양의 쿠키.

은빛 머리를 가닥가닥 늘어뜨리고 있었다.

"어머, 다프네 아니니?"

아줌마가 내 볼에 가볍게 입을 맞췄다. 언제 만나든 조안 아줌마에게선 늘 야채 수프 향이 났다.

"어떻게 지내니?"

"사고는 안 치고 있어요."

내가 답하자 조안 아줌마가 미간을 살짝 찌푸렸다. 엄마는 아줌마 손에서 꽃다발을 받아 들었다.

"글쎄, 장미가 얼마나 예쁘게 피었는지 몰라. 와서 보면 깜짝 놀랄걸? 이제 노란 장미도 만개했다니까. 랜스가 분명히 여름에만 핀다고 했는데, 햇빛이 좋으니까 담장 따라서 쫙 올라간 거 있지?"

조안 아줌마가 말했다. 아줌마가 가져온 장미는 연분홍빛이 희미하게 감돌았고, 꽃잎 끝은 밝은 네온색으로 빛났다. 정말 아름다웠다.

"가서 좀 얻어 와야겠네. 우리 집 장미는 올해 가뭄 때문에 제대로 못 자랐거든."

엄마는 그렇게 말했지만 마당에 핀 엄마 장미도 충분히 풍성하고 화사했다. 나는 엄마 장미도 예쁘다고 말할까 하다가 엄마와 조안 아줌마 사이에 눈에 보이지 않는 신경전이 벌어지고 있는 것 같아 그냥 입을 다물었다.

그때 초인종이 울렸다.

"잠깐만요."

아빠가 외쳤다.

부모님은 퍼시픽 팰리세이즈에 있는 재건주의 유대교 회당에 다녔다. 우리 가족은 원래 개혁 유대교를 따랐지만, 최근 몇 년 사이 엄마가 점점 더 진보적인 성향을 띠기 시작했다. 엄마가 다니는 회당에서는 나마슈비츠 요가를 하고 기도용 구슬을 사용했다. 그리고 이스라엘에 대해서는 말하지 않아도 모두가 비슷한 감정을 공유하는 분위기였다. 엄마는 두 달에 한 번, 회당에서 친하게 지내는 친구들을 집으로 초대해 브런치 모임을 열었다.

아빠가 마티 아저씨와 독스 아줌마 부부, 그리고 어빈 아저씨와 엄마하고 이름이 같은 데브라 아줌마 부부를 집 안으로 맞이했다. 데브라 아줌마는 엄마가 썩 좋아하는 사람은 아니지만 아빠가 어빈 아저씨를 워낙 좋아해서 엄마가 그냥 받아들였다. 사실 우리 가족 중에서 어빈 아저씨를 싫어하는 사람은 아무도 없었다.

"어서들 오세요! 주방 말고 안뜰로 가세요. 주방은 출입 금지!"

엄마가 큰 소리로 외치며 손짓으로 입맞춤을 날렸다. 손님들은 안뜰 테이블로 자연스럽게 이동했고, 주방에는 엄마와 나, 조안 아줌마만 남았다.

"요즘 만나는 사람은 있니?"

조안 아줌마가 물었다.

엄마는 가스레인지 앞에서 뭔가 못마땅하다는 듯 콧소리를 냈지만 시선은 팬에서 떼지 않았다. 프리타타에 넣을 양파를 달콤하게 볶아내는 중이었다.

나는 잠깐 망설이다가 입을 열었다.

"그런 셈이죠."

내 말에 엄마가 번개처럼 몸을 돌렸다.

"이름은 제이크예요. 이제 딱 두 번 만났고요."

내가 얼른 덧붙였다. 뭐 어때. 어차피 쪽지에 쓰여 있으니까 말해도 되겠지. 온 김에 수다 소재도 드릴 겸.

"뭐 하는 사람인데?"

엄마가 물었다.

"방송국 임원이야. 키는 엄마가 바라는 것보다는 좀 작은 것 같아. 미안, 엄마. 그래도 다정하고 괜찮은 사람이야."

조안 아줌마가 두 손을 모으고 깍지를 끼며 흐뭇한 표정을 지었다.

"아휴, 젊음이란."

조안 아줌마의 남편 할 아저씨는 3년 전 췌장암으로 세상을 떠났다. 엄마는 아줌마가 유대교식으로 애도하는 일주일 동안 곁을 지켰고, 그 뒤로 한 달간 아줌마 식사를 챙겼다. 할 아저씨는 다정하고 따뜻한 사람이었다. 크고 건장한 체격에, 아내는 물론이고 집에 오는 누구든 거리낌없이 와락 안아주는 사람이었다. 조안 아줌마에겐 아들이 둘 있는데, 둘 다 뉴욕에 살았다. 한때 아줌마는 큰아들 데이비드와 나를 이어주려고 애썼지만 데이비드에게는 늘 여자친구가 있었고, 5년 전 그 여자친구와 결혼했다. 조안 아줌마는 아직도 가끔 농담처럼 "뭐, 언젠가 이혼할 수도 있지 않겠니?"라고 말했다.

"그게 다야? 어디서 만났는데?"

엄마가 물었다.

"켄드라가 소개해줬어."

나는 조안 아줌마를 보며 덧붙였다.

"같이 일하는 동료예요."

"유대인이니?"

엄마가 물었다. 좋은 질문이었다. 제이크 그린이란 이름은 전형적인 유대인 이름처럼 들렸지만, 확신할 수 없었다.

"아마도?"

그때 오븐 타이머가 울렸다. 엄마가 지글지글 익은 감자를 오븐에서 꺼내며 말했다.

"조안, 과일 좀 밖에 내다 줘."

조안 아줌마가 과일 쟁반을 집어 들고 재빨리 옮겨 담았다. 내가 감자 옆에서 접시를 받쳐 들자 엄마는 뜨거운 감자를 조심스럽게 접시에 퍼 담았다.

"휴고는 어떻게 지내니?"

엄마가 물었다.

휴고 말이 맞았다. 엄마가 휴고를 좋아하는 건 분명한 사실이었다.

"잘 지내. 오늘 아침에 잠깐 만났어."

"여자친구는 없어?"

"없을걸? 있을 수도 있고. 휴고잖아, 누가 알아."

엄마가 슬며시 웃었다.

"걔는 참 잘생겼어."

아침에 봤던, 땀에 젖은 운동복 차림의 휴고가 떠올랐다. 그런 모습마저도 멋있긴 했다.

"맞아, 근데 그걸 너무 잘 아는 게 문제야."

그때 조안 아줌마가 주방으로 다시 들어왔다.

"또 뭐 도와줄까?"

조안 아줌마가 묻자 엄마가 도넛 쟁반을 가리켰다.

"저건 에이미 건데, 에이미는 어디 갔지?"

조안 아줌마는 어깨를 으쓱하며 모르겠다는 표정을 짓

고 베이글 접시를 들고 나갔다.

"그게 무슨 문제야. 네 아빠도 내가 똑똑하다는 걸 인정하잖아. 그래도 우리 둘이 아직 잘 지내잖니."

"엄마, 휴고가 잘생겼다는 걸 내가 안다는 게 아니라, 휴고 본인이 너무 잘 안다고. 그러니까 상황이 다르지."

엄마가 내 앞으로 다가왔다. 눈가에 깊어진 주름과 점점 흰색으로 물들어가는 머리카락이 눈에 들어왔다. 엄마는 다시 두 손으로 내 얼굴을 감쌌다.

"우리 공주님, 당연한 걸 굳이 말하면 매력 없어."

15

이번 주에는 이리나가 언론 화보 촬영을 총괄하느라 뉴욕에 가 있어서 나는 재택근무를 하고 있었다. 하지만 화요일에는 로럴 캐니언에 있는 이리나의 저택에 들러야 했다. 가서 우편물을 확인하고, 화분에 물을 주고, 수정된 대본에 내 메모를 더해 팩스로 보내는 것이 내 업무였다. 이 시대에 웬 팩스인가 싶지만 이리나는 여전히 아날로그 감성을 고수했다.

나는 켄드라에게 함께 가자고 했다. 켄드라는 현재 ABC 스튜디오 TV 시리즈 제작자 밑에서 개발팀을 이끌고 있다. 주로 버뱅크에 머물렀지만, 그날 아침에는 LA 서쪽에 병원 예약이 있어 겸사겸사 들르기로 했다.

켄드라의 암청색 지프 체로키가 더 칙스의 노랫소리와 함께 요란하게 도착했다. 켄드라는 키가 컸다. 아무리 작게 잡아도 182센티미터는 넘어 보였다. 풍성한 곱슬머리에 옷차림은 늘 비슷했다. 아래는 청바지, 위는 크롭 티셔츠. 처음엔 키가 커서 맞는 옷이 없어서 그런 줄 알았는데, 이제는 켄드라가 그 기장을 일부러 골라 입는다는 걸 알고 있다. 탄탄한 복근을 보면 바로 이해가 됐다.

켄드라와 처음 만났던 날이 떠올랐다. 그때 나는 우리가 친구가 될 거라고는 전혀 예상하지 못했다. 아니, 예상하지 못한 정도가 아니라 그럴 가능성이 아예 없다고 확신했다. 인수인계를 하는 동안 잠깐 나하고 삶이 겹칠 뿐 곧 멀어질 사람이라고 생각했으니까. 내 바람은 단 하나였다. 켄드라가 떠나기 전에 부디 이리나의 일 처리 방식을 나에게 빠짐없이 전수해주는 것. 이리나와 처음부터 시스템을 다시 짜는 건 엄두가 나지 않았다. 이미 굴러가고 있는 방식을 익히고, 어떻게 하면 더 매끄럽게 굴러가게 할 수 있을지 기름칠하는 방법을 배우고 싶었다.

이리나의 사무실로 처음 출근한 날, 켄드라는 두 팔을 활짝 벌려 나를 안아주었다. 나는 스킨십이 자연스러운 집에서 자랐지만, 가족이나 연인이 아닌 사람과 이렇게 따뜻한 포옹을 한 건 정말 오랜만이었다.

"어서 와요! 이 일은 진짜 재밌어요."

물론 나중엔 힘든 점도 알려줬다. 상사 이리나는 감정 기복이 심하고, 야근을 밥 먹듯이 하게 되는 시기도 있으며, 내가 상대해야 할 사람들은 하나같이 인내심이 부족하다고 했다. 하지만 켄드라가 나를 처음 만났을 때 밝은 기운으로 맞아줬다는 점이 두고두고 기억에 남았다. 그게 바로 켄드라의 방식이었다. 항상 즐거운 분위기부터 만드는 사람.

이리나의 집은 로럴 캐니언 정상의 룩아웃 산맥에 있었다. 1950년대에 지어진 오래된 주택으로, 낮은 거실과 목제 인테리어, 어두운 조명과 차분한 색감이 어우러진 멋진 집이었다. 하지만 집 뒤편으로 가면 분위기가 완전히 달라졌다. 천장에서 바닥까지 이어지는 통유리를 통해 로스앤젤레스 전경이 한눈에 들어왔다. 내가 본 전망 중 단연 최고였다. 뒤쪽으로는 계단식 잔디밭이 이어졌고, 앞마당에는 검은 석재로 마감된 수영장이 햇빛을 받아 반짝였다. 섹시하고 개성 넘치는 집이었다. 올드 할리우드풍의 우아한 집. 물론 이리나는 '올드'라는 단어라면 질색하지만. 이리나는 쉰여덟 살이었다. 하지만 건강 관련 서류가 아닌 이상, 그 숫자를 입에 올리거나 글로 남기는 건 금기였다.

"이 업계에서 여자가 버틴다는 게 어떤 건지 알아? 서른 갓 넘은 배우들이 청소년 드라마에서 부모 역할을 맡는 곳이야."

이리나가 종종 하던 말이다. 나는 그럴 때마다, 그건 배우들 얘기고 제작자는 다른 능력이 더 중요하지 않느냐고 말하곤 했다. 요즘은 미적 기준도, 선호 연령대도 훨씬 다양해졌다고. 그러면 이리나는 늘 같은 말로 반박했다.

"할리우드에서는 같이 자고 싶은 사람인지 아닌지가 사람 뽑는 기준이야."

보안 시스템을 해제하고 집으로 들어가자 켄드라는 바로 꽃에 줄 물을 받으러 갔다. 난초에는 샘물 얼음 조각 하나를 올려두면 되고, 떡갈잎고무나무에는 2주에 한 번씩 수돗물 한 컵을 주면 충분했다. 나는 이번에 벌써 세 번째 떡갈잎을 죽이고 있었다. 잎사귀가 알 수 없는 이유로 서서히 갈색으로 변해갈 때마다 내가 가엾은 생명을 앗아간 것 같아서 죄책감이 들었다.

이리나의 고양이 모세스가 욕실에서 걸어 나와 켄드라의 다리에 얼굴을 비볐다.

"오, 아가! 네 밥은 누가 챙겨주니?"

켄드라는 모세스를 번쩍 들어 품에 꼭 안았다.

"페넬로페가."

내가 대답했다. 페넬로페는 이리나의 전 부인이자, 여전히 만나고 헤어지기를 반복하는 여자친구였다. 이리나의 말을 빌리자면, 페넬로페는 고양이는 제 새끼처럼 잘 키우는데 식물 키우는 솜씨는 형편없었다.

"둘은 지금은 어떤 상태야?"

켄드라가 물었다. 페넬로페 차가 보이지 않는 걸 보니, 집에는 없는 것 같았다.

"글쎄, 헤어진 상태?"

나는 조심스럽게 말했다. 제삼자의 눈으로 보기에 둘은 서로 떨어져 있을 때가 훨씬 행복해 보였다. 요즘 둘 다 한결 밝아진 느낌이었다.

나는 우편물을 확인했다. 잡다한 광고지, 고지서, 시사용 DVD 스크리너 등이 섞여 있었다. 그리고 모세스가 배고플까 봐 사료를 듬뿍 담아줬다.

거실 벽난로 위에는 패티 스미스의 사진이 수호성인처럼 걸려 있었고, 그 옆에는 양털 러그와 퍼 담요, 푹신한 쿠션으로 가득 찬 공간이 있었다. 이리나는 그곳을 아기들의 놀이 울타리처럼 '플레이펜'이라고 불렀다. 안락함과 방탕함 사이 어딘가에 있는 공간 같았다. 그곳을 둘러볼 때마다 마치 이리나의 집이 나를 유혹하는 느낌이 들었다.

나는 이 집이 정말 좋았다. 처음 왔을 때 느꼈던 감정이 아직도 생생했다.

'아, 이게 바로 취향이라는 거구나.'

이리나는 뉴욕에 있는 동안 일정이 분 단위로 빼곡하게 짜여 있어서, 나는 원격으로 해야 할 일만 제대로 처리하면 나머지 시간엔 쉬어도 상관없었다. 여기서 '해야 할 일'이란 뉴욕의 미슐랭 레스토랑 바보^{Babbo}에서 저녁 식사를 예약하는 일 같은 업무였다. 이리나는 괜히 전화해서 뭐 하고 있냐고 쪼아대는 스타일이 아니었다. 본인의 스케줄에 차질이 없고 일이 착착 굴러가기만 하면 만사 오케이였다.

나는 마지막으로 야자나무에 물을 주기 위해 이리나의 드레스룸에 들어갔다. 이곳은 방 전체가 거대한 옷장이었다. 사방의 벽이 거울 달린 미닫이문으로 되어 있고, 중앙에는 유리 상판을 얹은 아일랜드 서랍장이 자리하고 있었다. 이 공간은 이 집의 진정한 보석 같았다. 크기도 엄청나지만, 안에 들어 있는 것들 하나하나가 모두 예술이었다. 이리나는 각 시대의 패션 아이템을 수집했다. 반짝이는 1970년대 스팽글 드레스, 1980년대 로라 애슐리 해변풍 원피스, 지방시의 맞춤복 컬렉션, 그리고 1992년 프라다 전 제품 컬렉션이 진열되어 있었다. 검은색 블레이저만 족히 쉰 벌은 넘었다. 천국이 있다면 바로 이런 곳일 터였다.

켄드라가 아일랜드 서랍장에 팔꿈치를 괴고 주변을 둘러보며 말했다.

"난 여기가 너무 좋아. 전에 내 사촌 결혼식 때 이리나가 튤 스커트 빌려주겠다고 했던 거 알지? 결국 사이즈가 안 맞아서 못 입었지만."

켄드라가 말한 튤 스커트는 〈섹스 앤 더 시티〉 오프닝 크레디트에서 사라 제시카 파커가 입었던 그 치마다.

"알아, 그 얘기 벌써 쉰 번은 들은 것 같아."

켄드라는 아일랜드 서랍장 위의 진열대에 걸린 스카프들을 살펴보다가 에르메스 실크 스카프에 손을 뻗어 부드럽게 매만지며 말했다.

"가끔 그리워."

"뭐가?"

"여기서 일하던 시절이. 일상이 정말 예측 불가였는데."

"이리나가 너 엄청 좋아하잖아. 말만 하면 이 옷장에서 살게 해줄지도 몰라."

내 말에 켄드라가 웃음을 터뜨렸다.

"그럴지도. 근데 시간이란 게 참 묘한 것 같아. 이제 전하고 느낌이 뭔가 달라."

"너하고 이리나 말이야?"

켄드라는 어깨를 으쓱하더니 살짝 쓴웃음을 지었다.

"그때는 주말도 상관없이 쉴 새 없이 전화가 와서 진짜 미치는 줄 알았거든. 이제는 그 소란이 그리울 때가 있어."

"근데 요즘 이리나도 전체적으로 덜 드라마틱해."

최근 이리나가 가장 크게 화를 냈던 일은 까탈스러운 셀러리 주스 취향 같은 문제가 아니라, 진짜로 영화 촬영 스케줄이 꼬였을 때였다. 게다가 그 일은 주말이나 심야가 아니라 정상적인 근무 시간대인 평일 오전 11시에 벌어진 일이었다.

나는 야자나무에 물을 다 주고 나서 짝 하고 손뼉을 치며 말했다.

"배고파 죽겠어. 우리 뭐 먹으러 가자."

30분 뒤, 우리는 샌 페르난도 밸리의 벤츄라 대로에 있는 아츠 델리에 자리를 잡았다. 마지막으로 왔던 게 언제였는지 가물가물했다. 거의 1년은 된 것 같았다. 켄드라에게 업무를 인수인계받던 시절에는 밥 먹듯 왔던 곳이었다. 퇴근 시간이 5시든 7시든 상관없이 우리는 늘 차를 몰고 할리우드 언덕을 넘어 여기까지 왔고 항상 빨간 부스에 앉아 똑같은 메뉴를 시켰다. 켄드라는 루벤 샌드위치, 나는 BLT 샌드위치와 코울슬로. 2리터는 족히 될 듯한 큰 컵에 담긴 탄산음료를 앞에 두고 감자튀김이 완전히 차가워질 때까지 두세 시간 동안 수다를 떨었다.

"아, 추억이네."

켄드라가 빨간색 부스 자리로 미끄러지듯 들어가며 말했다. 두툼한 플라스틱 메뉴판을 받았지만 볼 필요도 없었다. 웨이트리스 그레첸이 주문을 받으러 왔다. 40대 중반쯤 되어 보이는 그레첸은 우리를 보고 활짝 웃었지만 주문이 밀렸는지 조급해 보였다. 우리는 그레첸을 알아봤지만, 그레첸은 우리를 기억하지 못하는 눈치였다.

"맞다! 제이크하고는 어때?"

그레첸이 사라지자 켄드라가 물었다.

나도 모르게 입꼬리가 올라갔다.

"그렇게 좋아?"

켄드라가 물었다.

"아직 두 번밖에 안 만났어. 아직 이렇다 저렇다 할 단계는 아니야."

"누굴 속이려고!"

켄드라가 손가락으로 내 얼굴 앞을 가볍게 휘젓고는 덧붙였다.

"이렇게 헤벌쭉한 표정으로 하는 말을 믿으라고?"

나는 이제껏 켄드라에게 쪽지 이야기를 꺼낸 적이 없었다. 내가 미쳤다고 생각할까 봐 그런 건 아니었다. 물론 그렇게 생각할 확률이 높긴 하지만, 그런 걱정 때문이 아니라 그냥 아무에게도 말하고 싶지 않았다. 쪽지는 마치 나와 우주만 알고 있는 은밀한 놀이 같아서, 누군가에게 말하는 순간 그 마법이 사라져버릴까 두려웠다. 쪽지를 세상에 꺼내는 순간, 다시는 받을 수 없게 될까 봐. 지금까지 쪽지의 존재를 아는 사람은 휴고뿐이다.

"진짜야. 근데 느낌은 좋아. 다정하고 똑똑한 사람 같아."

나는 잠시 뜸을 들인 후에 입을 열었다.

"혹시 제이크 아내가 어떤 사람이었는지 알아?"

켄드라가 고개를 가로저었다.

"아니, 나도 그 일 있고 나서 제이크를 만났어."

내가 조용히 고개를 끄덕이자 켄드라가 이어서 말했다.

"정신적으로 많이 힘들었을 거야. 그래서인지 이해심도 깊고 보통 남자들보다 훨씬 성숙한 것 같아. 같이 있으면 느껴지지? 진짜 어른 같은 느낌."

"맞아. 나도 딱 그렇게 느꼈어."

내가 말했다.

"언제 조엘까지 넷이서 한번 보자!"

켄드라가 환하게 웃으며 말했다. 켄드라는 작년에 말리부 해변에서 조엘과 결혼식을 올렸다. 노을을 배경으로 스무 명 남짓한 하객만 초대한 작은 결혼식이었다. 켄드라는 레이스 도일리로 직접 베일을 만들어 썼다. 차 오디오에서 밥 말리의 음악이 흘러나왔고, 켄드라의 언니가 주례를 맡았다. 식이 끝난 뒤, 우리는 바닷가 레스토랑 제프리스에서 시원한 맥주와 따뜻한 레드 와인을 마시며 굴을 먹었고 바위에 부딪치는 파도 소리를 들었다. 모든 게 완벽했다.

너무나 켄드라다운 결혼식이었다.

조엘에 대해 말하자면, 그렇게 다정다감한 성격은 아니다. 아니, 사교성이 그리 뛰어난 편은 아니라고 해야겠다. 너무 야박한 표현처럼 들릴 수도 있지만 사실이다. 특히 밝고 개방적인 성격의 켄드라와 비교하면 그 차이가 더 두드러졌다. 조엘은 늘 친절했지만, 소프트웨어 엔지니어답게 여럿이 모인 자리보다는 혼자 있는 걸 선호했다. 켄드라에게 여자들끼리 밖에서 노는 걸 적극 장려하면서도 본인은 가능한 한 집 밖에서 함께하는 저녁 약속은 피하려 했다. 나는 그런 두 사람의 관계를 높이 평가했다. 서로를 있는 그대로 받아들이는 것처럼 보였기 때문이다. 적어도 제삼자가 보기엔 그랬다.

두 사람은 취향이나 식성도 달랐다. 조엘은 하이킹을 즐겼고 켄드라는 등산로에 발도 들이지 않았다. 조엘은 해산물은 먹지만 고기는 먹지 않는 페스카테리언이고, 켄드라는 햄버거 없이는 못 사는 사람이었다. 하지만 두 사람은 서로의 다름을 존중하며 균형을 맞춰 살아가고 있었다.

"조엘도 제이크 만난 적 있는데 마음에 들어 했어."

켄드라가 말했다.

나는 가죽 부스에 들러붙은 상의를 살짝 떼어냈다. '칙' 소리가 났다.

"가끔 솔로일 때가 그리울 때도 있어?"

내 물음에 켄드라는 한참 생각하더니 대답했다.

"솔직히 말하면 나는 내가 결혼할 줄 몰랐어. 결혼을 꿈 꾼 적도 없어. 너무 식상하고 뻔해 보였거든."

그러고는 어깨를 으쓱하며 덧붙였다.

"그러다 조엘을 만났지."

"그건 내 질문에 대한 답이 아니잖아."

내가 말하자 켄드라가 웃었다.

"그게 바로 답이야."

음식이 나왔다. 베이컨은 바삭하고 양상추는 살짝 시들 긴 했지만 토마토는 달고 신선했다. 특별할 것 없는, 딱 필 요했던 맛. 나는 이 맛이 그리웠다.

"그래서 솔로일 때가 그립지는 않다는 말이지?"

"그래서 맛있게 먹자는 말이야."

켄드라가 말하며 샌드위치를 한 입 크게 베어 물었다.

16

금요일에 제이크의 집에서 저녁을 먹기로 했다. 수요일 저녁에 제이크가 전화를 걸어 이렇게 말했다.

"나 요리할 줄 알아요. 잘하진 않는데, 먹을 만해요. 저녁 먹으러 올래요?"

그날 밤, 나는 아끼는 에이골디 청바지를 꺼내 입었다. 위에는 배꼽을 겨우 덮는 흰색 민소매 터틀넥을 입고 가느다란 끈이 달린 뱀가죽 힐을 골랐다. 어쩌면 한 시간도 안 돼서 벗게 될지도 모르지만, 조심스럽게 발을 넣고 끈을 조여 고정했다. 검은색 클러치를 들고 거울 앞에 서서 전체적으로 살펴보니 나쁘지 않았다. 다만 머리가 조금 흐트러졌고, 얼굴이 약간 창백해 보여서 브론저로 볼에 구릿빛을 살짝 더했다. 윗옷을 조금 내려 배를 더 가리고 마지막으로 골드 링 귀걸이를 챙긴 뒤 문을 나섰다.

제이크는 윌셔 대로의 고급 주거지, 윌셔 코리더의 고층 아파트에 살고 있었다. 나는 주소를 듣자마자 웃음이 났다. 제이크와 어울리지 않는 곳이라는 생각이 들었다. 첫째, 그 동네 주민의 평균 연령대는 여든넷쯤 될 것이다. 둘째, 아직 잘 알지는 못하지만 내가 생각한 제이크의 이미지와 거리가 멀었다. 제이크는 컬버 시티 같은 좀 더 캐주얼하고 트렌디한 동네에서 작은 정원이 딸린 아담한 주택에 살 것 같았다. 반면 윌셔 코리더는 뉴욕의 럭셔리 고층 아파트 같은 느낌이었다.

넓은 대리석 로비에서 도어맨이 과하게 깍듯한 태도로 나를 맞이했다.

"도와드릴까요?"

"제이크 그린을 만나러 왔어요."

도어맨이 나를 엘리베이터로 안내하고 17층으로 올려 보냈다. 엘리베이터 문이 열리자 제이크가 현관문 너머로 고개를 내밀었다. 개가 문밖으로 튀어 나오지 않도록 막느라 애쓰고 있었다.

"이 녀석은 세이버예요. 사람을 너무 좋아해서 탈이죠."

제이크가 말했다. 제이크 뒤에서 불독 믹스 강아지 한 마리가 신이 나서 어쩔 줄 몰라 하고 있었다. 나는 강아지 쪽으로 몸을 낮추며 조심스럽게 앉았다.

"만져봐도 돼요?"

제이크가 목줄을 단단히 잡은 채 고개를 끄덕였다.

"그럼요. 이 녀석 관심받는 걸 무지하게 좋아하거든요. 근데 침 세례는 각오해야 해요."

나는 세이버의 머리를 살며시 쓰다듬었다. 그러자 녀석이 턱을 쭉 올리고 내 손에 기대왔다.

"안녕? 반가워. 아이, 이뻐라."

나는 세이버에게 인사를 건넨 뒤 제이크를 올려다봤다.

"우리 개는 사람 손을 별로 안 좋아해요. 이렇게 애교 많은 아이를 보니까 새롭네요."

제이크가 목줄을 살짝 당겼다.

"자, 이제 들어가자."

나는 제이크와 세이버의 뒤를 따라 집 안으로 들어갔다. 제이크는 마치 당근으로 당나귀를 유인하듯이 뭔가를 흔들며 세이버를 침대 쪽으로 이끌었다. 세이버가 자리를 잡자 제이크는 그 플라스틱 원통 모양의 물건을 내려놓았다. 세이버는 그 통을 물고 정신없이 핥기 시작했다.

"안에서 땅콩버터가 나오거든요. 이거 하나면 몇 시간은 조용해요."

제이크가 나를 보며 따뜻한 미소를 지었다.

"오늘 정말 아름다워요."

제이크가 말했다.

나는 얼굴이 뜨겁게 달아올랐다.

"고마워요."

제이크는 맨발에, 흰색과 파란색이 섞인 셔츠를 짙은 청바지 바깥으로 꺼내 입고 있었다. 소매를 걷어 올려 팔에 난 주근깨가 훤히 드러났다. 그때 버터와 마늘이 섞인 향긋한 냄새가 코끝을 스쳤다.

"화이트 와인하고 레드 와인 중에 어떤 걸로 줄까요?"

제이크가 물었다.

"레드요."

"좋아요."

집은 넓고, 창밖으로 보이는 LA 전망도 훌륭했다. 높은 층이라 그런지 도시가 꽤 넓게 내려다보였다. 거실 한쪽에는 코너 소파가 놓여 있고, 맞은편에는 TV가, 안쪽에는 길고 슬림한 구조의 주방이 있었다. 제이크가 주방으로 향하자 나도 따라갔다.

주방은 새것처럼 깔끔했고, 가전은 모두 스테인리스 스틸로 마감되어 있었다. 조리 공간 옆에 작은 원형 테이블과 의자 네 개가 있어서 나는 의자에 앉아 제이크가 와인을 따는 모습을 지켜봤다.

"여기 산 지 얼마나 됐어요?"

"한 1년쯤? 아, 거의 2년 다 되어가네요."

"어쩌다 윌셔 코리더로 온 거예요?"

코르크가 '퐁' 소리를 내며 기분 좋게 빠졌다.

"어쩌다라뇨?"

제이크가 장난스러운 표정으로 되물었다.

제이크가 병을 들어 기울이자 와인이 잔 속에서 찰랑이며 차오르는 소리가 났다.

"여기 우편번호가 젊은 느낌은 아니잖아요."

제이크가 웃었다.

"그땐 몰랐다고 변명해도 될까요? 집이 필요한데 마침 좋은 조건에 이 집이 나왔고, 회사하고도 가까웠어요. 그 두 가지만 보고 결정했어요."

"실용적인 선택이었네요."

제이크가 와인 잔을 건넸다. 나는 한 모금 맛봤다. 묵직하고 깊은 풍미가 느껴졌다.

"근데 살아보니 나하고 잘 맞아요. 이웃들이 빵도 자주 굽고, 주로 집에 머무는 분들이 많아서 제가 바쁠 땐 화분에 물도 주고 세이버 밥까지 챙겨주거든요. 누가 상이라도 당하면 '브리스킷 요리단'이 출동하기도 하고요."

나는 깜짝 놀라서 와인을 뿜을 뻔했다.

"그 말을 어떻게 알아요?"

우리 할머니가 자주 쓰던 말이었다. 할머니 말로는 남자가 홀아비가 되면 동네 여자들이 저마다 브리스킷 요리를 들고 찾아오는데, 그중에서 제일 맛있는 요리를 해 온 사람을 새 아내로 맞이하게 된다.

"여기 살면서 알게 됐죠. 그렇게 만든 음식이 남으면 나한테도 오거든요. 쿠겔은 냉동했다가 먹어도 맛있던데요."

"혹시 유대인이에요?"

제이크가 웃었다.

"요즘처럼 유대인답게 산 적이 없어요."

온몸에 따뜻한 기운이 퍼졌다. 와인 때문인지 아니면 제이크의 말 때문인지는 알 수 없었다.

부모님은 늘 내가 유대인을 만나기를 바라셨다. 독실한 신앙심 때문은 아니었다. 두 분은 결혼 전에 7년이나 동거했고, 아빠는 예배드릴 때도 키파*를 쓰지 않았다. 아빠가 머리를 가리는 건 오직 비가 올 때뿐이었다. 하지만 유대인 전통만은 잇고 싶어 하셨다.

"가족 안에서 이방인이 되면 안 되지."

엄마는 종종 이렇게 말했다.

제이크가 잔을 들어 내 잔 쪽으로 기울였다.

"금요일 밤을 기념하며."

---

* 유대인 남성들이 쓰는 작고 둥근 모자.

잔을 부딪치자 맑은 소리가 났다.

"이쪽으로 와서 전망 볼래요?"

제이크가 미닫이문을 열고 한쪽 팔을 내밀어 나를 테라스로 안내했다. 고층이라 그런지 공기가 더 쌀쌀하게 느껴졌다. 나는 팔을 끌어안고 도시를 내려다보았다. 제이크가 옆으로 다가왔다.

"예전엔 이곳을 영화에 자주 나오는 도시 정도로 생각했어요. 특별한 개성은 없다고 여겼죠. 그냥 아름답기만한 곳은 별로 흥미롭지 않잖아요. 하지만 LA에서 몇 년을 살아보니 화려하기만 한 게 아니라 깊이가 있어요. 예술과 문화가 살아 숨 쉬는 도시예요."

"나는 LA 말고 다른 곳은 잘 몰라요. 다른 데서 몇 달 이상 살아본 적이 없거든요."

나는 그렇게 말했지만, 제이크의 말이 무슨 뜻인지 알 것 같았다. 어릴 적 나는 LA가 허영으로 가득한 도시라고 생각했다. 슈퍼카를 타고 거리를 누비다가 버뱅크의 허름한 아파트로 돌아가는 사람들처럼, 모든 게 그럴듯한 겉모습뿐인 것 같았다. 하지만 LA는 달라졌다. 아니, 어쩌면 내가 달라진 건지도 모른다. 지금의 나는 안다. 이 도시를 단 하나의 이미지로 정의할 수 없다는 것을. 단 하나의 이야기에 가둘 수 없다는 것을. LA는 많은 이야기를 품은 도시다. 이곳은 다른 도시와 마찬가지로 삶이 약동하고, 자연이 살아 숨 쉬며, 다양한 사람들의 경험이 뒤섞여 있다. 하지만 LA를 더 특별하게 만드는 자산이 하나 있다면, 그건 아마 넘쳐나는 희망일 것이다. 사람들이 끈질기게 붙잡고 있는 꿈, 그리고 바람처럼 흩어지는 꿈.

"고등학생 때는 LA에서 성공하려면 돈이 많고 날씬해야 한다고 생각했어요. 그런데 지금은 정말 다양한 가치가 인정받는 시대가 된 것 같아요."

나는 동쪽을 가리키며 말을 이었다.

"미술계는 눈부시게 성장했고 다운타운도 다시 살아났어요. 날씨나 할리우드, 성형외과 같은 게 아니어도 LA를 사랑할 이유는 너무 많아요."

"하지만 LA 날씨는 진짜 끝내주긴 해요."

제이크가 말하며 난간에 손을 얹었다. 우리는 잠시 말없이 서 있었다. 아득히 아래쪽에서 차가 다니는 소리가 희미하게 들려왔고, 바람이 스치듯 지나갔다.

"이 집은 내가 처음으로 혼자 살게 된 집이에요. 내 손으로 처음 선택한 집이기도 하고요. 그래서 더 애정이 가요. 이 동네는 늘 활기가 넘쳐서 이사 온 뒤로는 단 한 번도 외롭다는 생각을 한 적이 없어요."

제이크가 말했다. 그러고는 갑자기 난간에서 몸을 뗐다.

"아, 맞다! 잠깐만요."

제이크가 이 말을 남기고 집 안으로 사라졌다. 돌아보니 부엌으로 달려가 황급히 오븐 문을 열고 있었다. 나는 다시 도시 쪽으로 시선을 돌렸다. 어렸을 때 나는 늘 뉴욕의 고층 건물에서 살고 싶었다. 하늘과 가까운 곳, 일상으로부터 한 발짝 떨어진 높고 조용한 공간, 세상을 조금 멀리서 내려다볼 수 있는 곳. 그곳에 있으면 세상 머리 아픈 문제들도 주머니에 넣고 다닐 수 있을 정도로 작고 가볍게 느껴질 것 같았다. 다른 사람들이 쉽게 닿지 못하는 그곳. 내가 그 꿈에 가장 가까이 다가갔던 순간은 스튜어트의 아파트에서 보낸 하룻밤뿐이었다.

"뭐 하나만 물어봐도 돼요?"

제이크가 테라스 쪽으로 걸어오며 물었다.

"좀 단단하면서도 쫄깃한 밥알도 좋아해요?"

"밥 짓기는 원래 제 전문이에요. 한번 볼게요."

내가 웃으며 안으로 들어갔다.

다행히 밥은 무사했고, 제이크의 요리는 기대 이상이었다. 향신료가 은은하게 밴 모로코식 닭고기와 그리스 샐러드가 함께 차려져 있었다. 맛도 훌륭했다. 잘 익은 토마토는 과즙이 가득했고, 치킨 요리는 겉은 바삭하고 속은 촉촉했다. 심지어 올리브도 맛있었다. 우리는 작은 세라믹 그릇에 씨를 톡톡 뱉으며 올리브 한 접시를 다 먹었다.

식사를 마친 뒤, 우리는 접시를 싱크대에 쌓아두고 다시 와인 잔을 채워서 테라스로 나왔다. 도시는 어느새 불빛으로 가득했다. 알록달록한 불빛이 사방으로 퍼져나가며 화려한 경관을 만들었다. 높이 솟은 빌딩들, 반짝이며 구불구불 움직이는 차량 행렬, 그 사이에 점처럼 흩어진 야자나무들.

제이크가 몸을 돌려 나를 바라보았다. 그리고 와인 잔을 천천히 테라스 테이블 위에 내려놓았다. 그 순간, 우리 사이에 긴장감이 전류처럼 흘렀다. 일주일 전, 레스토랑에서 만났을 때 느꼈던 그 끌림이 다시 선명하게 되살아났다. 제이크는 신중하게 속도를 조절하는 사람이었다. 그럴수록 더 단단한 관계가 만들어질 거라 믿는 듯했다. 하지만 내 마음은 점점 조급해지고 있었다.

"지금 당신한테 키스하고 싶어요."

제이크가 내 팔꿈치에 살짝 손을 얹으며 속삭였다. 와인 잔을 쥐고 있던 내 손에 자연스럽게 힘이 들어갔다.

제이크가 조심스럽게 덧붙였다.

"괜찮아요?"

나는 제이크를 바라봤다. 와인 때문인지 어둠 속에서도 제이크의 뺨이 붉게 물들어 있는 게 보였다. 그러면서도 얼굴 전체가 마치 달빛을 머금은 것처럼 부드럽고 환하게 빛났다.

"얼마든지."

내가 대답했다.

제이크는 내 손에서 와인 잔을 가져가 자신의 잔 옆에 내려놓았다. 유리잔이 닿는 소리가 작게 울렸다. 제이크의 두 손이 내 팔꿈치를 감싸 쥐었다. 곧 그 손길이 어깨를 따라 천천히 올라왔다. 제이크의 얼굴이 가까워졌다. 눈높이가 거의 같았다. 나는 아직 힐을 신고 있었다. 제이크의 입술이 내 입술에 부드럽게 닿았다. 순간, 시간이 멈췄다. 추락 직전의 정적처럼, 잠깐 공중에 떠 있는 느낌이 들었다.

제이크의 손이 조심스레 내 허리로 이동했다. 망설임과 확신 사이를 오가는 손길이었다. 그 손길이 말없이 묻는 듯했다. 괜찮을까? 여기서, 지금, 나와 함께?

잠시 후, 제이크가 천천히 몸을 뗐다. 제이크의 표정은 너무도 투명해서 입을 열기도 전에 무슨 말이 나올지 알 것 같았다.

"우리 또 만나요."

제이크가 말했다. 어둠 속에서도 제이크의 미소가 선명하게 보였다. 우리는 마치 고양이들이 속삭이듯이 천천히, 부드럽게 진도를 나가고 있었다. 우아하다고 표현할 수 있을 정도였다.

　나는 고개를 끄덕였다. 그러고는 대답 대신 제이크의 얼
굴을 향해 손을 올렸다.

17

휴고와의 연애는 마치 스릴 넘치는 놀이기구를 타는 것 같았다. 짜릿하기도 하고 아찔하기도 했다. 앞도 보이지 않았고, 숨 돌릴 틈도 없이 무서운 속도로 내달렸다.

사귄 지 한 달도 채 되지 않았을 때, 휴고가 빅서^{Big Sur}에 가자고 했다. 나는 조심스러웠다. 휴고라는 사람이, 그리고 내가 알지 못하는 휴고의 과거가. 게다가 쪽지가 알려 준 기간도 마음에 걸렸다. 하지만 우리에게 주어진 시간이 한정돼 있다는 걸 알면서도 내 감정은 걷잡을 수 없이 커져만 갔다. 스스로도 놀랄 정도로 나는 휴고에게 빠르게 빠져들었다. 나는 모든 순간 휴고를 원했다. 휴고의 존재가 필요했고 휴고의 관심과 인정을 간절하게 원했다. 언젠가부터 회사에서 있었던 일 중에서 휴고가 흥미로워할 만한 얘기가 있으면 더 재밌게 과장해서 말했고, 휴고가 지나가듯 언급한 주제들은 집에 와서 찾아보고 공부하기도 했다. 그만큼 휴고에게 잘 보이고 싶었다. 나는 휴고를 웃게 하고 싶었다. 그리고 휴고가 '좋아'라고 대답하게 만드는 사람이 나였으면 했다. 휴고와 함께 있으면 마치 상을 받은 것처럼 벅찬 기분이 들었다. 하지만 동시에 그 상을 언제 빼앗길지 모른다는 불안감이 늘 마음 한편을 떠나지 않았다. 나는 휴고가 계속 내 곁에 머물러주길 바랐다. 다시 말하면 휴고의 관심이 내게서 떠나지 않기를 바랐다. 연애 초반에 마치 꿈속에 있는 것처럼 들떠 지내면서 나는 우리의 결말이 어디로 향하고 있는지를 완전히 잊어버리곤 했다.

나는 원래 사랑에 크게 집착하는 타입이 아니었다. 휴고를 만나기 전에 가슴 아픈 이별을 겪은 것도 딱 한 번뿐이었다. 대학교 3학년 때 만난 사람과 2년 2개월 동안 사귀고 헤어졌을 때였다. 그 정도 시간이면 사랑하기에 충분하다고 생각했다. 그래서 헤어져도 별로 아프지 않을 거라고 믿었지만, 아팠다. 그것도 제대로.

휴고와의 주말여행을 위해 나는 머피를 반려견 놀이방에 맡겼다. 그리고 집에서 짐을 챙겨서 나오자, 휴고가 검은색 페라리를 몰고 나타났다.

"진심이야?"

차를 보자마자 내가 말했다.

“오랜만에 좀 몰아보려고. 왜, 너무 튀어?”

“응, 많이.”

휴고가 차에서 내렸다. 그리고 내 쪽으로 빙 돌아오면서 자기 차를 쓱 훑어본 뒤 고개를 끄덕였다.

“인정.”

휴고가 그렇게 말하고 시선을 나에게 옮겼다.

“안녕? 많이 보고 싶었어.”

휴고와 함께 있으면 마치 태양이 나만을 비추고 있는 듯한 기분이 들었다. 활짝 핀 꽃들로 가득한 온실 안에 있는 것처럼 따뜻한 소용돌이가 나를 부드럽게 감쌌다. 모든 것이 뜨겁고, 찬란하고, 생명으로 가득 차올랐다.

“안녕.”

휴고가 가까이 다가오더니 몸을 숙여 내 입술에 가볍게 입을 맞췄다. 이어서 볼에 한 번 더 뽀뽀하고 다시 입술로 돌아왔다. 그러고는 나를 꼭 껴안았다. 그 순간 웃음이 터져 나왔다. 휴고와 함께 있을 때면 나는 어린아이처럼 웃었다. 그전에 내가 그렇게 웃어본 적이 있었는지조차 기억나지 않았다. 이런 내 모습이 바보처럼 느껴지면서도, 동시에 소중히 다뤄지고 따뜻하게 보살핌을 받는 기분이 들어서 괜히 더 웃음이 났다.

“준비 완료? 출발할까?”

휴고가 물었다.

나는 가벼운 짐 가방을 휴고에게 건넸다. 휴고가 짐을 간단하게 싸라고 했던 이유를 알 것 같았다. 이 차의 트렁크는 앞쪽 보닛 안에 있었는데 가로 60센티미터, 세로 90센티미터쯤 되어 보이는 아담한 크기였다. 다행히 가방이 딱 들어갔다.

내가 조수석에 오르자 휴고가 문을 닫아주고 운전석으로 돌아와 앉았다. 그러고는 중앙 콘솔을 가리켰다. 컵홀더에 테이크아웃 커피 두 잔이 꽂혀 있었다.

"앞에 있는 게 네 거야. 디카페인 카푸치노에 거품 많이."

가슴 깊은 곳에서 포근한 감정이 차올랐다.

"고마워."

"음악은 네 담당이야. 나는 취향이 없거든."

이건 처음 듣는 얘기였다. 우리는 아직 서로를 알아가는 중이었다. 그리고 나는 이런 사소한 걸 하나하나 알아가는 게 좋았다. 휴고에 대한 모든 건 다 기록하고 기억할 만한 가치가 있는 것처럼 느껴졌다. 쓸모없는 정보 따윈 하나도 없었다. 내가 휴고의 목덜미를 쓰다듬으면 휴고는 자연스럽게 고개를 내 쪽으로 기울였다. 무엇을 물어보든 휴고가 가장 자주 하는 대답은 "물론이지"였다. 휴고는 회색이 아닌 브이넥 티셔츠는 절대 입지 않았고, 헤어스타일에 항상 신경을 썼다. 그리고 문자 메시지에 이모티콘을 쓰는 법이 없었다.

"그게 무슨 뜻이야? 취향이 없는 거야, 관심이 없는 거야?"

휴고가 시동을 걸면서 나를 힐끗 바라봤다.

"예리한데. 근데 그 두 개가 다른 건가?"

나는 잠시 고민하다가 입을 열었다.

"그럼 너는 관심이 생기면 취향도 생기는 편이야?"

휴고가 도로로 진입했다. 휴고의 옆얼굴에 미소가 살짝 번졌다.

"내 자아는 그렇게까지 크지 않아."

휴고의 말에 나는 헛기침을 한 번 하고 라디오 버튼을 꾹 누르며 말했다.

"충분히 커."

우리는 정확히 다섯 시간 만에 목적지에 도착했다. 휴고는 고속도로에 들어서자마자 시속 160킬로미터를 넘게 밟으며 거침없이 달렸다. 덕분에 해안가에 도착할 무렵, 나는 휴고가 미친 속도로 커브 길을 돌아도 무덤덤할 정도가 되어 있었다.

"이쪽 봐봐. 여기가 세상에서 제일 멋진 드라이브 코스

중 하나야."

휴고의 말에 고개를 돌려 풍경을 봤다. 우리가 달리는 도로 왼쪽 아래로 바다가 부서지듯 밀려들고, 갈수록 더 거칠게 깎인 절벽이 나왔다. 마치 아일랜드의 해안 절벽에 와 있는 듯한 기분이 들었다. 낯설고 신비로운 겨울 왕국에 들어선 느낌이었다. 한 시간쯤 더 들어가자 휴대폰 신호가 잡히지 않았다. 나는 안테나가 사라진 폰 화면을 휴고에게 내밀어 보여줬다.

"이제 우리 둘뿐이네. 여기까지 온 거 후회해?"

"휴대폰 없는 휴고와 단둘이 있는 거? 이보다 좋을 수는 없지."

휴고가 손을 뻗어 내 무릎을 부드럽게 쥐었다.

우리가 머물기로 한 '포스트 랜치 인'은 캘리포니아 해안 절벽에 자리한 객실 마흔 개 규모의 호텔이었다. 휴고가 주차를 마치자, 나는 차에서 내려 다리를 쭉 펴고 허리를 구부려 몸을 풀었다. 따뜻한 피가 다시 팔다리로 퍼져나가는 게 느껴졌다.

휴고가 짐을 내리는 동안 나는 주변을 둘러보았다. 평온한 아름다움이 물리적으로 와닿았다. 한 걸음 한 걸음 내디딜 때마다 몸이 스르르 풀렸다. 공기부터 달랐다. 비 냄새, 소나무 향, 라벤더 향이 섞여 있었다. 그야말로 깨끗한 자연 그 자체였다. 매연이나 화학 물질 냄새 같은 건 전혀 감지되지 않았다. 모든 것이 오염되지 않고 순수하게 살아 있는 곳.

우리는 곧 방을 안내받았다. 바다가 바로 내려다보이는 방갈로였다. 전용 테라스에 안락의자와 따뜻한 거품 욕조가 준비되어 있었다. 실내는 붉은빛이 감도는 체리나무로 마감하고 천장에는 나무 들보가 그대로 드러나 있어서 세련된 숲속 오두막 같았다. 주물 벽난로에는 조용히 불꽃이 타올랐다.

"천국이네."

나는 진심으로 감탄했다.

등 뒤에서 휴고가 벨보이에게 고맙다고 인사하는 소리가 들렸다. 곧이어 문이 닫히는 소리가 났다.

"마음에 든다니 다행이야. 여기는 내가 제일 좋아하는 곳 중 하나거든."

뒤를 돌아보니 휴고가 얼음 통에서 샴페인을 번쩍 들어 꺼내고 있었다. 곧 '펑!' 하고 코르크 마개가 튀어 올랐다. 나는 허리에 묶고 있던 스웨터를 풀어 머리 위로 슥 입었다.

"한잔할까?"

휴고가 샴페인 잔 두 개를 들고 테라스로 나갔다. 나는 휴고의 손에서 잔 하나를 받아 들고 휴고의 잔에 챙 소리가 나게 부딪친 뒤 차가운 샴페인을 한 모금 마셨다. 달콤한 맛이 입안에 퍼졌다. 환상적인 맛이었다.

"다섯 시간 거리에 이런 곳이 있다니, 믿기지가 않아."

휴고가 씨익 웃었다.

"완전히 딴 세상이지?"

"그냥 여기 살자."

휴고가 몸을 기울여 내 어깨에 살짝 입을 맞췄다. 스웨터 위로 휴고의 이가 스치듯 닿는 게 느껴졌다.

"자, 이제 투어를 해볼까?"

"호텔 둘러보자고?"

내 물음에 휴고는 내 손에서 샴페인 잔을 가져가 테라스 욕조 가장자리에 조심스럽게 내려놓았다.

"아니, 우리 방."

휴고가 내 손을 잡고 다시 안으로 이끌었다.

이번 여행이 특별히 더 설레고 기대됐던 이유는 따로 있었다. 우리는 아직 잠자리를 하지 않았다. 그동안 스킨십도 하고, 진한 키스도 나누고 심지어 밤을 함께 보내기도 했지만, 아직 그 이상은 없었다. 자주 만날 수 없었다는 점도 한몫했다. 휴고는 늘 출장 중이었고 나 역시 유난히 일이 많아서 만날 시간을 내기 어려웠다. 그리고 지난주, 드디어 모든 조건이 맞아 떨어졌을 때 내가 생리를 시작해버렸다. 나중에는 몰라도 처음을 그 상태로 시작하는 건 너무 거칠게 느껴졌다.

"여기가 응접실이야. 70년대 감성으로 제작된 소파 두 개가 포인트지."

휴고가 짙은 갈색 소파 옆으로 나를 데려갔다. 두 소파 사이에는 유리와 크롬 소재의 커피 테이블이 놓여 있었다.

"멋진데."

"그리고 여기는 우리가 내일 아침을 먹을 곳."

한쪽 구석에 작은 식탁과 나무 의자 두 개가 있었고 식탁 위에는 과일과 견과류, 달콤한 빵이 담긴 바구니가 가지런히 놓여 있었다.

"그리고 여기는, 음, 이걸 뭐라고 하더라."

휴고가 장난기 가득한 미소를 지으며 내 쪽으로 돌아서더니 침대를 가리켰다.

"잠잘 때 쓰는 거?"

내가 툭 던지듯 말했다. 휴고가 웃으며 내 허리를 감싸 안고 목덜미 쪽으로 얼굴을 가까이 가져왔다.

"틀렸어."

휴고가 속삭였다. 나는 손을 들어 휴고를 맞이했고, 휴고는 내 귀밑에 부드럽게 입을 맞췄다. 휴고의 품에 안겨 있으니 몸이 젤리처럼 말랑해지는 기분이었다. 나는 침대에 살짝 걸터앉아 몸을 뒤로 기대며 휴고를 내 쪽으로 끌어당겼다.

나는 휴고와 자고 싶었다. 그 마음이 너무 커서 최근 몇 주 동안 내가 계속 그 방향으로 분위기를 몰아간다는 생각이 들 정도였다. 하지만 한편으로는 그런 나의 마음이 우리 사이에 어떤 영향을 줄까 봐 두려웠다. 나는 이미 내가 휴고에게 너무 깊이 빠져 있다는 걸 알고 있었다. 그리고 그런 자신에게 화가 나기도 했다. 만약 내 친구가 이런 상황에 놓여 있다면 나는 냉정하게 말했을 것이다. 이런 남자들은 절대 변하지 않아, 지금은 너한테 빠져 있는 것 같아도 머지않아 차갑게 식을 거야, 지금 둘 사이에 오가는 감정이 특별하다고 착각하면 안 돼.

사실 나에게는 친구의 조언 같은 건 필요하지 않았다. 이미 모든 걸 말해주는 쪽지가 있었으니까. 문제는, 내 몸이 그 사실을 믿으려 하지 않는다는 점이었다.

"여기 오는 내내 이 순간만 생각했어. 지난 몇 주 동안 미쳐버리는 줄 알았어."

휴고가 말했다. 순간, 내 머릿속에 연기 학원 주차장에서 봤던 장면이 스쳐 지나갔다. 휴고가 사라진 후, 문 앞에 서 있던 카산드라의 모습. 혹시 휴고가 여전히 내게 관심을 보이는 이유는 우리가 아직 잠자리를 갖지 않았기 때문

은 아닐까? 만약 오늘 그 선을 넘으면 모든 게 마법처럼 끝
나버리는 건 아닐까? 나는 오래전 뉴욕에서 만났던 스튜
어트가 떠올랐다.

그때 휴고의 손이 내 등허리를 지그시 누르며 나를 끌어
당겼다. 나는 깊은숨을 내쉬었다. 이제 어떻게 되든 상관
없었다. 휴고가 내 목을 지나 쇄골 쪽으로 입술을 옮겼다.
그리고 쇄골의 오목한 부분에 부드럽게 입을 맞춘 뒤, 천
천히 혀로 훑어 내려갔다. 나는 꿀꺽 숨을 삼켰다.

"잠깐 일어나볼래?"

휴고가 낮게 말했다.

나는 천천히 몸을 일으켰다. 휴고가 내 스웨터 밑단을
잡아 올렸다. 나는 휴고가 스웨터를 편하게 벗길 수 있게
도왔다. 안에 입고 있던 얇은 속옷이 자연스럽게 함께 벗
겨졌다.

이날을 위해 가장 아끼는 속옷을 입었다. 핫핑크 레이스
가 달린 앞후크형 브래지어. 하지만 휴고는 속옷에는 전혀
관심이 없어 보였다. 휴고의 손끝이 가볍게 내 가슴을 따
라 내려오더니 왼쪽 가슴 바로 위에 머물렀다. 손이 너무
차가워서 나는 깜짝 놀라 몸을 살짝 떼었다.

"왜 그래? 괜찮아?"

휴고가 물었다. 나는 고개를 저었다.

"아니, 그냥 좀 추워서."

휴고는 침대 양옆에 단단히 끼워져 있던 이불 자락을 빼서 나를 감쌌다. 내가 이불 속으로 파고드는 동안 휴고는 셔츠와 청바지를 벗어 던졌다.

이불은 서늘하지만 부드러웠다. 휴고가 내 옆으로 들어오더니 나를 꽉 끌어안았다. 휴고의 몸에 닿는 순간 따뜻한 온기가 퍼져나갔다.

"얼음장 같아."

휴고가 말했다. 온몸에 닭살이 바늘처럼 돋아났다. 휴고가 손을 들어 내 팔을 천천히 쓸어내렸다. 처음엔 부드럽게 쓰다듬다가, 점점 힘을 실어 온몸을 쓸어내렸다. 나는 몸을 돌려 내 가슴을 휴고의 가슴에 밀착시켰다. 살과 살이 맞닿은 느낌이 그대로 전해졌다. 내 목에는 휴고의 숨결이 와닿았다. 휴고는 따뜻했다. 아니, 뜨거웠다. 나는 몸을 더 밀착시켰다. 휴고의 몸은 마치 열을 뿜어내는 난로 같았다. 그 안으로 들어가고 싶었다. 아니, 아예 휴고의 살결 속에 스며들어 함께 숨 쉬고 싶었다. 휴고가 양손으로 내 등을 단단히 감싸안았다.

"좀 따뜻해졌어?"

"응, 훨씬."

나는 몸을 살짝 떼고 휴고의 얼굴을 바라봤다. 휴고의

눈동자는 커다란 금빛 웅덩이 같았다. 그 황금색 용암에 한번 빠지면 절대 헤어날 수 없을 것 같았다. 나는 손끝으로 휴고의 뺨을 가볍게 만졌다. 그리고 고개를 들어 휴고에게 키스했다. 휴고의 입술은 차갑고, 부드럽고, 버터처럼 매끄러웠다. 휴고가 나를 부드럽게 떼어내더니 내 얼굴을 가만히 바라봤다.

"넌 나에게 정말 특별한 존재야."

그리고 내 뺨을 쓰다듬으며 덧붙였다.

"진심이야."

나는 그 말을 믿고 싶었다. 정말 간절히 믿고 싶었다. 서로 몸을 맞대고 있는 이 순간이 너무나도 좋았으니까. 하지만 알고 있었다. 믿으면 안 된다는 걸. 3개월. 3이라는 숫자가 머릿속에서 뱀처럼 꿈틀거렸다.

"다른 사람들한테도 그렇게 말했어?"

내가 물었다.

휴고가 천천히 미소를 지어 보였다.

"절대 아니지."

18

수요일 늦은 아침, 이리나가 뉴욕에서 돌아왔다. 이리나는 장거리 이동 탓에 몸이 부었다고 투덜대더니 스물네 시간 동안 물만 마시는 클렌즈를 하겠다고 선언했다. 하지만 몇 시간도 안 돼서 말을 바꿨다.

"팟타이 시켜 먹을까? 엄청 맵게, 채소 추가해서? 혹시 오늘 약속 있어?"

이리나는 실크 가운을 걸치고 주방에서 메를로 와인 한 병을 따며 내게 물었다. 오후 4시쯤이었다.

"없어요."

나는 솔직하게 대답했다. 제이크와는 어제 점심을 함께했고, 켄드라는 남편과 집에 있었고, 휴고는 금요일까지 뉴욕에 머물 예정이었다. 그리고 문득 깨달았다. 한때는 친구가 많았던 것 같은데, 결혼식이나 처녀파티, 생일 같은 특별한 날이 아니고서는 좀처럼 사람들을 만날 일이 없다는 것을. 서른이 넘으면서 친구들은 뉴욕, 샌프란시스코, 시애틀, 워싱턴 DC 같은 도시로 흩어졌다. 매주 수요일 밤마다 모이던 술자리는 언젠가부터 문자로 대체된 지 오래였다. 친구 대부분은 이제 엄마가 되어 아이를 키우고 있었다. 나이가 들수록 인연을 이어가는 게 어렵게 느껴졌다. 인연의 끈을 붙잡고 있으려면 각자의 삶이 서로 다른 방향으로 흘러가더라도 의식적으로 서로를 선택해야 했다. '너를 선택할게.' 한 번으로 끝내지 않고 계속해서, 거듭해서 그 마음을 전해야 했다. 하지만 모두가 그럴 수 있는 건 아니었다. 전하고 싶어도 그럴 수 없는 사람도 있었다.

"얘기 좀 할래?"

이리나가 주방 카운터 앞 의자를 가리키며 말했다.

이리나와 함께 있으면 마치 화려하고 자기중심적인 상담사와 시간을 보내는 기분이 들었다. 이리나는 흔쾌히 저녁을 사고 명품 가방을 턱턱 선물하고 내 고민을 물어보기도 하지만 막상 내가 이야기를 꺼내면 마치 소파 건너편에서 주워들은 가십처럼 가볍게 흘려들었다. 이리나는 와인잔을 하나 더 꺼내 와인을 따르고는 내 앞으로 살며시 밀었다.

"그래서, 켄드라한테 듣자 하니 요즘 누구 만난다며?"

나는 헛웃음이 나왔다.

"저는 도대체 언제쯤이면 대표님이 순수한 의도로 잘해 주는 법은 없다는 걸 깨닫게 될까요?"

"그런 날은 절대 안 왔으면 좋겠는데? 어쨌든 말 나온 김에 다 얘기해봐. 아, 새우볶음밥도 하나 시킬까?"

이리나가 내 옆에 앉으며 말했다. 나는 흔쾌히 고개를 끄덕였다.

"서머롤도 추가하자. 그래야 어디 가서 제대로 먹었다는 소리 듣지."

이리나는 아이패드로 주문을 하고 주방 카운터 위에 툭 던졌다.

"그래서, 어떤 남자야?"

"착해요."

"착해?"

"요즘 착하다는 말이 너무 과소평가되는 것 같아요."

"참고로 난 너보다 스무 살쯤 많거든."

나는 눈썹을 살짝 치켜올렸지만 아무 말도 하지 않았다.

"그러니까 정확히 알지. 착하다는 말은 침대에서는 별로 라는 뜻이야."

"그건 아닌 것 같아요."

"아닌 거 같은 거야, 아니면 확실히 아니야?"

"아직 거기까진 진도가 안 나갔어요."

이리나가 와인 잔을 들어 내 쪽으로 살짝 흔들고는 말했다.

"물론 내 경험이 좀 오래전이긴 한데, 인품이 곧으면 보통 몸이 부실해."

"그 멘트, 대표님 홈페이지 프로필에 추가할게요."

내 말에 이리나가 피식 웃었다.

"네 행복이 제일 중요하지. 좋다니까 뭐라 하진 않을게. 근데 너한테는 최고가 어울려."

이리나가 말했다. 나는 와인을 한 모금 마셨다.

"고마워요. 페넬로페는 잘 지내요?"

이리나는 못마땅한 듯 고개를 저었다.

"가끔은 내가 스물다섯 살짜리 연애를 하고 있는 기분이야."

"그럼 좋은 거 아니에요?"

"지금 내 나이가 빌어먹을 예순만 아니면, 좋았겠지?"

나는 아직 나이 드는 것, 특히 누군가와 함께 나이 들어가는 삶에 대해 진지하게 생각해본 적이 없었다. 그게 바로 쪽지의 장점이었다. 쪽지가 알려주는 현재에만 머무르고, 그 너머의 미래를 굳이 앞서 상상하지 않아도 됐다. 제이크를 만나기 전까지는 그랬다.

"그럴 수도 있겠네요. 저는 나이에 대해 별로 생각을 안

해봤어요."

이리나가 내 손 위에 자신의 손을 올렸다. 차가운 은색 칵테일 링이 내 손등에 닿았다.

"내가 오늘 왜 이렇게 말이 많을까. 그냥 흘려들어. 페넬로페랑 별짓을 다 했지만, 여전히 사랑해. 아주 많이. 지금 시차 때문에 피곤해서 그런 거야. 나이 먹어서 그런 것도 있고."

"대표님 나이 안 많아요."

"그렇긴 하지? 나 이제 겨우 서른다섯이니까."

초인종이 울렸다. 내가 일어나려 하자 이리나가 손짓으로 만류했다.

"내가 갈게."

이리나는 부드러운 걸음으로 복도를 따라 현관으로 향했다. 곧 문 너머에서 말소리가 들려왔다.

나는 가방에서 휴대폰을 꺼냈다. 엄마에게서 온 부재중 전화 한 통, 이번 주말에 가기로 한 마블 영화 시사회에 대한 켄드라의 메시지, 그리고 제이크가 보낸 메시지가 하나 있었다. 기사 링크였다. 클릭하니 '카뷰레터의 변천 과정'이라는 제목이 떴다. 피식 웃음이 났다. 기사에 따르면 카뷰레터는 1994년을 마지막으로 사라졌다고 한다.

—시간 여행 중인가요? 〈백 투 더 퓨처〉의 맥플라이였

군요.

나는 이렇게 답장을 보냈다.

잠시 후, 메시지가 도착했다.

―답장 수준이 너무 높은데요.

그리고 바로 이어진 다음 메시지.

―오늘 밤에 뭐 해요?

―지금 상사 집에 있어요.

―7시가 다 되어가는데요?

―일 끝나고 그냥 수다.

화면에 상대방이 타이핑 중임을 알리는 말풍선 표시가 떴다가 사라졌다. 다시 떴다가, 또 사라졌다. 그리고 도착한 메시지.

―이따가 술 한잔할래요?

그날 밤, 멜로즈에 있는 레스토랑 진크에서 제이크를 만났다. 음식은 딱히 인상적이지 않았지만 분위기가 좋았다. 제이크는 라임을 넣은 테킬라 샷을 두 잔 시켰다. 우리는 안쪽 구석의 2인용 테이블에 마주 앉았다. 흰색 와플 헨리넥 셔츠에 어두운 청바지를 입은 제이크는 샤워를 갓 마치고 나온 것처럼 머리끝이 아직 촉촉했고 기분 좋은 향이 났다.

"오늘 뭐 했어요?"

내가 물었다.

"판타지 드래프트*요."

제이크가 조금 민망한 듯 웃으며 덧붙였다.

"지금 도망가도 안 잡을게요."

"나 어릴 때 축구 좀 했어요."

내 말에 제이크의 얼굴이 환해졌다.

"나도요! 지금도 가끔 동네 축구 리그에 나가요. 혼성인데 혹시 관심 있어요?"

나는 고개를 저었다.

"아니요. 이젠 운동을 별로 즐기지 않아요. 땀 나는 것도 싫고 모발 관리에도 안 좋은 것 같고. 동네 축구 리그라니, 재밌긴 하겠네요."

제이크가 장난기 가득한 눈으로 나를 위아래로 슬쩍 훑어봤다.

"안 믿기는데요?"

제이크가 말했다. 나는 머리카락을 만지작거렸다.

"아, 대단하게 관리하는 건 아니고 머리 감을 때 컨디셔너 바르는 정도예요."

---

* 가상으로 팀을 만들고 선수를 선발하는 게임.

내 말에 제이크가 웃으며 고개를 저었다.

"그런 뜻으로 한 말 아니에요."

제이크가 말했다. 나는 제이크의 눈을 바라보았다.

"알아요."

그때 음료가 나왔다. 나는 잔에 끼워진 라임 조각을 집어 쭉 짜 넣고, 남은 조각을 잔 안에 툭 떨어뜨렸다.

"상사랑 친구처럼 지내는 사이에요?"

제이크가 물었다.

"친구라고 하긴 좀 그렇지만 제가 좋아하긴 해요. 그리고 태국 음식을 사준다는데 마다할 이유가 없잖아요."

제이크가 빠르게 두 번 고개를 끄덕였다.

"공짜 태국 음식. 기억해둘게요."

"멋진 사람이에요. 감각도 뛰어나고. 1년에 거의 스무 편의 영화를 제작해요. 그 열정이 정말 존경스러워요."

"다프네도 나중에 그렇게 되고 싶어요?"

나는 뭐라고 답할지 잠시 고민했다. '아니요, 저는 그렇게까지 열정적이진 않아요' 혹은, '서른셋인데 아직도 뭘 하고 싶은지 모르겠어요'라고 말하는 대신 이렇게 답했다.

"나는 '전념 공포증'이 있는 것 같아요."

제이크가 가볍게 헛기침을 했다.

"무슨 말인지 좀 더 설명해줄래요?"

나는 테이블 위에 팔꿈치를 올렸다. 거칠게 마감된 나무 표면에 군데군데 금속 장식이 박혀 있었다.

"대학 졸업하고 꽤 오래 자리를 못 잡았어요. 나 혼자 제자리걸음을 하는 것 같았죠. 솔직히 지금도 가끔 그런 기분이에요. 일 때문은 아니에요. 지금 하는 일이 마음에 들거든요. 영화도 좋아하고 어시스턴트 업무도 만족스러워요. 내가 나름 잘하고 있다는 생각도 들고요. 그런데 이리나 같은 사람이 되고 싶은지는 모르겠어요. 더 솔직히 말하면, 나는 이리나 같은 사람은 못 될 것 같아요."

"왜 그렇게 생각해요?"

제이크가 내 눈을 바라보며 물었다.

"이미 늦은 것 같아요. 너무 오래 방황한 것 같고. 내가 아는 성공한 사람들은 일찍부터 자기 길을 딱 정하고 꾸준히 올라왔더라고요."

"그렇지 않은 사람도 많아요. 쉰 살에 처음 배역을 따낸 배우도 있고, 예순 넘어서 첫 영화 만든 감독도 있고, 마흔 넘어서 의대 간 사람도 있어요."

제이크가 말했다.

"마흔 넘어서 의대에 갔다는 사람 얘기를 들은 게 대체 언제예요?"

내가 물었다.

제이크가 잔을 들어 한 모금 마셨다.

"어떤 글에서 봤어요. 내가 하고 싶은 말은, 그런 예외적인 일이 생각보다 많다는 거예요. 성공으로 가는 길은 하나만 있는 게 아니에요. 다프네가 그 예외가 되지 말란 법은 없잖아요."

나는 이미 예외적인 사람이었다. 많은 면에서 흐름을 벗어나 있었다. 마치 어긋난 퍼즐 조각처럼, 유전자의 배열이 순간적으로 흔들린 것처럼. 게다가 나는 남들이 누리지 못하는 것들을 누리고 있었다. 적어도 내가 알기로는 그랬다. 그런 내가 또 다른 예외까지 기대하는 건 너무 큰 욕심이 아닐까. 어쩌면 운명을 시험하는 일일지도 몰랐다.

"그러려면 진짜 간절히 원해야죠."

내 말에 제이크는 가만히 나를 바라봤다. 그 순간, 나는 전에 제이크가 했던 말의 의미를 비로소 이해했다. 깊이. 진짜 중심까지 들어갈 용기.

"다프네는 어떤데요?"

제이크는 셔츠 단추를 몇 개 풀고 있었고, 얼굴은 숨김없이 활짝 열려 있었다. 마치 내가 가뿐하게 통과할 수 있는 문 같았다. 나는 그 문을 열고 들어가고 싶었다. 그리고 내 안의 공간을, 제이크가 아직 모르는 모든 것들을 보여주고 싶었다.

하지만 아직은 때가 아니었다. 우리는 이제 막 시작했을 뿐이고, 깊고 무거운 이야기를 꺼내기에는 너무 일렀다. 그 이야기들은 여전히 내 침대 밑 상자 속에, 쪽지들과 함께 잠겨 있었다.

19

　빅서에서 밤을 보내고 아침에 눈을 뜨자마자 몸을 돌려 휴고에게 손을 뻗었다. 하지만 손에 잡히는 건 허공뿐이었다. 나는 몸을 일으켜 창밖을 내다봤다. 해가 게으름이라도 피우는지 밖은 아주 희미하게 밝아왔고, 방 안은 여전히 절반쯤 어둠에 잠겨 있었다.

　"휴고?"

　아무 대답이 없었다.

　나는 몸에 아무것도 걸치지 않은 상태였다. 눈을 감자 어젯밤의 장면들이 하나하나 떠올랐다. 목을 스치던 휴고의 입술, 허리를 감싸던 휴고의 손, 귓가에 맴돌던 휴고의 깊고 짙은 목소리.

　어젯밤 대충 벗어놓은 목욕가운이 침대 옆 의자에 걸려 있었다. 나는 가운을 집어 몸에 두르고 허리끈을 꽉 묶었다.

　어디 갔지?

나는 침대에서 일어나 슬리퍼에 발을 밀어 넣은 뒤 테라스로 나갔다.

호텔을 둘러싼 숲은 아직 깊은 잠에 빠져 있었다. 차 소리도, 사람 목소리도, 전자 기기 소리조차 들리지 않았다. 눈에 보이는 모든 풍경이 고요했다. 시야에 들어오는 건 다른 방갈로 두 채뿐, 불빛 하나, 건물 하나 보이지 않았다. 모든 것이 현대 문명의 빛이나 소리에 물들지 않은 본연의 모습 그대로였다. 발아래 펼쳐진 바다는 깊은 숨을 들이쉬고 내쉬듯 느긋하게 호흡하고 있었다.

문득 어렸을 때 부모님과 함께 맨해튼 비치에 갔던 기억이 떠올랐다. 우리 가족은 주차비를 아끼려고 늘 언덕 꼭대기에 차를 대놓고 가파른 길을 따라 해변 산책로까지 걸어가곤 했다. 가끔은 자전거를 싣고 가서 해변을 따라 달리기도 했지만, 보통은 모래사장 위에 우리만의 아지트를 짓고 그곳에 머물렀다. 커다란 파라솔을 펼친 뒤, 바닥에 수건을 깔고 먹을 것이 가득한 아이스박스를 꺼냈다. 해변에 갈 때면 엄마는 늘 나와 함께 짐을 쌌다. 그래서 나는 그 박스 안에 호밀빵과 치즈 말고도 내가 따로 챙겨 넣은 골드피쉬 과자와 초콜릿칩 쿠키가 있다는 걸 알았다. 해변에 도착하면 아빠는 백사장을 따라 달리기를 했고 엄마는 책 한 권을 펼쳐 조용히 독서를 했다. 나는 바다와 엄마 사이를 오가며 짠물에 흠뻑 젖은 채 소리를 지르고 자유롭게 뛰어다녔다. 그 시절의 바다는 정말로 살아 숨 쉬는 것 같았다. 저 멀리까지 헤엄쳐 간다면 바다와 하늘이 만나는 지점에 다다를지도 모른다고, 그 매끈한 수평선을 손으로 쓰다듬을 수 있을 거라고 믿었다.

나는 빅서의 절벽 위에서 바다를 내려다보며 문득 생각했다. 그 믿음은 도대체 언제 사라진 걸까? 학교에서 지구가 둥글다는 사실을 처음 배웠을 때였을까? '아, 그렇구나!' 하고 깨달았던 순간은 기억나지 않았다. 우리는 어린 시절 믿었던 것들을 대체 어느 순간부터 믿지 않게 되었을까? 왜 그런 믿음은 우리가 알아채지도 못할 만큼 천천히, 조용히, 사라져버리는 걸까?

발코니에 있으니 꽤 쌀쌀했다. 기온이 4도 정도 되는 것 같았다. 나는 목욕가운을 더 바짝 여미고 두 손을 주머니에 깊숙이 찔러 넣었다. 숨을 들이쉴 때마다 몸이 서서히 깨어나고 정신이 맑아졌다. 한 달. 마음을 정하기까지 단 한 달이면 충분했다. 휴고와 만난 지 4주 만에 나는 결심했다. 현실이 어떻든 신경 쓰지 않기로. 종이에 뭐라고 쓰여 있든 상관없었다. 나는 이 사람을 원했다. 함께 눈 뜨고, 함께 잠들고 싶었다. 아침마다 휴고가 욕실 거울 앞에 서서 출근 준비를 하는 동안 촉촉한 등에 내 얼굴을 기댄 채 하루의 시작을 함께하고 싶었다. 한밤중에는 잠결에 휴고의 발이 내 발에 닿았으면 했다. 휴고가 가장 먼저 전화를 거는 사람이 나였으면 했다. 나는 휴고가 바쁜 일상 속에서 잠시 쉬어갈 수 있는 안식처가 되고 싶었다. 나에게 90일은 너무 부족했다. 나는 모든 것을 원했다.

"좋은 아침."

돌아보니 러닝복 차림의 휴고가 커피 두 잔을 들고 내 쪽으로 다가오고 있었다. 휴고는 커피를 한 모금 마신 다음, 두 잔 모두 내 옆에 있는 탁자에 내려놓았다. 그러고는 두 팔로 나를 꽉 끌어안았다. 나는 휴고의 가슴에 머리를 기댔다. 운동을 하고 왔는지 옷이 땀에 살짝 젖어 있었다. 휴고에게서 땀과 흙 내음이 섞인 자연의 냄새가 났다.

나는 손을 뻗어 휴고의 머리카락을 천천히 만졌다. 휴고는 내 눈을 가만히 바라봤다.

"안녕, 잘 잤어?"

휴고의 물음에 나는 말없이 고개를 저었다. 그리고 두 손으로 휴고의 얼굴을 감싸고 발끝을 들어 입을 맞췄다. 입술에서 커피 맛이 났다. 나는 휴고를 더 힘껏 끌어당겼다. 더 가까이, 더 붙을 수 있도록.

휴고의 손이 내 가운 끈을 찾아내더니 매듭을 슥 풀었다. 가운이 툭 하고 열렸다. 휴고의 차가운 손가락이 몸에 닿자 순간 움찔했지만 내 피부는 휴고의 체온에 금세 적응했다. 휴고의 손끝이 내 배를 부드럽게 쓰다듬었다.

나는 휴고를 더 끌어당겼다. 우리는 서로의 몸을 가리고 있던 모든 걸 벗겨냈다. 휴고의 옷과 러닝화, 내가 입고 있던 가운까지 모두 벗어 던졌다. 내가 침대에 앉아 몸을 살짝 뒤로 젖히자 휴고가 숨을 거칠게 내쉬며 내 위로 몸을 숙여 다가왔다.

"다프네, 너무 아름다워."

휴고가 말했다. 한번에 쏟아내지 않고 단어 사이에 간격을 두고 말했다.

"원하는 걸 말해봐."

휴고의 목소리는 우리를 둘러싸고 있는 아침 안개처럼 희미하면서도 거칠었다.

"너를 원해."

내 말이 끝나자마자 휴고가 고개를 숙여 내 입술에 입을 맞췄다. 그리고 우리 사이에 조금의 틈도 남기지 않으려는 듯 몸을 밀착했다. 휴고의 무게가, 존재감이, 190센티미터에 가까운 체격이 내 온몸으로 느껴졌다.

"여기 있잖아."

휴고의 몸이 더 깊이 들어왔다. 나는 눈을 감았다. 눈을 다시 떴을 때 휴고는 나를 바라보고 있었다. 이마에 땀방울이 맺힌 채 휴고는 나를 향해 부드럽게 움직였다. 나는 손을 뻗어 휴고의 팔뚝을 잡았다.

나는 순간, 충돌하는 두 가지 감정에 휩싸였다. 한편으로는 이 상태가 영원히 계속되길 바랐다. 한순간도 떨어지지 않고 이 친밀함과 황홀함 속에서 평생을 보내고 싶었다. 하지만 동시에, 앞으로 무엇이 다가오는지 알고 있을 때 그 끝에서 느껴지는 안도감과 해방감도 맛보고 싶었다.

내 안에서 불이 활활 타오르기 시작했다. 배에서 시작된 열기는 팔과 다리, 손가락과 발끝까지 번져나갔고, 순식간에 온몸이 불에 휩싸였다.

"휴고."

내가 속삭였다. 휴고는 대답하듯이 몸을 움직였다. 내 아래, 내 위, 내 안, 모든 곳에서.

"말해."

휴고가 내 귓가에 속삭였다.

말해, 말해, 말해.

20

"미안해요. 복도 불이 나갔어요. 이쪽으로 와요."

어둠 속에서 제이크가 내 손을 감싸 쥐었다. 우리는 현관을 지나 제이크의 집 안으로 들어섰다. 곧 스위치 켜는 소리가 나며 주위가 환해졌다.

아파트는 지난번에 왔을 때와 비슷했지만 좀 더 정돈된 느낌이었다. 소파 위 담요가 반듯하게 접혀 있었고, 테이블 위에 놓여 있던 유리잔도 사라졌다.

"마실 것 좀 줄까요?"

제이크가 물었다.

"네, 물이요."

"바로 대령하죠."

제이크가 주방으로 사라지자 나는 소파에 앉았다. 밖에는 안개가 짙게 깔려 있었고, 두꺼운 장막 같은 어둠이 세상을 덮고 있었다. 걸음을 멈추고 가만히 앉아 있으니 그제야 그 무게가 와닿기 시작했다.

곧 제이크가 유리잔을 들고 돌아와 내게 건네며 옆에 앉았다.

"수돗물이에요. 브리타가 망가져서요."

"난 어차피 브리타 안 믿어요. 그걸로 정수가 된다는 게 사기 같아요."

제이크가 눈을 가늘게 뜨고 반신반의하는 표정을 짓더니 대답했다.

"그럴 수도 있겠네요."

나는 물을 한 모금 마시고 컵을 테이블 위에 내려놓았다. 제이크가 내 무릎 위에 손을 올리더니 내 손가락 사이로 자신의 손을 끼워 넣었다. 제이크의 온기가 손을 통해 내게 스며들었다.

순간, 우리 사이에 묘한 기운이 흐르기 시작했다. 어쩌면 기대감 같기도 했다. 지금 이 순간이 우리에게 중요한 의미를 갖게 되리라는 걸 서로 느끼는 듯했다. 나는 말하지 않은 이야기들, 제이크가 아직 알지 못하는 내 삶의 한 부분을 떠올렸다.

"제이크."

내가 입을 열었다.

"응?"

"할 말이 있어요."

제이크는 내 손을 놓지 않은 채 자세를 고쳐 앉으며 소파 등받이에 등을 기댔다. 그리고 엄지손가락으로 내 손등을 조용히 쓰다듬으며 나를 바라봤다.

"말해봐요."

"나는 사실, 다른 여자들하고 좀 달라요."

제이크가 피식 웃었다.

"잘 알아요. 난 그 점이 정말 좋아요."

나는 고개를 가로저었다.

"그런 말이 아니라……."

나는 숨을 깊이 들이마셨다. 어떻게 말해야 할까. 내가 알고 있는 걸, 제이크의 삶을 완전히 바꿔놓을지도 모를 이야기를. 이렇게 믿기 힘든 말을, 어디서부터 어떻게 시작해야 할까.

"괜찮아요. 아직 준비가 되지 않았다면 안 해도 돼요."

제이크가 부드럽게 말했다.

그 순간, 어떤 감정이 나를 소용돌이처럼 휘감았다. 마치 램프 속에 갇혀 있던 지니가 갑자기 튀어나오듯, 내 안에서 불쑥 솟아오른 감정이었다. 바로 제이크를 향한 강렬한 끌림이었다.

"아니, 지금 말하고 싶어요."

제이크가 한 손으로 내 얼굴을 감쌌고, 그다음 순간 우리는 키스하고 있었다. 나는 바로 제이크의 다리 위로 올라가 그의 몸 양옆으로 다리를 벌리고 앉았다. 그리고 제이크의 목에 입을 맞추고 머리카락과 어깨, 손에 닿는 모든 걸 붙잡으려는 듯 다급하게 손길을 옮겼다.

제이크의 손은 내 등을 따라 허리까지 내려와 나를 강하게 끌어당겼고, 우리의 입술은 마치 서로의 치아와 잇몸 속에 숨겨진 열쇠를 찾기라도 하듯 격렬하게 엉켰다.

곧 제이크가 몸을 일으켜 앉더니 내 어깨를 감싼 채 귓볼에 입을 맞추며 물었다.

"침대로 갈까요?"

목소리가 살짝 거칠면서 끝자락이 갈라져서 익살스러운 느낌이 들었다.

"좋아요."

제이크가 소파에서 일어나 내 손을 잡고 침실로 이끌었다. 나는 걸음을 옮기며 깊게 숨을 들이쉬었다 내쉬었다. 제이크의 침실에 들어가는 건 처음이었다. 흰색 벽지와 파란색 이불이 깔린 침대가 보였다. 나는 침대 옆 테이블과 서랍장 위에 놓인 액자들을 바라보았다. 제이크가 뒤에서 다가와 내 허리에 손을 올렸다. 나는 액자 하나를 집어 들었다.

"누구예요?"

내가 물었다. 사진 속에는 금발 곱슬머리의 어린 여자아이가 골든두들 강아지를 끌어안고 환하게 웃고 있었다.

"마야예요. 나중에 소개해줄게요."

제이크가 뒤에서 나를 끌어안고 내 귀에 입술을 대고 속삭였다.

"조카예요?"

내 물음에 제이크는 장난기 어린 태도를 거두고 숨을 내쉬었다.

"맞아요. 햇살 같은 아이죠."

"그래 보여요."

"내가 정말 사랑하는 아이예요. 얼마나 빨리 크는지 믿기지가 않아요. 기적 같아요."

제이크는 꾸밈이 없었다. 모든 말에서 진심이 느껴졌고 너무나도 순수했다.

"혹시 아이 갖고 싶어요?"

제이크가 귓가에 나직이 속삭였다.

나는 아이에 대해 깊이 생각해본 적이 없었다. 내 삶에 아이가 있는 모습은 상상조차 되지 않았다. 하지만 지금 그런 대답은 적절하지 않다고 느껴졌다. 사실, 내 마음이 정확히 어떤지 나 자신도 확신이 없었다. 이상하게 제이크와 함께 있으면 더 솔직해지고 싶어졌다.

내가 진짜로 원하는 건 뭘까. 내 마음이 변하고 있는 걸까.

"오늘 밤에는 없어도 돼요."

내가 말했다.

제이크가 미소 짓더니 내 등에 손을 살짝 얹었다. 나는 제이크의 목에 팔을 두르고 천천히 품에 기댔다. 우리는 함께 침대 위로 쓰러졌다. 제이크는 침대에 있던 베개들을 한 손으로 다급히 밀어냈다.

"이렇게 걸리적거리는데 장식용 베개는 대체 왜 있는 걸까요?"

제이크가 말했다.

"글쎄요, 다들 그냥 갖고 있는 거 아닐까요?"

"이게 정말 필요한지 잘 생각해봐야겠어요."

제이크가 파란색과 갈색 줄무늬 실크 베개를 집어 들더니 과장된 몸짓으로 침대 발치를 향해 던졌다.

"미안해요. 우리 어디까지 했죠?"

제이크가 나를 바라보며 물었다.

나는 침대 옆 조명을 껐다. 그리고 내 몸 아래 누운 제이크를 내려다보며 손가락으로 제이크의 가슴을 타고 올라가 셔츠 깃을 살짝 잡아당겼다.

"여기까지."

내가 속삭였다.

제이크가 내 머리카락 사이로 손을 밀어 넣더니 내 얼굴을 끌어당겨 입을 맞췄다. 키스는 부드럽게 시작했지만 점점 더 깊고 강렬해졌다. 조용히 밀려와 한순간 모든 것을 휩쓸어버리는 해일처럼. 우리는 그 흐름에 밑바닥까지 빨려 들어가는 것 같았다.

우리가 입고 있던 옷은 곧 침대 아래로 떨어졌다. 제이크가 맨몸으로 내 위에 몸을 포갰다. 방 안은 숨이 멎을 듯한 정적에 잠겼고, 내 숨소리만 또렷하게 들려왔다. 제이크가 협탁으로 가서 콘돔을 꺼낸 뒤, 다시 돌아와 내 목에 키스를 하며 손끝으로 내 배를 쓰다듬었다.

"괜찮겠어요?"

제이크가 물었다. 나는 제이크 밑에서 몸을 살짝 움직이며 대답을 대신했다.

나는 사랑을 나누는 행위가 관계의 깊이를 보여주는 지표는 아니라고 생각해왔다. 의식적으로 어떤 의미를 부여한다면 몰라도 그 행위 자체만으로는 상대방의 마음이 얼마나 진지한지, 나에 대한 감정의 크기가 어느 정도인지 가늠할 수 없다고 믿었다. 한마디로, 육체적인 접촉은 사랑과 직접적인 인과관계가 없다고 생각했다. 그런데 제이크와 몸을 맞대고 누워 있는 순간, 이 행위가 감정을 전하는 또 다른 방식일지도 모른다는 생각이 들었다. 그 사람이 나를 얼마나 조심스럽고 따듯하게 대하는지를 표현하는 것일 수도 있겠다고.

21

"그래서, 어땠어?"

휴고와 나는 웨스트 할리우드의 서드 스트리트에 있는 트렌디한 브런치 카페 토스트에 앉아 있었다. 휴고가 즐겨 찾는 곳이고, 나는 나쁘지 않다고 생각하는 곳이었다.

"대체 어떻게 알았어?"

내가 묻자 휴고가 웃었다.

"정말 궁금해? 내가 어떻게 아는지?"

나는 선글라스를 벗고 휴고를 노려봤다.

"우리가 전에 잤던 사이라서?"

휴고가 씩 웃더니 커피잔을 들었다.

"난 너한테 뭐든 다 말하잖아. 너도 똑같은 특권을 누리게 해줄게."

"고마워서 눈물 나려고 하네."

"그럴 만하지. 아침도 내가 살 거니까."

휴고가 말했다.

나는 커피를 한 모금 마셨다. 휴고가 생각에 잠긴 눈빛으로 잠시 나를 바라봤다.

"그래서 괜찮았어?"

괜찮았냐고? 나는 제이크와 하룻밤을 보냈다. 다음 날 아침, 제이크는 커피를 들고 와서 부드럽게 나를 깨웠다. 그러고는 그날 하루 종일 안부 문자를 보내며 내 기분을 살폈고 재미있는 영상과 농담으로 날 웃게 했다. 어쩌면 내가 지금까지 만났던 사람 중 최고일지도 모른다.

"나 그 사람이 좋아. 정말. 배려심도 깊고, 진심이 느껴져. 그렇게 솔직하게 자기 마음을 표현하는 사람은 처음 봤어."

"존경할 만한 사람이구나."

휴고가 턱을 쓸며 답했다.

"맞아, 그 표현이 진짜 딱이야."

"잠자리에서도 존경할 만했어?"

나는 웃음을 터뜨렸다.

"배려가 넘쳤다고 해둘게."

휴고는 한동안 말없이 있다가 입을 열었다.

"뭐 하나 물어봐도 돼?"

"아, 물론 너도 배려심 있었어. 그냥 느낌이 다른 거야."

휴고는 고개를 저었다.

"아니, 그 얘기 아니야."

휴고는 잠시 멈추었다가 다시 말을 꺼냈다.

"혹시 진지하게 나를 네 상대로 생각했던 적 있어?"

어깨가 서서히 조여드는 느낌이 들었다. 나는 고개를 살짝 갸웃했다.

"그게 무슨 뜻이야?"

휴고는 다시 턱을 만지작거렸다.

"네가 단 한 번이라도, 우리가 석 달을 넘길 수 있겠다고 생각해본 적이 있는지 궁금해서."

휴고는 말하는 내내 내 눈을 피했다.

우리는 이런 이야기를 단 한 번도 나눈 적이 없었다. 우리 관계는 이미 과거의 일이고, 지금은 친구 사이다. 과거를 들추지 않고 현재에만 머무를 것. 그것이 우리가 친구 사이를 유지할 수 있었던 암묵적인 규칙이었다.

"휴고, 알면서 왜 그래. 쪽지에 우리는 3개월이라고 적혀 있었다니까."

"그래. 그랬지."

휴고의 말투는 차가웠고, 말끝에는 묘하게 날이 서 있었다.

"대체 왜 그래? 나탈리하고 헤어졌어?"

"아니, 걔하고 어떻게 헤어지겠어. 애초에 사건 적이 없는데."

"그렇구나. 그럼 뭔데?"

휴고가 고개를 들어 나를 똑바로 바라봤다.

"그냥 가끔 그런 생각이 들어. 이런 얘기 하면 안 되는 거 아는데, 궁금해질 때가 있어."

나는 숨을 들이쉬었다. 등에 땀이 맺혔다. 날은 덥고 카페 에어컨은 제대로 작동하지 않는 것 같았다. 땀에 젖은 면 티셔츠가 마치 비닐랩처럼 몸에 착 달라붙었다.

"내가 지금 다른 사람을 만나고 있고, 지금 그 얘기를 같이 하고 있으니까 괜히 그런 생각이 드는 거야."

나는 최대한 차분하게 말했다.

"너무하네. 나를 그렇게 뻔한 남자로 만들지 말아줘."

"사실이잖아, 휴고. 우리 헤어진 지 벌써 5년이나 됐어. 그동안 단 한 번도 후회한 적 없었잖아."

휴고가 고개를 저었다.

"내가 후회했는지 안 했는지 그걸 네가 어떻게 알아?"

나는 휴고와 헤어진 후에 어떻게 지금 같은 사이가 됐는지 곰곰이 되짚어봤다. 친구가 되는 과정은 너무도 자연스러웠고, 휴고는 마땅히 내 인생에 있어야 하는 존재 같았다. 이별 후 멀어진 다른 사람들과 달리 휴고는 내 곁에 남아 있었고, 그 사실이 늘 고마웠다. 솔직히 나는 휴고를 잃는 걸 견딜 자신이 없었다.

우리가 다시 만난 건 헤어진 지 한 달쯤 지난 후였다. 그날은 커피만 마시고 조용히 헤어졌고, 그로부터 3주 뒤 슈퍼마켓 계산대 줄에서 우연히 다시 마주쳤다. 그날 휴고의 제안으로 점심을 함께 먹었는데, 그 한 끼가 5년의 인연으로 이어졌다. 그 다섯 해 동안 우리는 친구로 지내며 밤늦도록 술을 마시고, 다음 날의 숙취를 함께 견뎌냈으며, 서로의 연애사를 속속들이 알고 지냈다. 생일을 챙기고 새해 카운트다운도 함께했다. 그러는 동안 나도 가끔은 우리가 연인이었던 시절을 떠올리곤 했다. 하지만 우리의 기한은 이미 오래전에 끝났다. 우리 사이는 결코 예전으로 돌아갈 수 없었다.

"휴고, 그 얘기는 그만하자."

휴고는 고개를 젓더니 물잔을 들었다.

"그래. 네 말대로 내가 나탈리 일로 타격을 받았나 보다."

그 말에 마치 복부를 날카로운 것에 찔린 듯한 통증이 느껴졌다. 그리고 맥이 탁 풀렸다. 실망감과 안도감이 동시에 밀려왔다. 휴고는 나를 그리워하는 게 아니다. 잠깐 정체성의 혼란을 느꼈을 뿐이고, 마침 내가 앞에 있으니

심리상담사에게 털어놓듯 말한 것뿐이었다.

"너도 이제 진지하게 만날 사람을 찾아봐."

내가 말하자 휴고가 헛웃음을 터뜨렸다.

"그래. 마음의 안식처를 찾아야지."

"장난하지 말고. 대체 마지막으로 한 사람한테만 충실했던 게 언제야?"

휴고가 나를 빤히 바라봤다. 나는 침을 삼켰다. 답을 알 것 같았기 때문이다. 바로 5년 전, 나와 만날 때였다.

"그 사람한테도 다 얘기했어?"

휴고의 질문에 나는 접시를 내려다봤다. 반쯤 먹다 남긴 베이글 위에 대파크림치즈와 토마토, 케이퍼가 얹혀 있었다. 그리고 다시 고개를 들어 휴고를 바라보며 대답했다.

"아니."

휴고가 고개를 천천히 끄덕였다.

"나는 아직 특별하구나."

나는 눈썹을 치켜올리며 휴고를 바라봤다. 휴고도 나를 바라봤다. 휴고의 표정에 우쭐해하는 기색 같은 것은 없었다. 오히려 슬픔이 밴 말투로 이렇게 덧붙였다.

"네 비밀을 알고 있는 사람은 나밖에 없으니까."

세 달이 지나고, 다시 두 달이 더 흘렀다. 제이크와 나는 계속 만났다. 우리의 관계는 끝없이 펼쳐진 한적한 도로 위를 달리는 자동차처럼 막힘없이 앞으로 나아갔다.

나는 제이크의 집에서 자주 밤을 보냈고 주말이면 아예 그 집에서 함께 피자를 먹으며 고전 영화를 보곤 했다. 머피도 데려갔다. 머피와 세이버는 꼭 온라인 구인사이트에서 만난 룸메이트처럼 지냈다. 굳이 친해지려 하지 않았고, 그렇다고 서로의 존재를 불편해하지도 않았다.

제이크는 집에 내 칫솔까지 마련해두었다. 충전기와 거치대까지 갖춘 전동칫솔 세트였다.

늦겨울의 어느 날이었다. 나는 바닥에 앉아 슈거피시에서 배달시킨 롤을 먹고 있었고, 제이크는 소파에 앉아 있었다. 테이블 위에는 참치오이롤과 연어 사시미가 담긴 초밥 상자가 펼쳐져 있었다.

"여기서 같이 살래요?"

그때 제이크가 불쑥 물었다.

"무슨 말이에요?"

나는 젓가락으로 롤을 집으며 되물었다.

"그러니까, 아예 이 집으로 들어오면 어때요? 이 집을 우리 집으로 만들어요."

제이크는 연어 한 점을 간장에 찍으며 덧붙였다.

"그럼 다프네는 두루마리 휴지 살 돈도 아낄 수 있고, 사과도 안 사 먹어도 돼요. 나 사과 엄청 많이 사거든요."

나는 젓가락을 내려놓고, 몸을 돌려 제이크를 바라봤다. 제이크는 장난스러운 표정으로 환하게 웃고 있었다.

"진심이에요?"

"요즘 계속 생각했어요. 어차피 당신이 요즘 여기서 거의 살다시피 하고, 우리 둘 다 같이 있는 걸 좋아하니까."

제이크는 나를 바라보며 말을 이었다.

"나만 그렇게 느끼는 건 아니죠? 그리고 집도 넓잖아요. 다프네하고 나, 머피, 세이버까지 넷이 살아도 충분할 정도로."

제이크 말이 맞았다. 지난 6주 동안 나는 내 집보다 월 씨 코리도에 있는 이 아파트에서 더 많은 시간을 보냈다. 이웃 주민과 인사를 하며 지냈고, 특히 매튼 아주머니와는 많이 친해졌다. 아주머니는 유대교 안식일에 초승달 모양의 아몬드 쿠키를 구워 선물했고, 금요일마다 문 앞에 요리를 두고 가곤 했다.

"나도 당신이랑 같이 있는 거 좋아요. 이 집도 좋고요."

진심이었다. 하지만 내 집도 여전히 좋았다. 좀 특이하고 곰팡이도 있고 부엌 바닥엔 살짝 금이 간 데다 옷장 페인트도 군데군데 벗겨지기 시작했지만. 그래도 그곳에는 7년 동안 쌓아온 내 시간이 담겨 있었다. 나는 그 집을 속속들이 알고 있었다. 침대 옆 바닥이 살짝 내려앉은 것도, 욕실 타일이 자꾸 빠져서 다시 끼워 넣어야 하는 것도. 나는 아직 그 집을 떠날 마음의 준비가 되지 않았다.

"그럼 수락하는 거예요?"

제이크가 물었다.

"엄청나게 큰 변화잖아요."

내 말에 제이크가 고개를 끄덕였다.

"맞아요, 큰일이죠. 그런데 난 두렵다는 생각은 안 들어요. 그냥 자연스럽게 느껴져요."

나는 다시 초밥으로 시선을 돌렸다. 지난 다섯 달 동안 우리는 크고 작은 방식으로 서로를 알아갔다. 나는 이제껏 살면서 다른 누구와도 공유하지 않았던 부분까지 제이크에게 터놓았다. 제이크는 우리 가족을 만났고, 내가 배고플 때 예민해지는 모습도 봤으며, 3주마다 뿌리 염색을 하지 않으면 정수리에 흰머리가 올라온다는 사실까지 알게 됐다. 하지만 제이크가 아직 모르는 게 있었다. 내가 차마 꺼내지 못하는 이야기. 쪽지와 그 속에 담긴 의미에 대해.

제이크의 손이 내 어깨에 닿았다. 두 손이 내 어깨를 부드럽게 주무르자 몸을 짓누르던 긴장이 서서히 풀렸다. 제이크와 함께 있으면 늘 마음이 편안해진다.

"갑작스럽게 느껴질 수 있어요. 특히 '전념 공포증' 있는 사람한테는 더 그렇겠지."

제이크가 웃었다. 특유의 다정하고 장난기 어린 목소리였다.

"이젠 안 그래요."

내가 대답하자 제이크가 미소를 지으며 내 어깨를 감싸 안았다.

"당장 대답하지 않아도 돼요. 천천히 고민해봐요."

나는 몸을 돌려 제이크를 바라봤다.

제이크가 고개를 살짝 숙이더니 내 입술에 부드럽게 입을 맞췄다. 생강초절임과 맥주 맛이 났다. 달콤했다.

"알았어요. 생각해볼게요."

"재밌을 것 같지 않아요? 밤새 놀면서 설탕 잔뜩 들어간 디저트도 먹고."

"우리 열두 살 아니에요."

"아, 정말?"

제이크가 헛기침을 하더니 익살스러운 표정으로 덧붙였다.

"그래서 우리가 밤에 다른 걸 했던 거구나."

제이크가 양손으로 내 허리를 감쌌다. 나는 웃음을 터뜨리며 살짝 몸을 뺐다.

"같이 살면 좋을 것 같아요. 머피도 여길 좋아하잖아요."

제이크가 나를 살며시 안고 말했다.

"머피는 고소공포증 있어요. 아직 마음의 준비가 안 됐을 거예요."

"우리가 방법을 찾으면 되죠. 강아지 공원 사진 크게 하나 걸어두면 평지인 줄 알지 않을까요?"

제이크가 잠시 말을 멈추더니 덧붙였다.

"난 다프네가 여기 있었으면 좋겠어요."

나는 제이크에게 입을 맞췄다.

"나도 여기 있고 싶어요."

내가 말했다. 그리고 속으로 생각했다. 이만큼 가까워지면, 비밀 같은 건 결국 불가능해지겠지. 스물두 평 남짓한 이 공간에서 뭘 숨길 수 있을까.

내가 이 이야기를 꺼내자 켄드라의 반응은 뜨거웠다.

"절대 거절하면 안 돼!"

제이크와 대화를 나눈 다음 날 저녁, 우리는 이리나의 집 주방에 함께 앉아 있었다. 켄드라는 카운터 앞 스툴에 앉아 스타벅스 민트티를 마셨고 나는 이리나의 우편물을 분류했다.

"난 내 집을 좋아한단 말이야. 너도 알잖아."

내 말에 켄드라는 어깨를 으쓱했다.

"인생의 유일한 상수는 변화야. 자기야, 감사하게 받아들여. 그 집에서 이미 5년이나 잘 살았잖아."

"7년이야."

"그럼 더 잘됐지. 제이크는 정말 괜찮은 사람이야. 게다가 널 진심으로 아끼고 미래까지 함께하고 싶어 하잖아. 너도 그렇지 않아? 반대 상황을 생각해봐. 얼마나 감사한 일이야?"

"나도 알아. 근데 너무 빠르지 않아? 사귄 지 아직 반 년도 안 됐어."

"나는 조엘이랑 만난 지 6주 만에 결혼했어."

"그건 좀 특별한 경우잖아."

"진짜 특별한 건 그게 아니라, 결혼이라면 질색하던 내가 조엘 없는 삶은 상상도 할 수 없는 사람이 되기까지 나

흘밖에 안 걸렸다는 점이야."

"아직은 잘 모르겠어. 그래도 결혼 자체에 거부감이 있는 건 아니야."

나는 제이크를 떠올렸다. 제이크와 함께 있으면 안정감과 평온함이 느껴졌다. 나는 늘 모든 게 언젠가는 끝난다고 믿으며 살아왔다. 이제 그 반대의 가능성을 받아들이려고 하니 낯설고 어려웠다.

"그래, 나랑 너는 다르니까."

켄드라는 컵을 들어 민트티를 한 모금 마시고는 덧붙였다.

"사랑의 형태는 하나만 있는 게 아니야. 사람마다 필요한 방식으로 찾아오지. 난 가슴이 바로 알아봤지만, 너는 다를 수 있어."

나는 우편물 중에서 광고 전단지를 골라 쓰레기통에 넣었다.

"와우, 이렇게 로맨틱한 분인 줄 미처 몰랐네요."

내 말에 켄드라가 어이가 없다는 듯 눈알을 굴렸다.

"됐거든. 그럼 네가 원하는 사랑은 어떤 건데? 평생 휴고 같은 남자랑 밀당만 할 거야?"

그 말에 왠지 모르게 마음이 서글퍼졌다. 요즘 휴고와 예전처럼 자주 만나지도 못했다. 휴고는 주말마다 일정이 있었고, 나도 집보다 월셔 코리더에서 보내는 시간이 많았다. 지난 토요일에도 나는 제이크와 피자나에서 배달 음식을 시켜 먹고 짝 찾기 리얼리티 쇼를 보다가 밤 10시도 안돼 잠들었다. 제이크와 있으면 이전에 느껴본 적 없는 따뜻하고 편안한 감정이 밀려왔다. 하지만 가끔은 내 자신이 흐릿해지는 기분이 들었다. 제이크의 안온한 온실 속에서 예전의 내가 가졌던 빛을 점점 잃어버리는 것 같았다. 나만의 색깔이 조금씩 닳아 없어지는 기분이랄까.

"그건 아니지."

나는 말했다.

"무슨 얘기 중이야?"

이리나가 주방으로 들어오며 물었다. 한쪽 귀엔 블루투스 이어폰, 다른 손엔 휴대폰을 들고 있었다. 2월치고 꽤 더운 날씨였지만 이리나는 몸에 딱 붙는 검은색 터틀넥과 가죽 바지 차림이었다.

"저희한테 한 말이에요?"

켄드라가 작은 목소리로 물었다.

"당연하지."

이리나가 말했다. 그리고 켄드라를 힐끗 보며 덧붙였다.

"요즘 자주 보네? 새 직장은 잘 다니고 있는 거야?"

"대표님이 자꾸 보고 싶은 걸 어떡해요."

켄드라가 웃자 이리나가 장난스럽게 등을 툭 쳤다.

"요즘 절반은 재택근무예요."

켄드라가 덧붙였다.

"어쩐지. 이 집에서 근무를 아주 열심히 하는 것 같더라."

이리나가 툭 던지듯 말했다.

"제이크가 다프네한테 같이 살자고 했대요."

켄드라 말이 떨어지기 무섭게 이리나가 바로 나를 돌아봤다.

"농담이겠지."

이리나가 말했다.

"정말, 다들 고마워요. 진짜 존중받는 느낌이네요."

내가 상처받은 척하며 말하자 이리나가 눈을 흘겼다.

"그런 뜻 아닌 거 알면서."

"전 아직은 좀 이른 것 같아요. 너무 큰 결정이잖아요."

"중대한 결정이지. 두 사람이 같이 살려면 둘 다 친환경 세제를 선호하는지, 집에 다람쥐가 들어오면 누가 어떻게 쫓을 건지도 미리 합의를 봐야 돼."

"와, 너무 구체적인데?"

켄드라가 끼어들었다.

"너무 가까워지는 게 걱정돼요."

내가 말하자 이리나가 나를 쳐다봤다.

"그 사람이 너한테 가까워지는 게? 아니면 네가 그 사람한테 가까워지는 게?"

"제이크가 저에 대해 아직 모르는 게 있거든요."

"예를 들어서 어떤 거? 너 가끔 분리수거 안 하고 쓰레기 버리는 거? 그게 뭐 대수라고 그래."

켄드라가 말했다.

이리나가 내 팔을 살며시 잡았다. 이리나는 평소에 스킨십이 거의 없기 때문에, 그 손길 하나에 진심이 담겨 있다는 걸 느낄 수 있었다.

"마음 가는 대로 해, 자기야. 만약 살아보니까 별로다? 그럼 나오면 돼. 마음은 언제든 바꿀 수 있어. 바꾸고 또 바꿔도 돼. 너무 심각하게 받아들이지 마."

"그거 토니 로빈스가 한 말 아니에요? '안 되면 바꿔라. 될 때까지 바꿔라.'"

"아니, 페넬로페가 한 말이야. 뭐, 다른 사람이 한 말일 확률이 높지."

"난 진짜 네가 왜 망설이는지 모르겠어."

켄드라가 또 한 번 끼어들더니 나를 유심히 바라보며 덧붙였다.

"아, 알 것 같기도 하다."

나는 손사레를 쳤다.

"그냥 남자하고 같이 살아본 적이 없어서 그래."

"근데 아무 남자가 아니라 제이크잖아. 제이크는 진짜 최고라니까."

나는 미소를 지었다.

"그건 맞아."

"그럼 됐네. 문제 해결."

그날 밤 9시가 넘어서야 집에 도착했다. 나는 스웨터를 소파 위에 툭 던져놓고 침실로 들어갔다. 그리고 방바닥에 앉아 침대 밑으로 손을 뻗었다. 손끝에 바로 상자가 닿았다. 가로세로 60센티미터 크기의 상자, 나만의 상자. 그 안에는 종잇조각들이 차곡차곡 쌓여 있었다. 엽서, 포춘 쿠키에서 나온 쪽지, 신문지에서 잘라낸 귀퉁이들.

피터, 5주

조시, 6개월

스튜어트, 하룻밤

내 삶은 그렇게 시간 단위로 조각나 있었다. 며칠, 몇 주, 몇 달, 몇 년. 나는 가방에서 마지막 쪽지를 꺼냈다. 제이크를 처음 만났던 날부터 지난 5개월 동안 지니고 다녔던 쪽지였다. 나는 그 쪽지를 상자 안에 조심스럽게 넣었다.

23

테이, 2년 2개월

테이와 나는 대학교 3학년 때 태평양 한가운데에서 처음 만났다. 우리 둘 다 바다 위에서 진행되는 오리엔테이션 프로그램에 참여해 항해 중이었다. OT는 남부 캘리포니아 해안에서 출발해 카탈리나섬까지 배를 타고 가서 하루를 보내는 일정으로 구성돼 있었다. 해양생물학 필수 과목의 일부였고, 나는 그 전공과 무관했지만 캠퍼스를 벗어날 수 있는 기회 같아서 신청했다.

테이는 시큰둥한 모습이었다. 당시 테이는 스탠퍼드 의학전문대학원 진학을 목표로 눈에 불을 켜고 공부 중이었고, 바다 위에서 목적 없이 시간을 허비할 여유가 없었다.

내가 테이를 처음 봤을 때 테이는 배에서 조교와 언쟁을 벌이고 있었다.

"저는 생물학 실습으로 알고 있었습니다. 지금 우리가 카탈리나에 레크리에이션을 하러 간다고요?"

테이는 레크리에이션이라는 단어조차 불결하게 여기는 듯했다. 조교 이름은 켄징턴이었지만 다들 〈사우스파크〉 캐릭터 이름인 '케니'라고 불렀다. 덕분에 아직까지 이름을 기억하고 있다. 켄징턴은 테이에게 이번 항해 또한 교육의 일부라며, 생물학 필수 과목을 이수하려면 반드시 참여해야 한다고 설명했다. 테이는 구명조끼를 입은 채 투덜거렸다.

배에는 우리를 포함해 열두 명의 학생이 타고 있었다. 배가 출발하고 어느 정도 시간이 지나자 다른 학생들은 여기저기에 삼삼오오 모여 가방에 몰래 숨겨 온 보드카를 레모네이드에 섞어 마셨다. 나는 혼자 배 앞쪽에 앉아 있었다. 수업을 신청할 때만 해도 내가 배멀미를 한다는 사실을 깜빡 잊고 있었다.

그때 테이가 수건을 들고 다가왔다.

"여기 자리 있어?"

나는 대답 대신 옆자리를 가리켰다. 테이는 바닥에 수건을 깔고 앉았다.

"엄지하고 검지 사이를 꽉 눌러봐."

테이는 내 쪽을 쳐다보지도 않고 말했다.

"뭐라고?"

"멀미에 효과가 있어."

테이는 자기 손으로 먼저 시범을 보였다. 나는 그 동작을 따라했다.

"아니, 여기."

테이가 내 손을 잡더니 엄지와 검지 사이 두툼한 부위를 꾹 눌렀다. 순간, 쿡 찌르는 듯한 감각이 전해졌다. 짧은 통증이 경련처럼 스쳐 지나가고 나니 울렁임이 조금 가라앉는 듯했다.

"진짜 효과가 있네!"

"당연하지."

테이는 내 손을 꼭 쥔 채 놓지 않았다. 그러고는 섬에 도착할 때까지 내 손을 계속 눌러주었다.

테이는 직설적인 성격이었다. 이민자 가정에서 자란 데다 의사인 부모님의 영향을 받아서인지 막연한 추측이나 쓸데없는 일에 시간을 쓰는 걸 싫어했다. 그리고 과학을 사랑했다. 테이에게 과학은 삶을 설명해주는 냉정하고 명확한 사실이었다. 테이는 환경 문제에도 진심이었다. 늘 재활용을 강조했고, 스테인리스 텀블러가 없을 때는 절대 커피를 테이크아웃하지 않았다. 내가 사는 캠퍼스 아파트에서 퇴비를 만들겠다고 하는 걸 겨우 말린 적도 있다. 정확히 말하면, 내 룸메이트가 못 하게 막은 것이지만. 테이가 플라스틱 통을 들고 와 바나나 껍질을 던져 넣자 내 룸메이트가 이렇게 말했다.

"여기는 도시 농부 커뮤니티가 아니야."

테이는 재치가 있었고, 똑 부러지는 성격은 사고방식에서도 그대로 드러났다. 그리고 무엇보다 환상적으로 잘생겼다. 키가 크고 마른 편이지만 단단해 보였고, 얼굴은 거의 완벽하게 대칭을 이루고 있어서 나는 종종 실험실에서 만들어진 사람 같다고 놀리곤 했다. 만약 테이에게 그 진지함과 유머 감각, 세상을 바라보는 아름답고 확고한 시선이 없었다면 지나치게 완벽한 외모 때문에 오히려 거부감이 들었을지도 모른다.

카탈리나 여행 이후 우리는 자연스럽게 친구가 되었고 자주 어울리기 시작했다. 주로 의대 도서관에서 함께 시간을 보냈다. 테이는 캠퍼스에서 불과 몇 걸음 떨어진 낡은 학생 하우스에 살았다. 테이를 찾는 건 어렵지 않았다. 언제든 대학원 도서관이나 실험실에 가면 테이가 있었다. 만약 둘 다 아니라면, 집에서 자고 있었다.

나는 학교생활이 잘 맞았다. 체계적으로 짜인 일상이 좋았고, 예측 가능한 리듬에 맞춰 하루를 보내는 것도 마음에 들었다. 캠퍼스 특유의 에너지도 즐거웠다. 무엇보다 수업을 전부 오전 11시 이후에 시작하도록 시간표를 짤 수 있다는 점이 좋았다.

의대 건물은 조용히 공부하기에 최적인 곳이었다. 일반 도서관은 항상 학생들로 북적였다. '정숙'이라는 규칙이 무색할 정도로 시끄러웠고, 사람들이 계속 들락날락하는 통에 집중하기 어려웠다. 반면 의대 도서관에서는 다들 책상에 한번 앉으면 몇 시간씩 꼼짝 않고 공부했다.

어느 금요일 밤이었다. 그 주는 여학생 사교 클럽인 소로리티와 남학생 사교 클럽인 프래터니티에서 신입 회원을 모집하는 기간이었다. 대부분의 의대생들은 공부만 하기에도 바빠서 클럽에 거의 참여하지 않았다. 그렇다 해도 의대 도서관은 평소보다 더 조용했다. 나는 유전공학 수업에서 배운 내용을 공부하다가 테이에게 모르는 걸 물어봤다. 벡터 개념이 잘 이해되지 않았다.

"벡터는 어떤 역할을 하는 거야?"

나는 작게 속삭였다.

테이는 말없이 노트를 뒤적이더니 페이지를 펼친 채로 내 앞으로 밀어줬다.

벡터는 유전 물질을 숙주 생물에 전달하는 역할을 한다.

나는 테이의 노트를 보며 몇몇 문장을 내 노트에 옮겨 적고 하단에 깔끔하게 정리해놓은 도해를 들여다봤다. 그때였다. 마치 불길이 가슴을 가로지르는 듯한 통증이 급작스럽게 밀려왔다. 테이가 고개를 들어 내 쪽을 바라봤다. 처음에는 살짝 짜증이 섞인 표정이었다. 내 갑작스러운 몸짓과 소리가 테이의 집중을 깨뜨린 것 같았다. 하지만 곧 표정이 달라졌다. 짜증이 걱정으로 바뀌더니, 이내 전혀 다른 감정이 얼굴에 떠올랐다. 그건 내가 초등학교 2학년 때 정글짐에서 떨어져 팔이 부러진 날 이후로 단 한 번도 본 적 없는 표정이었다. 두려움이었다.

통증은 사그라들지 않았다. 오히려 다른 곳까지 퍼져나갔고, 숨을 쉴 수 없을 만큼 가슴이 답답했다. 마치 숨 쉬는 방법을 잃어버린 것 같았다. 테이는 곧바로 구급차를 불렀다. 구급대원들이 구급차 안에서 CPR을 하고, 제세동기를 사용했다. 3분 만에 병원에 도착했다.

곧바로 수많은 검사가 이어졌다. 어느 새 부모님이 병원에 오셨다. 그다음 기억은 흐릿하다. 아마 의식을 잃었거나, 어쩌면 마취 상태였던 것 같다. 눈을 떴을 때 병실에는 여러 의사들이 모여 있었다. 마치 드라마 속 한 장면 같았다. 각기 다른 색의 수술복을 입은 의료진들, 손에 커피를 든 아빠, 안경 너머로 나를 지켜보는 엄마, 그리고 어쩌다 보니 함께 소용돌이에 휘말린 테이까지. 어떤 감독도 이 장면을 이보다 더 완벽하게 연출할 수는 없을 거라는 생각이 들었다.

그리고 의사들이 내게 말했다. 더 이상 미룰 수 없는 이야기, 내가 두려워하며 감춰온 진실은 이것이다.

사실 내 침대 밑에는 상자가 한 개만 있는 게 아니다. 두 개가 있다. 첫 번째 상자에는 내 인생을 스쳐 간 사람들이 시간 단위로 기록되어 있다. 그리고 두 번째 상자에는 내 몸에 관한 기록이 밀리그램 단위로 쌓여 있다. 니트로글리세린, 캡토프릴처럼 발음하기도 어려운 약 이름이 적힌 병원 처방전들, 아스피린과 콜레스테롤 약, 체내 나트륨과 수분을 빼내는 이뇨제까지 수십 개의 약병이 들어 있다. 생활 습관 개선 지침과 운동량 제한, 저염식 규칙이 적힌 안내문, 숱한 입원 기록과 수술 내역도 모두 그 안에 담겨 있다. 그리고 그 상자 속에서 나는 다른 이름으로 불린다. 환자라는 이름으로.

진실은 어렵다. 복잡하다. 때로는 비논리적이다. 그리고 편리한 형태로 존재하지도 않는다. 그래서 우리는 최대한 버틸 수 있을 때까지 이야기에서 진실을 지운다. 한쪽 구석에 밀어두고 굳이 조명을 비추지 않는다. 하지만 결국 진실은 따라온다. 원래 그런 법이다. 진실로부터 도망칠 수는 있어도 완전히 숨을 수는 없다.

24

의사들은 어렵고 복잡한 의학 용어들을 쏟아냈다. 제대로 뜻을 이해하고 정확히 발음하려면 몇 주는 걸릴 것 같은 말들이었다. 핵심은 내가 선천성 심장병을 가지고 있다는 얘기였다. 그 말이 내 심장에 심각한 문제가 있다는 걸 돌려 말한 표현이라는 건 나중에서야 알았다. 태어났을 때부터 있던 문제인데, 이제야 증상이 나타나기 시작한 거라고 했다. 내가 겪은 것은 급성 심정지라는 말도 덧붙였다. 심장마비와는 다른 것이고, 그보다 훨씬 더 심각한 문제라고. 도서관에서 내 심장이 완전히 멈췄고, 그런 상황에서 살아남는 일은 거의 불가능하다는 설명도 이어졌다. 내가 지금 살아 있는 것 자체가 기적이라는 말이었다.

의사들은 한참을 긴 설명을 이어가더니 마침내 이렇게 말했다. 내 심장이 서서히 기능을 잃어가고 있다고.

"왜죠?"

엄마가 물었다.

나는 스물한 살이었고, 달리기가 취미였다. 사람들과 어울리는 것도 좋아했고 파티도 즐겼다. 밤을 꼬박 새워도 끄떡없었다. 그런데 내 심장이 기능을 잃어가고 있다니, 이게 무슨 말이지? 이제 막 뛰기 시작했는데.

병원에서는 유전적인 결함이라고 했지만 원인이나 발병 경위는 알 수 없다고 했다. 검사 결과, 부모님에게는 아무런 이상이 없었다.

"특이 케이스입니다."

의사들은 의학적으로 설명할 수 없는 경우라고 했다. 나는 병실 침대에 누운 채 나와 연결된 기계가 내는 '삐' 소리를 들으며 웃음을 터뜨렸다. 그러면 그렇지. 그럴 줄 알았어. 아무 이유 없이 그런 것을 알려줄 리가 없지. 아무 대가 없이 넘어갈 리가 없잖아.

'난 네가 모르는 걸 알고 있어.'

누군가를 만날 때마다 나는 속으로 이렇게 생각하곤 했다. 병실에 누워 있는 지금, 마치 우주가 내 귓가에 속삭이는 듯했다.

'나도 마찬가지야.'

의사들은 내 심장 상태를 2기라고 진단했다. 몇 단계까지 있는지는 바로 알려주지 않았지만, 앞으로 악화될 거라고 했다. 진행 속도는 예측할 수 없지만, 방향만큼은 하나뿐이라고 했다. 결국은 더 악화된다는 뜻이었다. 4기가 마지막이라는 건 나중에 알았다. 그 단계에 이르면 심장 이식이 필요할 수도 있지만 그게 결코 간단한 일은 아니었다. 의사들은 그 점을 특히 강조했다. 심장 이식 대기자 명단에 이름을 올리는 것부터가 쉽지 않다고 했다. 모든 환자가 그 명단에 오를 수 있는 것도 아니고, 나이가 많거나병이 이미 많이 진행된 상태라면 더 어려웠다. 설령 이식을 받는다 해도 몸이 새 심장을 거부할 가능성이 있었다. 거부 반응을 막기 위해 약물을 쓰면 또 다른 문제를 불러올 수 있고, 심지어 암을 유발할 수도 있다고 했다. 이식은끝이 아니라 시작인 셈이었다.

엄마는 울기 시작했고, 아빠는 마치 차 키를 어디에 뒀는지 기억이 안 나는 사람처럼 멍한 얼굴로 앉아 있었다. 의사들의 말은 눈사태처럼 끊임없이 쏟아져 내렸다. 내가알던 삶, 안다고 믿었던 삶, 머릿속으로 그려왔던 미래가모두 산사태처럼 무너져 내려 그 아래 묻혔다. 갑자기 활동에 제약이 생겼으며 생활 습관을 바꿔야 했다. 매일 약을 챙겨 먹고 여러 차례 수술도 받아야 했다. 임신 가능성은 거의 없다고 했다. 내 삶은 갑자기 다른 사람들과는 완전히 다른 궤도로 접어들었다. 나는 숨을 고르고 마음을 단단히 먹은 다음 현실을 하나씩 받아들였다.

병원을 들락날락하다 보니 스물한 살부터 스물세 살까지의 시간이 훌쩍 지나갔다. 수많은 약들을 조합해서 복용했고 온갖 시도를 했지만 대부분 실패로 끝났다. 수술대에도 여러 번 올랐다. 결국 나는 몸속에 심장 제세동기를 이식했다. 축구는 더 이상 할 수 없었다.

그 모든 시간 동안 테이는 내 곁에 있었다. 내가 어느 정도 균형을 되찾고 약물과 의료기기 조합이 효과를 내기 시작할 때까지, 테이는 내 곁을 지켰다. 그 조합은 지금까지도 유지되고 있다.

테이와 내가 헤어진 건 내 심장 때문이 아니었다. 내가 대학교를 원격으로 마치느라 소원해진 탓도 아니었고, 테이가 샌프란시스코에 있는 스탠퍼드에 진학하면서 멀어진 것도 아니었다. 우리가 헤어진 이유는, 휴대폰이 잘 터지지 않았기 때문이다.

내가 병원에 입원해 있는 동안 테이는 마치 출근하듯 병실에 들러 공부했다. 물론 나를 걱정하는 마음이 먼저였겠지만, 한편으로는 의사를 꿈꾸는 학생으로서 실제 병원, 그것도 가장 치열한 최전선에 있다는 사실을 즐기는 것처럼 보였다. 다른 의대생들이 나 같은 케이스를 책으로만 접하는 동안 테이는 현장에서 직접 보고 듣고 배울 수 있었다. 의사들과도 금세 가까워져서 내 검사 결과지를 직접 보고 진료 회의에도 참석해 한쪽 구석에서 귀를 기울였다. 나는 테이에게 살아 있는 교과서였다.

"아까 왜 전화 안 했어?"

테이가 말했다.

그날은 금요일이었다. 병원에서 퇴원해 집으로 돌아온 지는 3주쯤 되었고, 오전에 검진을 받으러 병원에 다녀온 날이었다. 우리는 주말을 함께 보내기로 하고, 내 방에서 시간을 보내고 있었다. 순간, 나는 정말로 평범한 사람이 된 것 같았다. 주말에 뭐 하고 놀지 고민하는 흔한 20대 커플이 된 기분, 물론 장소가 부모님 집이라는 점만 빼면.

지난 몇 달간 내 몸은 조금씩 회복되어 여름 인턴십을 알아볼까 고민할 정도로 좋아졌다. 2년 동안 내 또래 친구들이 누리던 삶은 대부분 지나쳐버렸지만 지금 손에 닿는 것이라도 붙잡고 싶었다. 친구들이 사회에 나가 말단 직원으로 일하거나 대학원에 진학하거나 세계를 여행하며 견문을 넓히는 사이, 나 혼자만 시간이 거꾸로 흐른 것처럼 어린 시절로 돌아가버렸다. 하지만 놀이는 없고 지켜야 하는 규칙만 가득했다. 평범한 사람이라면 대학을 졸업하면서 독립을 시작했을 시기에 나는 마치 다섯 살도 안 된 아이처럼 부모에게 거의 전적으로 의지했다. 수술을 받고 오면 엄마는 음식을 떠먹여주고 머리를 감겨줬다. 아빠는 온갖 심부름을 해줬다. 약국에 다녀오고 메이시스에서 목베개를 사 오고 배터리를 교체해주고 아이스크림을 사다 줬다. 밤이면 침대에 나를 눕히고 이불을 덮어주었다. 가끔은 책을 읽어주기도 했다.

지난 2년간 너무 많은 일을 겪어야 했던 까닭에 나는 테이와의 관계가 서서히 끝을 향해 가고 있다는 사실을 잊고 있었다. 하지만 우주에 대가를 지불할 시간이 다가오고 있었다.

"전화했어."

내가 대답했다. 그리고 이어서 말했다.

"나 괜찮아. 아이즈너 선생님이 다음 달까지 병원에 안 와도 된대."

테이는 병원에 갈 때마다 꼭 전화하라고 당부했고, 나는 그전까지는 그 약속을 지켰다.

"전화 안 왔는데?"

"거기 원래 전화 잘 안 터져. 너도 알잖아."

병원에서 신호가 잘 안 잡히는 건 사실이었다. 하지만 테이 말이 맞았다. 나는 전화를 하지 않았다. 그 주말만큼은 환자로 지내고 싶지 않았다. 평범한 스물세 살이 되고 싶었다. 남자친구에게 전화해서 심장초음파 결과를 전하

는 대신 '버섯 들어간 피자 괜찮아?' 같은 평범한 대화를
하고 싶었다.

"와이파이로 연결하면 되잖아."

테이가 다시 따져 물었다.

나는 천천히 몸을 일으켰다. 오늘 기분 좋았는데. 오랜
만에 청바지도 꺼내 입었는데.

"오늘따라 왜 그래?"

내가 약간 날카로운 목소리로 말했다.

돌이켜보니 우리는 내가 처음 진단받은 바로 다음 주에
첫 키스를 했다. 그 순간부터 테이는 내 인생에 펼쳐진 새
로운 챕터의 중심에 있었다. 나는 점점 더 테이에게 의지
했다. 때로는 눈에 보일 정도로, 어쩌면 테이에게 불공평
할 정도로. 테이는 욕실 바닥에서 흐느끼는 나를 안아줬고
수술을 앞둔 순간에는 내 손을 꼭 잡아주었다. 병원 의자
에서 밤을 새웠고, 카테터나 링거가 삽입되는 순간엔 조용
히 시선을 돌렸다. 새벽 2시에 졸린 눈을 비비며 응급실까
지 우리 부모님을 태우러 온 적도 있다. 테이는 언제나 내
곁에 있었다.

그리고 지난 두 달 동안, 나는 다시 일어설 수 있다는 희
망을 가지게 됐다. 약이 효과를 보이기 시작했고 불안했던
수치가 서서히 안정적으로 바뀌었다. 느낌이 좋았다. 적어

도 진단을 받은 이후에 겪었던 일 중에서는 가장 좋았다. 내 삶에서 2년이 통째로 사라져버렸지만, 이제 다시 세상으로 나갈 준비를 할 수 있을 것 같았다.

물론 예전처럼 완벽하게 평범한 일상으로 되돌아갈 수 없다는 건 알고 있었다. 언젠가 다시 심장이 멈출지도 모른다는 사실도, 그때 다시 살아남는다면 그 순간이 또 다른 변곡점이 되리라는 것도. 나는 앞으로도 검사와 병원과 약, 기계와 함께 살아가야 했다. 그 현실에서 벗어날 길은 없었다. 하지만 그 모든 것들을 일상에서 한 걸음 떨어뜨리고 싶었다. 특히 남자친구와 함께 있는 침실까지 끌고 오고 싶지 않았다.

"걱정했잖아. 연락도 없이 뭐 하자는 거야?"

테이가 화를 내며 말했다.

"나 괜찮다니까. 이제 많이 나아졌어."

"너 안 나아졌어. 나아질 수가 없잖아!"

테이가 거의 고함을 치듯이 말했다. 나는 놀라서 테이의 얼굴을 바라봤다.

"말이 너무 심한 거 아니야?"

"사실이 그렇잖아!"

"이제 아니라니까!"

"다프네, 이성적으로 생각해. 우리 둘 다 알고 있어. 너도 알고 나도 알아!"

나는 자리에서 일어나 팔짱을 단단히 끼고 테이에게서
거리를 두고 섰다. 몸속 어디선가 분노가 치솟았다. 마치
야생 동물이 된 것처럼, 거칠고 낯선 힘이 내 안에서 뿜어
져 나왔다.

"난 네 환자가 아니야! 네 여자친구라고!"

테이가 눈을 가늘게 뜨고 나를 노려봤다. 눈빛이 번뜩였
다. 순간 테이가 뭔가를 내던질 수도 있겠다는 생각이 들
었다. 그만큼 분노에 휩싸인 표정이었다. 그때 테이가 갑
자기 울기 시작했다. 테이에게서 그런 모습을 본 건 그때
가 처음이었다. 병원에서도, 식당에서도, 면회 시간이 끝
났다고 쫓겨날 때도 테이는 울지 않았다. 그랬던 테이가
마침내 무너져 내렸다. 테이는 한 손을 들어 얼굴을 가렸
다. 테이는 내 어린 시절 방의 문턱에 서 있었고, 등 뒤로는
오후의 햇살이 비쳐들었다.

"젠장."

테이가 낮게 말했다. 나는 그 자리에 가만히 서 있었다.
분노와 슬픔이 동시에 밀려들었다.

"다프네."

테이가 낮고 잠긴 목소리로 힘없이 말했다.

"네가 아프지 않았으면 좋겠어. 정말이야. 하지만 이제

어떻게 해야 할지 나도 모르겠어. 우리가 계속 함께할 수 있을지 자신이 없어. 넌 자유롭고 싶어 하고, 나는 널 걱정하면서 곁에 있어주는 것밖에 할 수 있는 게 없어. 사랑하는데 어떻게 걱정을 안 해? 나는 사랑과 걱정을 따로 떼어놓는 방법을 모르겠어."

그 순간, 나는 잊고 있던 쪽지가 떠올랐다.

테이, 2년 2개월

나는 테이에게 다가가 그를 끌어안았다. 그리고 까치발을 하고 양손으로 테이의 목을 감쌌다. 우리는 보통의 연인들처럼, 연인이라면 마땅히 누려야 할 만큼 서로를 충분히 안아본 적이 없었다.

"고마워."

내가 속삭였다.

테이는 잠시 멈칫했지만 곧 당혹감을 거둬들였다. 사실 당황할 필요가 없었다. 테이는 해야 할 역할을 다 했다. 모든 것이 무너지는 순간에도 내 곁에 있었고, 내 세상이 금이 가고 깨지고 부서질 때 그 벽이 무너지지 않도록 꼭 붙들어주었다. 이제 너무 진부해진 문장이지만, 나는 진심으로 그렇게 생각했다. 네가 없었다면 내가 어떻게 견뎠을까.

여전히 모르는 것이 너무 많았다. 이 불안한 현실이 언제까지 계속될지, 다시 세상으로 나아갈 수 있을지, 나가서 내가 다시 무언가를 할 수 있을지, 나에 대해 모르는 사람과 함께 잘 지낼 수 있을지, 아니, 오히려 모든 걸 알고 있는 사람과 함께하는 게 더 어려울지도 모른다. 하지만 한 가지는 분명했다. 테이와 나의 시간은 끝났다. 가슴이 찢어질 듯 아팠지만 부정할 수 없는 사실이었다. 우리가 공유한 가장 강력한 연결고리는 내 병이었다. 그리고 우리를 묶어주었던 그 단순한 진실이 이제 우리를 끝으로 이끌고 있었다. 나는 심장이 멈췄던 순간 곁에 있어준 사람과 사랑에 빠졌다. 그리고 내 심장이 조심스럽게 다시 뛰고 있는 지금, 우리는 서로에게 가장 고통스러웠던 기억을 상기시키는 존재가 되었다. 아마 영원히 그럴 것이다.

"사랑해."

테이가 말했다.

"나도 사랑해."

내가 대답했다.

그로부터 6개월 후, 나는 새로운 쪽지를 받았다. 마치 어떤 약속처럼 느껴졌다. 누군가가 나를 지켜보고 있고, 모든 걸 알면서도 아직 나를 포기하지 않았다는 생각이 들었다. 그날 이후로 쪽지에 적힌 이름과 몇 주, 몇 달이라는 기간을 마주할 때마다 나는 확신할 수 있었다. 내게 그 시간이 허락되었고 그 시간 동안 내 심장은 뛸 거라고. 나는 살아 있을 것이고 그 시간을 감사하게 살아낼 거라고.

나는 우주와 은밀한 계약을 맺었다. 시간을 조각조각 나눠 받는 대신, 그만큼의 시간 동안 이곳에 머무를 수 있도록 허락받은 것 같았다. 그 조각들 속에서는, 나는 내 심장을 잠시 잊고 살아도 괜찮았다.

그런데 이제는 모르겠다. 쪽지에 아무런 기간도 적혀 있지 않다면 그건 무슨 뜻일까? 영원히? 아니면, 알 수 없음? 이제부터는 내가 언제 어떻게 될지 아무도 모른다는 뜻일까? 내 생명이 걸려 있는 이 무서운 불확실성을 나는 어떻게 받아들여야 할까?

나는 이 자리를 가능한 한 뒤로 미뤄왔다. 하지만 어느새 3월이 코앞으로 다가왔고, 결국 휴고와 제이크가 함께하는 저녁 식사 약속을 잡게 되었다. 휴고는 클라우디아를 데려오겠다고 했다. 몇 주 전부터 만나기 시작한 여자였고 나탈리와는 지난 가을에 이미 끝났다고 했다.

만나기로 한 장소는 호텔 벨에어, 휴고가 LA에서 가장 좋아하는 곳 중 하나였다. 나는 제이크에게 미리 당부했다. 계산 문제로 휴고하고 다투지 말라고. 휴고는 언제나 본인이 계산해야 직성이 풀리는 스타일이니까. 나는 휴고에게도 전화로 당부했다. 말 좀 부드럽게 하고 쿨하게 행동하라고.

"정말 괜찮은 사람이야. 너 만난다고 엄청 기대하고 있어. 그러니까 제발 평소처럼만 해."

토스트에서 함께 브런치를 먹은 게 5개월 전 일이었고,

그 뒤로는 휴고를 거의 만나지 못했다. 휴고가 자주 LA를 떠나 있었기 때문에 우리의 주말 루틴은 흐지부지됐다. 지난 5주 동안 매주 토요일 밤에 제이크가 우리 집에 와서 자고, 일요일 아침에 나와 함께 파머스 마켓에 갔다. 물론 제이크와 내가 도착할 즈음이면 해바라기는 이미 다 팔리고 없었다.

나는 휴고가 그리웠다. 가끔 스스로에게 물어보았다. 우리의 우정은 둘 다 싱글일 때만 가능한 걸까? '남녀 사이의 우정은 한쪽이 연애 중일 때만 가능하다'는 말이 있지만 우리는 오히려 그 반대였다. 우리가 둘 다 혼자였을 때는 서로의 빈자리를 자연스럽게 채웠다. 하지만 제이크가 내 삶에서 차지하는 공간이 점점 커지면서 휴고가 들어설 자리가 점점 사라지는 느낌이었다.

호텔 벨에어는 로스앤젤레스 언덕에 있는 넓고 우아한 고급 호텔로, 부유층과 유명 인사들이 주 고객층이었다. 이곳은 매니저 데니스의 개인 휴대폰 번호를 아는 사람만 예약할 수 있었다. 이 호텔의 레스토랑은 유명 셰프인 볼프강 퍽이 운영하고 있었다. 호텔 뒤편의 탁 트인 안뜰에 자리한 레스토랑은 모든 면에서 훌륭했다. 한쪽에는 조용히 대화를 나눌 수 있는 부스가 있고, 내가 가본 곳 중 가장 아름다운 바가 있다. 새하얀 벽을 덮은 담쟁이덩굴도 인상적이었다. 이곳은 그야말로 가장 고급스럽고 고요한 낙원 같았다. 유명 인사들로 북적이지도 않았고 베벌리힐스 호텔과 달리 파파라치도 없었다.

짙은 색 청바지에 푸른색 캐시미어 스웨터를 입은 제이크는 근사했다. 제이크에게 몸을 기댈 때마다 마치 포근한 구름을 껴안는 기분이 들었다. 나는 검은색 청바지에 민소매 터틀넥을 입고, 결국 벗게 될 걸 알면서도 또다시 얇은 끈으로 고정하는 검은색 힐을 신었다.

우리는 휴고와 클라우디아 커플보다 먼저 도착했다. 제이크가 내 어깨에 팔을 두르자 나는 제이크의 어깨에 머리를 살짝 기댔다.

"긴장돼요?"

내가 제이크 어깨에 기댄 채 물었다.

"왜요? 나 긴장해야 되나?"

제이크가 되물었다.

나는 고개를 들어 제이크의 얼굴을 올려다봤다.

"아니, 그냥. 긴장된다고 해도 이해할 수 있을 것 같아서요."

"휴고가 카리스마 있는 성격이라서?"

"아니, 나한테 소중한 사람이니까."

제이크가 손끝으로 내 턱을 조심스레 들어 올렸다. 그리고 부드럽게 입을 맞췄다.

"그럼 긴장되는 게 아니라, 기대되는 거죠."

잠시 후, 휴고가 나타났다. 혼자였고, 가볍게 뛰어오듯이 다가왔다. 검은색과 파란색 스트라이프 셔츠에 검은색 벨트, 검은색 바지를 입고 있었다. 그 순간, 내가 휴고 특유의 넘치는 에너지를 얼마나 그리워했는지 새삼 깨달았다.

"늦어서 미안."

휴고가 말하며 내 볼에 가볍게 입을 맞췄다. 그러고 나서 제이크와 악수를 나눴다.

"안녕하세요, 만나서 반가워요."

휴고의 인사에 제이크가 진심 어린 미소로 답했다.

"반가워요. 실은 실존 인물이 아닐지도 모르겠다는 생각이 들던 참이었어요."

"나도 요즘 내가 실존하는 사람인지 가끔 헷갈려요. 지난 두 달 동안 LA에 사흘 연속 머문 적이 없거든요."

"클라우디아는?"

내가 물었다.

"걔가 나에 대해 뭔가 착각했던 모양이야. 결론은, 내 성격이 맘에 안 든대."

휴고가 웃으며 손사래를 쳤다. 그러고는 안내 데스크로 다가가 직원의 뺨에 가볍게 입을 맞췄다.

"가브리엘, 6번 자리 괜찮을까?"

"그럼요."

가브리엘은 메뉴판 세 개를 들고 우리를 오른쪽 벽 뒤편의 아늑한 부스로 안내했다. 다른 테이블과는 거리가 있어서 마치 조용한 오아시스 같았다.

"즐거운 시간 되세요."

반원형 부스의 한쪽 끝에 휴고가 먼저 자리를 잡자, 나는 제이크가 가운데에 앉을 수 있도록 자리를 양보했다.

"오늘 진짜 덥다."

휴고가 셔츠 칼라를 느슨하게 잡아당기며 말했다. 휴고는 아까부터 마치 새장 안에 갇힌 새처럼 안절부절못하고 있었다. 그리고 내 눈을 한 번도 쳐다보지 않았다.

"괜찮아?"

내가 물었다.

"그냥 하루 종일 바빴어."

휴고가 물잔을 들어 벌컥벌컥 들이켰다.

"그러게요, 오늘 진짜 덥네요."

제이크가 말하며 스웨터를 벗었다. 그리고 나를 향해 윙크했다. 심장이 두근거렸다. 제이크의 다정함과 배려심이 느껴졌다. 지금 제이크는 휴고를 위해서가 아니라 나를 위해서 노력하고 있다. 이 자리가 내게 얼마나 중요한지를 기억하고, 중재자 역할을 하며 분위기를 편안하게 만들려고 애쓰는 게 느껴졌다.

"다프한테 들었는데, 할리우드에서 일하신다면서요?"

휴고가 말했다. 그 순간 나는 두 가지 이유로 속이 불편해졌다. 하나는, 휴고가 굳이 나를 애칭인 '다프'로 부르며 가까운 사이라는 걸 과시하는 것 같아서, 또 하나는 '할리우드'라는 단어를 말할 때 미묘하게 느껴진 빈정거리는 듯한 뉘앙스 때문이었다. 굳이 그 단어를 고른 심보부터가 곱게 보이지 않았다.

하지만 제이크는 흔들리지 않았다.

"맞아요. 운이 좋았죠. 일도 재미있고 상사들도 괜찮아요. 흔히 말하는 할리우드 느낌이랑은 좀 달라요. 다행히 저랑 같이 일하는 사람들은 자아도취가 심한 편은 아니라서요."

휴고가 웃었다.

"우리 쪽 사람들하고 정반대네요."

"부동산 쪽 일 하신다고 들었어요."

"이론적으로는요. 실제로는 사람들 꼬셔서 하기 싫은 일 하게 만드는 게 주 업무죠."

제이크가 부드럽게 웃었다.

"제가 잘할 수 있는 분야는 아니겠네요."

그때 웨이트리스가 테이블로 다가왔다.

우리는 음료를 주문했다. 휴고는 데킬라에 소다, 제이크는 맥주, 나는 레드 와인 한 잔을 선택했다. 사실 나는 술을 많이 마시면 안 되는 상태였다. 아니, 정확히 말하면 입에 대지도 말아야 했다. 지금 복용 중인 약물에 영향을 주거나 염증 반응을 일으킬 수도 있었다. 이런 부작용 하나하나가 치명적인 결과로 이어질 위험이 있었다. 하지만 나는 이미 너무 많은 걸 절제하며 살고 있고, 참는 데도 한계가 있었다. 그래서 적당히 마시면서 살기로 했다.

"여기 정말 멋지네요."

제이크가 주위를 둘러보며 말했다.

"와본 적 있어요?"

휴고가 물었다. 제이크는 고개를 저었다.

"저한텐 쉼터 같은 곳이에요. 일주일에 한 번은 꼭 와요. 물론 비싸긴 하지만, 그 값어치를 하는 곳이에요."

휴고는 지금 굉장히 재수 없게 굴고 있었지만 동시에 긴장한 기색도 역력했다. 휴고답지 않은 조합이었다. 이렇게 어색하게 구는 건 처음 봤다. 나만 그렇게 느낀 게 아니었다. 제이크도 눈치챈 것 같았고, 심지어 휴고 본인조차 자기가 이상하다는 걸 아는 듯했다. 휴고는 팔꿈치를 테이블 위에 올려놓고 괜히 까칠하게 굴면서 쓸데없이 기싸움을 벌이고 있었다.

나는 테이블 아래로 손을 뻗어 제이크의 손안에 내 손을 가만히 밀어 넣었다. 제이크가 내 손을 꼭 쥐었다.

"둘이 같이 살기로 했다면서?"

휴고가 나를 보며 말했다.

제이크가 나를 바라보더니 대신 답했다.

"사실 아직 확답은 못 들었어요."

휴고가 물을 몇 모금 더 들이켰다.

"다프, 너 또 애매하게 굴었구나."

"그런 거 아니야. 지금 생각하는 중이야."

"얘네 집 진짜 만물상 수준이에요. 그 짐 다 정리하려면 고생 좀 해야 할 거예요."

휴고가 비꼬듯 말하자 제이크가 내 어깨에 팔을 두르며 대답했다.

"다 가져와요. 자리야 만들면 되지. 난 그 이상한 물건들 다 사랑해요."

사랑. 나는 아직 제이크에게 사랑한다는 말을 한 적이 없었다. 사실 테이 이후로는 누구에게도 그 말을 꺼내지 않았다. 그렇다고 사랑을 느끼지 않은 건 아니었다. 사랑이라고 말하진 않았지만, 사랑을 느낀 순간들은 분명히 있었다. 해 질 무렵의 샌프란시스코 마리나 그린 공원을 조시와 함께 걸었을 때, 도심의 다락방에서 집 밖에도 나가지 않고 에밀과 6일 내내 함께 보냈을 때, 그리고 요즘, 제이크가 아침에 나보다 먼저 일어나 내 칫솔에 치약을 짜두고 저녁을 먹은 뒤 말없이 내 손에 리모컨을 쥐어줄 때, 그리고 휴고를 사귀던 시절에도 그런 감정이 찾아왔다.

하지만 사랑이라는 단어는 언제나 힘과 얽혀 있는 것처럼 느껴졌다. 그 말을 꺼내는 순간, 내 힘을 상대에게 내어주는 기분이 들었다.

두 달 전, 선셋 스트립에 있는 멕시코 음식점 핑크 타코에서 저녁을 먹을 때였다. 나는 치킨 파히타, 제이크는 피시 타코를 먹고 있었고 테이블 중앙에는 과카몰리와 칩이 담긴 바구니가 놓여 있었다. 야외 테라스의 피크닉 테이블에 앉아 식사를 하는 사이 지나가는 차 소리가 간간이 들려왔다.

그때 나는 제이크에게 이리나가 최근에 시작한 차콜 디톡스 프로그램에 대해 설명하던 중이었다. 내가 이해한 바로는, 숯가루를 넣은 검은 액체를 마시고 엄청난 양의 비타민을 섭취하는 요법이었다.

"자격 있는 전문가한테 상담받고 하는 거죠?"

제이크가 물었다.

"글쎄, '전문가'를 어떻게 정의하느냐에 따라 다르겠죠.

자격 기준도 그렇고."

"적어도 운전면허증 같은 공신력 있는 자격증을 가진 사람이어야 할 텐데요."

"요즘은 그것도 안 따는 사람 많아요. 탄소발자국 줄이려고."

"그러니까 자격증 없는 환경운동가 같은 사람이라는 거죠?"

"음, 전 누구든 한 가지쯤은 배울 점이 있다고 봐요."

나는 과카몰리를 접시에 덜면서 답했다. 칩에 소금이 잔뜩 묻어 있어서 나는 칩을 입에 넣을 때마다 개수를 셌다.

그때 제이크가 마시던 탄산수를 내려놓고 나를 가만히 바라봤다. 순간 제이크가 곧 무슨 말을 하려는지 알 것 같았다. 마치 비가 오기 직전에 공기에서 징조를 느끼듯이 예감할 수 있었다.

"사랑해요."

제이크가 툭 내뱉었다. 그 짧은 한마디는 반짝이는 말풍선처럼 테이블 위를 건너 내게로 다가왔다. 말을 꺼낸 뒤에도 제이크는 계속해서 미소를 거두지 않았다. 내 대답을 기다리는 것 같지는 않았다. 내가 아무 말도 하지 않아도 제이크의 미소는 한층 더 깊어졌다. 마치 사랑한다는 말을 한 것 자체로 이미 충분하다는 듯이, 그 보석 같은 말 한

마디를 오래도록 숨기고 있다가 더 이상 참지 못하고 꺼내 보인 것 같았다.

"당신은 말로 다 표현할 수 없을 만큼 나한테 소중한 사람이에요."

나는 이렇게 대답했다. 진심이었다. 제이크를 사랑하지 않는 게 아니었다. 하지만 사랑한다는 말을 꺼내기 전에 먼저 털어놓아야 할 이야기가 있었다. 왜냐하면 제이크는 아직 모르고 있으니까. 내가 아프다는 사실도, 내 가슴에 있는 두 개의 흉터가 어떤 수술을 받고 생긴 자국인지도. 나는 지금까지 사람들에게 똑같은 거짓말을 해왔다. 이 흉터는 어렸을 때 받은 수술 자국인데 이제는 다 나았고 아무렇지도 않다고, 신경 쓰지 않아도 된다고. 내 몸속에 제세동기를 넣었던 자국도 시간이 흐르면서 점점 희미해졌고, 배터리 교체 수술을 받았던 흔적은 가슴으로 살짝 가려져서 대충 둘러대기도 쉬웠다. 제이크도 내가 평소에 달리기를 하지 않는 걸 알고 있었다. 나는 평소 운동을 싫어한다고 말했고, '내 유산소 운동은 쇼핑'이라며 너스레를 떨었다. 제이크는 내가 먹는 약들이 정신 건강을 위한 약이라고 알고 있었다. 나는 약통을 눈에 띄지 않는 곳에 보관했고, 아무도 모르게 복용했다. 매주 병원을 오가던 시기도 있었지만, 내가 병원에 다녀왔다는 사실을 아는 사람은 오직 이리나와 부모님뿐이었다. 제이크에게 이야기를 하려고 할 때마다 목구멍에서 말이 멈췄다. 제이크가 왜 이런 일을 겪어야 하지? 나를 사랑한다는 이유로, 나에게 따라오는 모든 고통을 이 사람이 왜 감당해야 해?

제이크는 이미 한 번 큰 상실을 겪었다. 그런 사람에게 당신은 언젠가 나를 잃을지도 모른다는 말을 어떻게 털어놓을 수 있을까. 게다가 이건 나에게 처음으로 찾아온, 기한이 정해지지 않은 관계인데.

"배고파 죽겠어. 우리 이제 주문하자."

나는 제이크와 휴고를 번갈아 보며 말했다.

"여기 메뉴판엔 없지만 광어 그릴 요리하고 스테이크가 괜찮아요. 제이크, 소고기 먹어요?"

휴고가 물었다.

"그럼요. 자주 먹진 않지만요."

제이크가 어깨를 으쓱하며 대답했다.

"난 요즘 키토 중이거든요. 관리를 좀 해야 해서."

휴고가 자기 배를 툭 치며 말했다.

"키토? 처음 들어봐요."

제이크의 말에 휴고가 믿기지 않는다는 듯이 나를 바라본 뒤, 제이크에게 되물었다.

"농담이죠?"

제이크가 나를 한 번 보고 다시 휴고를 향해 고개를 돌렸다.

"제가 다이어트 유행에 좀 둔해요."

그 말에 나는 휴고의 얼굴을 살폈다. 콧구멍이 미세하게 커졌다. 짜증 났다는 신호였다.

"키토는 다이어트가 아니에요."

휴고가 딱 잘라 말했다.

"아, 아니요, 그런 뜻은 아니고. 저는 뭐든 잘 먹는 편이라서요."

제이크가 다급히 손을 내저었다.

휴고는 다시 메뉴판으로 시선을 돌렸다.

"잘됐네요."

테이블 위에 묘한 긴장감이 흘렀다. 나는 물잔을 들어 입을 축였다.

"둘 다 치즈는 어때?"

내가 말했다.

"난 무조건 찬성이에요."

제이크가 말했다.

"그래, 둘이 알아서 시켜봐요. 원하는 걸로."

휴고가 메뉴판을 내려놓으며 말했다.

그때, 한 커플이 우리 옆을 지나갔다. 여자는 짧은 여름 원피스에 카디건을 입고 검은색 부츠를 신고 있었다. 제이크가 잽싸게 뒷주머니에서 작은 수첩을 꺼내더니 뭔가를 적었다. 나는 제이크를 바라보다가, 그 커플 쪽으로 시선을 돌렸다.

"뭐예요? 취미로 시라도 써요?"

휴고가 묻자 제이크는 고개를 저었다.

"아, 그냥 버릇처럼 하는 건데요."

"아, 부츠!"

내가 소리쳤다. 주변 사람들이 고개를 돌려 나를 쳐다봤다. 나는 황급히 목소리를 낮췄다.

"제이크는 닥터마틴 부츠 신은 사람을 보면 수첩에 기록하거든."

나는 제이크를 쳐다보며 덧붙였다.

"일종의 징크스 같은 거죠?"

"대충 그런 셈이죠."

제이크가 웃으며 말했다.

"흠."

휴고가 말하며 다시 메뉴판으로 시선을 내렸다. 그러고는 내게 물었다.

"너 또 메뉴판에 없는 포모도로 파스타 시킬 거야? 아니면 드디어 새로운 거에 도전?"

"지금 고민 중이야."

나는 고개도 돌리지 않고 대답했다.

"얘 말 믿지 말아요, 제이크. 어차피 항상 똑같은 것만 시키거든요."

휴고가 제이크를 향해 말하더니 나를 보며 덧붙였다.

"근데 뭐, 그게 또 귀엽긴 하지."

제이크가 그 말에 반응하는 게 느껴졌다. 나는 잠시 긴장했다. 제이크가 받아칠까 봐. 솔직히 당장 일어나서 휴고한테 주먹을 날려도 이상하지 않을 상황이니까. 하지만 제이크는 전혀 다른 방식으로 반응했다.

"난 취향 확실한 여자가 좋던데요. 이번엔 내가 포모도로 시킬게요. 같이 나눠 먹어요. 파스타는 항상 진리니까."

제이크가 웃으면서 말했다. 그 순간, 나는 그 자리에서 제이크를 꼭 끌어안고 키스해주고 싶었다.

식사를 마친 뒤, 예상대로 휴고가 계산하겠다고 나섰다. 제이크는 잠깐 고개를 저으며 말렸지만 곧 물러났다. 우리는 레스토랑을 나와서 연못 위의 아치형 다리를 따라 발렛 파킹 대기 장소로 천천히 걸어갔다.

제이크가 발렛 티켓을 건네러 간 사이, 나는 조심스럽게 휴고를 옆으로 끌었다.

"오늘 좀 거만했던 거 알지?"

"나 원래 그런 거 몰라?"

휴고가 지갑에서 20달러짜리 지폐를 꺼내며 덧붙였다.

"괜찮은 사람 같더라."

"그게 다야?"

휴고가 나를 바라봤다.

"믿을 만한 것 같아. 마음에 들어. 네 짝으로 나쁘지 않아 보이네."

그때 제이크가 돌아와 자연스럽게 내 허리에 팔을 둘렀다. 우리는 휴고를 가볍게 안으며 따뜻하게 작별 인사를 나눴다. 제이크는 휴고에게 예전에 시대극 촬영할 때 알게된 희귀 매물 전문 자동차 딜러의 연락처를 알려주기로 약속했다.

"만나서 반가웠어요. 조만간 또 보게 될 것 같네요."

휴고가 제이크의 등을 툭 치며 말했다.

휴고와 헤어진 뒤, 차에 올라타자 제이크가 조용히 내무릎 위에 손을 얹었다.

"매력적인 사람이네요."

"오늘 정말 재수 없게 굴었어요."

"응, 좀 그랬죠. 근데 에너지가 넘치는 사람이라서 같이 있으면 재미있을 것 같아요."

나는 고개를 저었다.

"당신은 정말 누구에게서나 좋은 면을 찾아내는 재주가 있어요."

제이크가 내 말에 잠깐 멈칫하며 생각에 잠기더니 곧 입을 열었다.

"난 그 사람 이해할 수 있어요, 다프네."

그러고는 잠시 정적이 흐른 후 덧붙였다.

"휴고가 아직 당신을 사랑하는 건, 그 사람 잘못이 아니잖아요."

26

휴고와 연애를 시작한 지 2개월하고도 3주가 지났을 무렵, 나는 병원에 실려 갔다. 그동안 나는 우리가 함께한 날들을 시간 단위로 세고 있었다. 3개월이라는 시한의 끝이 눈앞에 아른거렸다. 마치 낭떠러지 앞에 세워진 해골 모양의 표지판처럼 '위험!'이라고 경고하는 것 같았다. 그 자리에 멈춰 되돌아가고 싶었지만 어떻게 해야 할지 알 수가 없었다. 우리 사이가 추락하는 걸 막을 방법이 보이지 않았다.

나는 휴고를 사랑했다. 진심으로. 휴고와의 연애는 스케일이 크고 장엄했으며 감정은 늘 격렬하게 휘몰아쳤다. 나는 휴고의 사고방식이 좋았다. 휴고는 늘 다른 관점으로 세상을 보려 했고, 반대편 입장을 이해하려고 애썼다. 나는 휴고의 고집스러움을 사랑했다. 단단하고 흔들림 없는 모습이 좋았다. 가끔은 모든 걸 밀어붙이는 불도저 같기도 했지만, 동시에 결코 부러지거나 깨지지 않을 기반처럼 느껴지기도 했다. 나는 그 위에 안전하게 앉아 있는 기분이었다. 휴고의 궤도 안에 있을 때면 마치 태양 속에 들어온 것처럼 안심이 됐다. 그 강렬한 빛은 나를 해치지 않고 오히려 가까이에서 따뜻함을 전해주었다. 나는 휴고와 끝내고 싶지 않았다.

휴고와의 시간이 한 주 남았을 무렵이었다. 익숙하고 고통스러운 감각이 내 몸을 덮쳐왔다. 그때 나는 이리나의 집에서 근무 중이었다. 이리나는 곧바로 구급차를 불렀다.

"심장 질환이 있어요."

이리나가 구급대원에게 말했다. 이리나는 내가 일을 시작한 지 얼마 안 됐을 때부터 그 사실을 알고 있었다. 언제나 그렇듯, 이리나에게는 아무것도 숨길 수가 없었다. 고맙게도 이리나는 수년 동안 내 질환을 비밀로 해줬다. 그러면서도 단 한 번도 내가 부족하다고 느끼게 하지 않았고, 늘 내 건강을 챙겨줬다.

그날, 나는 응급실로 실려 갔다. 익숙한 절차였다. 이제껏 수없이 입원하고, 수술을 받고, 치료를 받으면서도 이상하게 한 번도 '죽을 수 있다'는 생각은 한 적이 없었다. 왜 그랬을까. 돌이켜보면 어리석을 만큼 무방비했다. 당연히 그 생각을 했어야 했다. 나만 빼고 주변 사람들은 모두 그랬을 테니까.

물론 머리로는 알고 있었다. 언젠가는 그런 날이 올지도 모른다는 걸, 아니, 언젠가는 오게 되어 있다는 걸. 하지만 그 순간이 '지금'이 될 거라고는 한 번도 상상하지 못했다. 죽음이 이렇게 가까이, 손에 잡힐 듯 다가올 거라고 믿지 않았다.

그런데 그날, 처음으로 실감했다. 지금 죽는구나. 동시에 이런 생각이 들었다. 휴고와 이렇게 끝나는구나. 그 순간 모든 게 또렷해졌다. 왜 이제야 알았는지 의아할 정도였다. 나는 휴고에게 너무 깊이 빠져 있었다. 이런 결말이 기다리고 있는 건 어쩌면 너무나도 당연했다.

검사 결과, 동맥 협착 진단을 받았다. 동맥 중 하나가 너무 좁아져서 혈액을 원활하게 내보내지 못하는 상태라고 했다.

"이건 해결할 수 있어요, 다프네."

프랭크 박사가 말했다. 스무 살 이후로 거의 들어본 적 없는 문장이었다.

"하지만 다프네 병력을 감안하면 의료진의 기대 수준보다는 위험 부담이 큽니다. 그리고 이런 증상이 시사하는 점도 반갑지는 않네요."

그 말은, 겉으론 멀쩡해 보여도 안에서는 무언가가 잘못

되어가고 있다는 뜻이었다.

"스텐트 시술을 할 수 있어요. 사타구니 쪽에서 접근하면 심장을 여는 개심술은 피할 수 있죠. 일반적으로는 간단한 시술이에요. 다만 다프네 경우는 좀 다르죠."

프랭크 박사는 말을 마친 뒤 나를 바라보며 고개를 끄덕였다. 나는 이런 직설적인 화법이 마음에 들었다. 프랭크 박사는 날 아이 취급하지 않았다.

"보통은 당일 퇴원이지만, 다프네는 며칠 더 경과를 봐야 할 거예요. 서두르는 게 좋겠습니다. 혹시 요즘 유난히 피곤하거나 몸이 붓는 느낌을 받은 적 있어요?"

나는 잠시 기억을 되짚어보았다. 요즘 모래 늪에 빠진 것처럼 나른한 느낌이 들긴 했다. 하지만 워낙 자주 그랬기 때문에 이제 낯설지도 않았다. 컨디션이 좋았던 게 언제였는지 가물가물했다. 마지막으로 활력이 넘쳤던 때는 10년도 더 전인 것 같았다.

"그랬던 것 같기도 하고, 잘 모르겠어요."

내 말에 프랭크 박사가 낮게 '음' 하고 소리를 냈다.

"많이 심각한가요?"

"일반적인 경우 스텐트 시술의 사망 확률은 1퍼센트도 되지 않아요."

프랭크 박사는 잠시 숨을 고른 뒤 조심스럽게 말을 이어갔다.

"하지만 다프네는 케이스가 좀 다릅니다."

나는 내가 환자라는 걸 알고 있었다. 하지만 병원에 있으면 가끔 그 사실을 잊었다. 우리는 모두 한 팀처럼 움직였다. 함께 데이터를 모으고 분석하고 그 결과를 바탕으로 결정을 내렸다. 나도 그 팀의 일원이었다. 내 심장은 마치 흰 칠판 같았다. 그 위에는 수없이 많은 검사 수치와 항목들이 빼곡이 적혀 있었다. 나는 가끔 그 심장이 내 몸속에 있다는 사실을 잊어버렸다.

부모님이 병원에 오셨다. 머피를 반려견 놀이방 왜그빌에 맡기고 오신 덕분에 한 가지 걱정은 덜 수 있었다. 수술은 다음 날로 잡혔다.

수술을 위해 심장 전문의, 폐 전문의, 심리상담사 등으로 구성된 의료진이 총출동했다. 모두 프랭크 박사의 판단에 동의해 수술을 서두르기로 결정했다. 폐 전문의인 리사 박사는 내 심장을 하나의 생태계에 비유했다. 식물이 자라고 과일이 열리고 새들이 날아다니고 나무가 살아 숨 쉬는 곳. 비가 내리면 작은 생명들이 목을 축이며 살아가는 곳. 그런데 그 생태계가 무너지고 있다고 했다.

치료 방향이 정해지고 부모님이 아래층으로 커피를 사러 간 사이 나는 휴대폰을 확인했다. 휴고에게 부재중 전화가 네 통, 음성 메시지 하나, 그리고 문자 메시지가 여러 개 와 있었다. 가장 처음 도착한 문자는 '같이 점심 먹을래?', 가장 마지막 문자는 '다프네, 걱정돼. 전화 줘'였다.

나는 휴고에게 전화를 걸었다.

"다프? 무슨 일이야? 지금 어디야?"

휴고가 다급하게 말했다.

나는 천천히 침을 삼켰다.

"병원이야."

눈물이 차올랐다. 나는 눈을 꼭 감았다. 휴고에게 사실대로 말하고 싶었다. 말하고 싶어서 견딜 수가 없었다. 하지만 겁이 났다. 이 통화가 마지막이 될까 봐 두려웠다.

"아빠가 검사를 받고 계셔."

내가 말했다.

"맙소사, 다프. 어느 병원이야? 시더스? 당장 갈게."

"아니, 그러지 마. 아빠가 누가 오는 걸 별로 안 좋아하실 거야."

뜨거운 물결이 눈 안에서 일렁였지만, 나는 눈을 꼭 감고 뜨지 않았다.

"너희 아버지를 위해서가 아니라 널 위해서 가는 거야."

팔을 살짝 움직이자 정맥에 꽂힌 바늘이 당겨졌다. 당장 병원 침대에서 일어나 줄을 떼고 도망치고 싶었다. 전속력

으로 달리고 싶었다. 갈 수 있는 한 멀리, 내 심장이 버티는
데까지 계속해서 움직이고 싶었다. 가만히 누워 있는 것만
아니라면 무엇이라도 하고 싶었다.

문득 지금 휴고 품에 안겨 있으면 얼마나 좋을까 하는
생각이 들었다. 휴고가 이 침대로 올라와 나를 꼭 안아준
다면. 휴고의 따뜻한 가슴에 얼굴을 묻고 내가 누구인지,
내 몸에 무슨 일이 벌어지고 있는지, 앞으로 무슨 일이 닥
칠지를 잠시라도 잊을 수 있다면. 이런 갈망이 온몸으로
퍼져나갔다.

휴고에게 말하고 싶었다. 지금 당장 와줘. 네가 필요해.

하지만 말할 수 없었다. 나는 휴고에게 이 무거운 비밀
을 단 한 조각도 보여주지 않았다. 이제 와서 이 복잡한 진
실을 털어놓기엔 너무 늦었다. 우리의 시간은 거의 끝나가
고 있었다.

"나중에 다시 전화할게. 그러니까 오지 마. 우린 괜찮
아."

"다프네."

나는 대답을 하지 못했다. 울음을 참느라 입을 열 수가
없었다.

"그래도 중간중간 소식 알려줘야 해. 그럴 거지?"

나는 목이 메었지만 최대한 담담한 목소리로 말했다.

"응."

처음 병원에 입원해서 내 몸에 문제가 있다는 사실을 알게 되었을 때, 부모님은 늘 나보다 먼저 의사들과 면담을 했다. 그리고 치료 방향이 정해지면 의사들과 함께 병실로 들어와 나에게 설명해줬다. 그때 엄마가 지었던 딱딱하게 굳은 미소가 아직도 선명하게 기억난다.

입원 둘째 날의 기억도 또렷하다. 화장실에 가고 싶어서 잠에서 깼는데 병실 문이 조금 열려 있었다. 아빠는 보이지 않았고 엄마는 복도 의자에 앉아 프랭크 박사와 이야기 중이었다. 그때는 아직 프랭크 박사에 대해 잘 알지 못했다. 염소수염을 기른 조금 까칠한 성격의 의사라는 인상뿐.

"요즘 약이 많이 발전하지 않았나요? 임상도 있잖아요. 다프네가 면역력이 얼마나 좋은데요. 아픈 적도 거의 없었고 감기도 잘 안 걸리던 아이예요."

엄마 목소리였다.

"매년 새로운 치료법이 나오고 있습니다. 분명 좋은 방법을 찾을 수 있을 겁니다."

프랭크 박사가 대답했다.

"그 문제가 있는 곳을 수술로 고칠 수는 없는 건가요? 가장 비싼 재활 치료도 받을게요. 제가 정말 이해가 안 돼서 그래요. 정말 건강했던 아이거든요."

엄마의 목소리에 간절함이 묻어났다. 마치 손바닥으로 벽을 더듬어가며 문을 찾는 사람 같았다. 설마 내 딸이 그럴 리가 없다고, 어딘가에 분명히 다른 길이 있을 거라고 믿고 싶은 듯했다. 엄마는 이 상황에서 벗어날 수 있는 출구가 나타나기를, 이 갑작스럽게 들이닥친 불행이 어서 사라지기를, 내가 다시 온전하게 회복되기를 바랐다.

곧 프랭크 박사의 발소리가 들렸고, 뒤이어 병실 문 틈으로 엄마의 거친 숨소리가 새어 들어왔다. 짧고 공허한 흐느낌이었다. 그 소리가 마치 날카로운 송곳처럼 내 속을 후벼팠다. 내 탓이다. 내가 엄마에게 이런 고통과 슬픔을 안기고 있다는 걸 믿을 수가 없었다. 도무지 받아들일 수 없었다. 엄마가 병실로 돌아왔을 때, 얼굴에는 어설픈 미소를 띠고 있었지만 손의 떨림은 멈추지 못했다. 마치 벌새처럼 파르르 떨던 그 손이 아직도 눈에 선하다.

그때 나는 처음으로 깨달았다. 엄마조차도 이 상황을 해결할 수 없다는 사실을. 세상에 이보다 더 무서운 순간이 있을까. 엄마가 아무리 간절하게 원해도 이 현실을 피할 수 없다는 걸 알게 된 순간.

여전히 전화를 붙잡고 있는 상태에서 전화기 너머로 휴고의 숨소리가 들렸다. 휴고는 머뭇거리며 기다리고 있었다. 나는 전화를 끊었다.

다음 날, 수술실 앞에서 엄마가 내 이마에 입을 맞췄다. 언제나 그렇듯, 라벤더와 양배추 냄새가 났다.

"곧 보자."

엄마는 눈가가 촉촉했지만 표정은 단단했다. 이런 상황을 수없이 겪으며 훈련된 표정이었다.

"우리는 널 사랑한단다."

아빠가 말했다.

"오늘 밤에 쿠키 먹고 싶어."

내가 말했다.

아빠는 내 손을 꼭 쥐었다.

"그러자."

의사들이 내 몸에 스텐트를 삽입했다. 사타구니 정맥을 따라 심장까지 도달한 스텐트는 정확한 위치에서 톡 펼쳐졌다. 수술은 문제없이 끝났다. 나는 몽롱한 상태로 깨어났다. 몸은 괜찮았다. 엄마의 얼굴을 보는 순간, 물어볼 필요도 없이 수술이 성공적으로 끝났다는 걸 알 수 있었다.

"잘했어, 우리 딸. 이제 다 괜찮아."

엄마가 나를 거의 끌어안을 듯 침대 위로 몸을 숙이고 말했다.

하룻밤 더 병원에 머물며 경과를 지켜본 뒤, 나는 예정보다 이른 퇴원을 허락받았다. 이전에도 수없이 그랬던 것처럼, 나는 다시 팰리세이즈에 있는 부모님의 집에서 보살핌을 받는 신세가 되었다. 원래대로라면 운동 방이나 서재가 되었을 작은 방엔 여전히 퀸사이즈 침대가 놓여 있었다. 그럴 수밖에 없었다. 그 방은 늘 나를 위해 준비되어 있었다. 나는 그 방에서 엄마가 직접 끓인 저염식 치킨 누들 수프를 먹고 영화 〈악마는 프라다를 입는다〉를 보며 아빠가 구운 피넛버터 초콜릿 청크 쿠키를 먹던 나날로 복귀했다. 부모님은 익숙한 역할을 다시 맡았다. 내 약을 챙기고, 체온을 재고, 조금이라도 이상한 징후가 보이면 즉시 의료진에게 문자를 보냈다. 두 분은 환자 돌봄 분야 박사라 해도 손색이 없었다.

나는 휴고에게 아빠가 병원에서 나오셨다고 문자를 보냈다. 엄밀히 말하면 틀린 말은 아니었다. 그리고 이틀에서 사흘 정도 부모님 댁에 머물 예정이라고 해두었다. 휴고가 전화를 했지만 나는 받지 않았다. 아직 뭐라고 말해야 할지 마음을 정하지 못했고, 어설픈 말로 더 많은 거짓말을 지어내고 싶지 않았다. 이미 감당하고 있는 비밀도 너무 버거웠다.

몸은 금세 회복됐다. 나는 수술에 익숙했다. 몸에 줄이 연결되고, 낯선 물질이 혈관을 흐르는 감각도 익숙했다. 내 의지 덕분이었는지, 수술 전 몸 상태가 워낙 바닥이라

조금만 회복돼도 괜찮게 느껴진 건지, 아니면 단순히 젊기 때문이었는지 모르겠지만 어쨌든 나는 빠르게 회복했다. 집에 온 다음 날, 혼자 일어나서 집 안을 걸어다녔고 오렌지 주스를 따라 마시거나 리모컨으로 TV를 켤 수도 있었다.

아빠는 그날 아침 오랜만에 조깅을 나갔다. 그전까지는 혹시 내가 도움이 필요할까 봐 거실 근처를 떠나지 않으셨다. 엄마는 앞마당에서 정원을 손질하고 있었다. 두 분 다 멀리 떨어지지 않은 거리에 머물며 내게 조용한 시간을 주려 애쓰는 게 보였다.

그때 초인종이 울렸다. 나는 조안 아줌마가 또 머핀을 구워 오셨나 하면서 문을 열었다. 문 앞에는 휴고가 서 있었다.

"휴고."

"안녕."

휴고가 말했다. 청바지에 흰색 폴로셔츠를 입은 휴고의 머리는 평소와 달리 이리저리 헝클어져 있었다.

"여기까지 어쩐 일이야?"

내가 물었다.

"아무리 전화를 해도 안 받아서, 너무 걱정돼서 왔어. 너도, 너희 가족도."

그제야 나는 휴고 손에 들린 커다란 꽃다발을 봤다. 하얀 장미와 연보라색 라일락, 연두색 고사리 잎이 어우러진 아름다운 꽃다발이었다.

나는 가벼운 스웨트셔츠에 트레이닝 팬츠 차림이었다. 로스앤젤레스의 1월은 햇살은 따스했지만 공기는 여전히 차가웠다.

"진짜 괜찮다니까. 이렇게 찾아올 정도는 아니야."

"계속 내 연락 피했잖아."

휴고가 한 발 다가왔다. 잠을 거의 못 잔 얼굴이었다.

"네 옆에 있고 싶어서 왔어."

휴고가 꽃다발을 내밀었지만 나는 받을 수 없었다. 너무 무거워 보였다. 두꺼운 도자기 꽃병에 담겨 있어서 적어도 10킬로그램은 넘을 것 같았다.

"정말 예뻐."

나는 조심스럽게 고개를 저으며 말했다.

"아버님은 이제 괜찮으셔?"

그 순간, 아빠가 계단을 뛰어 올라왔다. 아빠가 쓴 야구 모자에 땀이 배어 있었다.

"휴고 왔구나! 반가운 손님이네."

아빠가 환하게 말했다. 휴고는 나와 아빠를 번갈아 바라 봤다. 당황한 기색이 역력했다. 지금 눈앞에 펼쳐진 상황을 이해하려고 애쓰는 것 같았다.

"안으로 들어가지 그러니?"

아빠가 휴고 어깨에 손을 얹으며 말했다.

"괜찮습니다. 오랜만에 뵙네요. 많이 나아지신 것 같아요."

아빠는 고개를 갸웃하며 휴고를 바라보다 내게 시선을 옮겼다. 그리고 천천히 고개를 한 번 끄덕였다. 이해한 눈치였다. 처음 있는 일이 아니었다.

"그래, 이야기 나누렴. 이건 내가 가져갈게."

아빠는 대답도 기다리지 않고 휴고 손에서 꽃병을 받아들더니 안으로 들어가버렸다. 아빠가 가버린 뒤, 휴고는 나를 가만히 바라봤다. 말 한마디 하지 않았지만 휴고의 침묵 안에 모든 감정이 담겨 있었다. 혼란, 당혹감, 배신감과 상처까지.

그 순간, 갑자기 속에서 분노가 끓어올랐다. 이 모든 상황이 부당하게 느껴졌다. 아무렇지도 않게 조깅을 하고 뛰어온 아빠의 모습에도 화가 났고, 사정을 알지도 못하면서 불쑥 찾아온 휴고에게도 화가 치밀었다. 휴고의 태도는 마치 본인이 느끼는 얄팍한 감정에 대단한 의미라도 있다고 믿는 것 같았다. 이 잠깐의 고비만 넘기면 우리가 다시 예전처럼 브런치를 먹고 장난을 주고받던 일상으로 돌아갈 수 있을 거라고 확신하는 것 같았다.

다들 제 기능을 하는 몸을 가지고 있었다. 나만 빼고.

"이제 무슨 일인지 말해줄래?"

휴고가 말했다. 화가 난 말투는 아니었다. 오히려 평소보다 더 차분했다. 하지만 목소리에 두려움이 스며 있었다. 내가 거짓말을 해왔다는 것도, 그 이유가 단순한 문제가 아니라는 것도 눈치챈 듯했다.

하지만 나는 말하고 싶지 않았다. 누구에게도. 스물여덟이 될 때까지 나는 다른 사람에게 내 건강 상태를 먼저 털어놓은 적이 없었다. 병을 어두운 구석에 감춰두고 흉터는 예전 수술 자국이라고 얼버무렸다. 운동 이야기가 나오면 질색하며 일부러 과장된 반응으로 넘겼다. 하지만 이번엔 숨길 수 없었다. 거짓말은 이미 드러났고, 도망칠 힘도 없었다.

"그래. 시간을 조금만 줘. 오늘 밤에 우리 집으로 올래?"

내가 말했다.

"아니. 지금 듣고 싶어."

휴고가 답했다. 화를 내거나 냉정한 어조도 아니었고, 조급하지도 않았다.

나는 돌계단에 주저앉았다. 더 이상 서 있을 힘이 없었다. 중력이 나를 사정없이 잡아끄는 것 같았다. 나는 몸 한가운데로 강하게 빨려 들어가는 느낌을 받으며 몸을 반쯤

접은 채 숨을 내쉬었다.

"나 아파."

휴고의 눈빛이 약간 누그러졌다. 하지만 여전히 말이 없었다. 한참을 그렇게 있다가, 휴고가 입을 열었다.

"감기 같은 건 아니지?"

웃음이 터져 나왔다. 나도 모르게 나온, 숨이 섞인 짧은 웃음이었다.

"심장에 문제가 있어."

살면서 이 말을 수도 없이 해왔다. 의사에게, 간호사에게, 교수와 행정 직원, 심지어는 무거운 박스를 배달하던 택배 기사에게도. 하지만 사랑할지도 모르는 사람에게 말한 건 이번이 처음이었다.

"뭐? 심장이 어떻게 안 좋은데? 어릴 때부터 그랬던 거야?"

"스무 살 때 급성 심정지가 왔어. 보통은 살아남기 힘들다고 하는데, 운이 좋았어."

"세상에."

"그때부터 거의 2년을 병원에서 보냈어. 선천성 심장 질환이야. 태어날 때부터 있었는데 모르고 살았던 거지. 내 심장은 제대로 기능을 못 해."

휴고가 조심스럽게 내 가슴을 가리켰다.

"그 흉터?"

나는 고개를 끄덕였다.

"며칠 전에 스텐트 삽입 수술을 했어. 그래서 병원에 있었던 거야. 앞으로 어떻게 될지는 나도 잘 몰라. 사실 지난 8년 동안 괜찮았던 시기는 거의 없었어."

휴고는 나를 바라봤다. 겁에 질린 것 같지는 않았지만, 혼란스러운 눈빛이었다. 낯선 사람을 보듯이 나를 바라보고 있었다. 마치 머릿속으로 내 이름을 기억해내려고 노력 중인 것처럼. 나는 손끝이 시리고 감각이 사라져가는 느낌이었다.

"그걸 왜 이제 말해?"

휴고의 물음에 나는 고개를 저었다.

"이 이야기를 어떻게 시작해야 할지 모르겠더라."

내 말에 휴고는 고개를 끄덕였다.

"미안해. 젠장, 다프네."

휴고는 어색하게 한쪽 다리에서 다른 쪽으로 체중을 옮겼다. 그러더니 나를 한 번 보고는, 시선을 돌려 현관 쪽을 바라봤다. 이 자리를 벗어나고 싶어 한다는 마음이 온몸에서 전해졌다. 말은 하지 않았지만 나는 분명히 알 수 있었다. 그 순간 내 마음이 산산조각 났다.

"무슨 말을 해야 할지 모르겠어."

휴고가 말했다. 그렇게 강해 보이던 휴고가 아무 말도 하지 못했다. 휴고마저도 감당할 수 없는 문제였다. 당연했다. 누구에게나 그럴 수밖에 없는 일이니까. 그래서 나는 지금껏 아무한테도 말하지 않았던 것이다.

3개월. 가슴 안쪽에서 떨림이 올라왔다. 내 상처투성이 심장에서 솟아오른 감정이 목구멍까지 차올랐다.

"우리 그만하자."

내가 말했다. 휴고가 고개를 번쩍 들고 나를 바라봤다.

"뭐? 무슨 소리야. 나 아직 아무 말도 안 했어. 지금 너무 혼란스러워서 머릿속으로 정리하고 있었던 것뿐이야."

"괜찮아. 이제 그만 돌아가줘."

내가 말했다.

"다프네, 이러지 마. 너 방금 나한테 엄청난 이야기를 했잖아. 난 더 듣고 싶어. 이해하고 싶다고."

"휴고, 나는 더 이상 할 말이 없어."

하지만 휴고는 쉽게 물러서지 않았다. 조금만 시간을 달라고, 내 곁에 남을 방법을 찾고 싶다고 말했다. 나는 휴고를 잃는 게 두려웠다. 하지만 휴고가 동정심 때문에 내 곁에 머무는 건 그를 잃는 것보다 더 견딜 수 없을 것 같았다. 휴고는 당연히 건강한 사람과 함께할 권리가 있다. 이런 나를 받아들이게 할 수는 없었다. 그 무게를 알면서 휴고를 곁에 두는 건 상상만으로도 고통스러웠다.

"왜 이러는 거야? 우리 이제 막 시작했어."

"우리 시간은 끝났어."

그 말을 끝으로 자리에서 일어나려고 하자 휴고가 나에게 바짝 다가왔다.

"그게 무슨 헛소리야. 누가 그래?"

그 순간, 왜 그랬는지는 정확히는 알 수 없지만, 혼란 때문인지, 절망 때문인지, 혹은 수술 후 피로와 약 기운에 휩쓸렸기 때문인지 몰라도, 나는 누구에게도 말한 적 없던 비밀을 휴고에게 털어놨다. 부모님에게도 이야기하지 않았던, 쪽지에 대해.

"난 새로운 사람을 만날 때마다 연애 기간이 적힌 쪽지를 받아. 우리는 3개월이었어. 오늘이 우리가 사귄 지 딱 3개월 되는 날이야."

휴고는 아무 말이 없었다. 무슨 미친 소리냐며 화를 낼 줄 알았다. 아니면 더 비참하게, '그 쪽지 좀 보여줘. 누구 글씨 같아?' 하며 내 말에 장단을 맞추려 할지도 모른다고 생각했다. 하지만 휴고는 그러지 않았다. 그저 말없이 내 옆에 앉았다. 돌계단에 앉은 채 이마를 쓸어 올리더니 고개를 떨군 채 그대로 이마를 짚고 가만히 있었다.

"젠장."

휴고가 내뱉었다. 가슴 깊은 곳이 조여왔다. 나는 늘 심장의 이상 신호를 다른 곳에서 느꼈다. 손과 입술이 퍼렇게 질리고, 숨이 막히고, 다리가 붓고, 머리가 어지럽고, 속이 답답했다. 하지만 심장이 아프다고 느낀 적은 거의 없었다. 그런데 처음으로 그 부위가 아팠다.

"미리 알았으면 좋았을 텐데."

휴고가 말했다.

"뭘?"

"우리 사이가, 너한텐 기한이 정해져 있었다는 걸."

나는 침을 꿀꺽 삼켰다. 눈물이 올라왔지만 울기 시작하면 멈추지 못할 것 같았다.

"아니야. 정말로 모르는 편이 나아."

내 말에 휴고가 조용히 웃었다. 서글픈 표정이었다.

"그 말은, 모르는 게 어떤 건지 안 겪어본 사람만 할 수 있는 말 같네."

27

휴고와 셋이 만난 그다음 주에 나는 마침내 제이크에게 함께 살자고 말했다. 어차피 월말이면 내가 살던 집 계약도 끝이었다. 결정을 내리자 내 일상은 순식간에 이삿짐센터 견적 비교와 옷장 정리로 꽉 채워졌다. 후드티만 몇 개인지, 크로스백은 왜 이렇게 많은지, 그제야 내 짐이 혼자살던 사람이 모은 양치고는 좀 과하다는 생각이 들었다.

"옷장 절반 비워놨어요."

토요일 밤에 제이크가 탄산수를 따라주며 말했다. 나는 제이크 집 소파에 웅크려 앉아서 며칠 전 매든 아주머니가 구워준 쿠키를 하나씩 집어 먹고 있었다. 아까 모짜에서 피자를 주문하고 배달을 기다리는 중이었다.

"음, 절반으로는 부족하고 3분의 2는 필요할 것 같은데요? 짐 보관소에도 좀 맡기긴 하겠지만 신발이 당황스러울 정도로 많더라고요."

제이크가 웃음을 터뜨렸다.

"전부 다 환영이에요. 잠깐 일어나볼래요? 보여줄 게 있어요."

제이크가 손을 내밀었다.

"나지금 진짜 편하게 앉아 있었는데."

말은 이렇게 했지만 나는 일어날 준비가 돼 있었다. 제이크의 손을 잡고 다리를 쭉 펴며 자리에서 일어났다.

"일어나길 잘했다고 생각할걸요?"

제이크가 나를 작은 침실로 이끌었다. 문 앞에 선 순간, 말문이 막혔다. 원래는 소파와 운동기구 몇 개, 벽걸이 TV만 있던 방이었다. 그런데 그 모든 게 자취를 감추고 완전히 다른 공간으로 바뀌어 있었다. 벽에 붙박이 선반을 설치하고, 중앙에는 고급스러운 마호가니 책상과 골드와 오트밀 톤의 CB2 사무용 의자를 놓았다. 커다란 소파가 있던 자리에는 벨벳 소재의 2인용 적갈색 소파가 자리하고 있었다.

"다프네만의 공간을 만들어주고 싶었어요. 혼자만의 시간을 중요하게 여기잖아요. 여기서도 그걸 누렸으면 해요. 같이 산다고 해서 다프네다운 모습을 잃어버리면 안 되니까."

나는 무슨 말을 해야 할지 몰랐다. 방 하나를 통째로 내

어준 그 마음에, 그 마음을 가진 사람이 지금 내 앞에 있다는 사실에 가슴이 벅차올랐다.

"제이크, 나 정말 감동했어요."

제이크는 내 손을 살며시 잡아 벨벳 소파로 이끌었다. 그리고 내 손가락을 부드럽게 어루만졌다.

"나한테는 진지한 일이지만, 무겁게 들리지는 않았으면 좋겠어요. 겁주려는 건 더더욱 아니고. 그냥 나는 진심으로 다프네와 함께하고 싶어요. 누군가와 함께 미래를 그려가면서 할 수 있는 모든 약속들, 그걸 모두 당신과 하고 싶어."

나는 제이크를 바라봤다.

"지금 혹시 청혼하는 거예요?"

제이크는 잠시 침묵하다가 입을 열었다.

"아니, 아직은. 하지만 언젠가 꼭 하고 싶어요."

나는 천천히 침을 삼켰다. 내가 늘 마음속 깊이 꿈꿔왔던 말이었다. 여자라면 누구나 한 번쯤은 듣고 싶은 말. 제이크의 넉넉하고 따뜻한 마음이 느껴졌다. '남자의 동굴'을 포기하고 나만을 위한 공간을 마련해준 사람이었다.

"혹시 마음에 걸리는 게 있으면 말해도 돼요. 아니, 그동안 마음에 담아뒀던 게 있다면 지금 이야기해줘요."

제이크가 말했다.

"그게 무슨 말이에요?"

제이크가 나를 바라봤다. 내 어깨를 감싸고 있던 제이크의 손이 내 팔을 따라 천천히 미끄러져 내려와 내 손을 따뜻하게 감쌌다.

"가끔 다프네에게는 내가 모르는 삶이 있는 것처럼 느껴질 때가 있어요. 잠깐이라도 떨어져 있을 때면 당신이 어딘가 멀리 떠나 있는 느낌이 들어요. 나는 다프네의 모든 순간에 함께 있고 싶고, 다프네에 대해 모든 걸 알고 싶어요. 숨김없이, 전부. 너무 싸구려 영화 대사 같죠? 나도 지금 너무 민망한데, 그래도 꼭 말하고 싶었어요. 뭐든 괜찮으니 솔직하게 말해줘요. 다 감당할 수 있으니까."

나는 깊이 숨을 들이마셨다. 오랫동안 미뤄두었던 그 말을 꺼낼 순간이 왔다. 아주 오래전에, 단 한 사람에게만 해봤던 그 말.

"사랑해요."

내가 말했다. 순간 제이크의 눈빛이 환해지더니 기쁨과 안도감이 동시에 반짝였다. 나는 한 번 더 말했다.

"사랑해요, 제이크."

제이크는 웃으며 양손으로 내 얼굴을 감쌌다.

"그 말 정말 듣고 싶었어요. 지금 내가 얼마나 행복한지, 당신은 상상도 못 할 거야."

28

"제이크에게도 말해야겠어."

나는 휴고와 멜로즈에 있는 근사한 커피숍 버브 커피에 앉아 있었다. 머피는 내가 앉은 의자 다리에 목줄이 연결된 채 웅크리고 있었다. 뉴욕이었으면 손바닥만 했을 카페가 이곳에선 반 블록이나 차지했다. 우리는 데크의 야외 테이블에 자리를 잡았다. 나는 허클베리풍이라는 스페셜 아이스티를, 휴고는 차가운 에스프레소를 마셨다.

"그렇지, 해야겠지."

휴고가 말했다. 나는 고개를 끄덕였다. 휴고와 나는 일요일마다 가던 파머스 마켓 산책을 건너뛰고 커피를 마시러 왔다. 이미 아침 10시가 훌쩍 넘었으니 휴고에겐 한낮이나 다름없었다. 단둘이 만난 건 몇 달 만이었다. 휴고와 있으니 마음이 편안해졌다. 휴고에게서 항상 풍기던 당당한 기운도 여전했다. 지금 내게는 바로 그런 기운이 필요했다.

"왜 망설이는데? 이미 같이 살기로 했잖아. 그 남자가 네 방도 만들어줬다며?"

"사무공간이야."

"그거나 그거나."

나는 아이스티를 한 모금 마셨다. 흰 티셔츠에 데님 반바지, 샌들 차림인데도 땀이 났다. 3월 중순인데 벌써 기온이 27도를 넘어섰고 햇살이 강렬했다. 거리에는 이미 여름이 온 것처럼 맨다리를 드러낸 사람들로 가득했다. 휴고는 회색 티셔츠에 반바지를 입고 야구 모자를 푹 눌러 썼다. 그리고 테이블 아래서 발을 가만두지 못하고 탁탁 소리를 냈다.

"왜 망설이냐고?"

나는 휴고를 바라보며 눈썹을 치켜올렸다. 휴고는 잠깐 멈칫하더니 무슨 뜻인지 알아차리고 고개를 저었다.

"말도 안 돼. 그건 좀 억울한데?"

휴고가 말했다.

"내가 만나던 사람에게 병에 대해 말한 건 그때가 처음이었어."

"그래, 근데 내가 너한테 못되게 굴기라도 했어? 난 그런 기억이 전혀 없는데?"

"우리 헤어졌잖아."

"다프네, 제발. 헤어지자고 한 건 너였어."

휴고가 잔을 탁 내려놓고 말을 이었다.

"그때 내가 당황했던 건 인정해. 네가 나한테 뭔가를 숨기고 있었다는 걸 알고 뒤통수를 맞은 기분이 들더라. 네가 전혀 모르는 사람처럼 느껴졌어. 나는 그때 제대로 맛이 갔었다고."

"아니, 숨긴 것 때문이 아니라 그 내용을 듣고 겁먹었던 거잖아."

휴고가 내 눈을 똑바로 바라봤다.

"그래, 그때는 버겁더라. 네 심장도, 네가 나에게 뭔가를 숨길 수 있다는 것도, 네가 나를 그 정도밖에 믿지 않았다는 것도."

휴고가 한숨을 쉬었다.

"그런 걸 두려워하지 않을 사람을 찾는 거라면, 이미 찾은 거 아니야? 넌 제이크가 어떻게 반응할지 모르겠다고 말하지만, 솔직히 뻔하잖아."

나는 차가운 컵을 양 손바닥으로 꼭 쥐었다.

"뭐가?"

"제이크는 그런 말에 겁먹는 유형이 아니라는 거. 네가 병에 대해 말한다고 해서 너희들 사이가 틀어질 일은 없어. 제이크는 말실수를 하거나 도망치거나 외면하지 않을 거야. 너를 사랑하니까. 네 눈 똑바로 보면서 전부 이해한다고 말할걸?"

나는 컵에 맺힌 물방울을 새끼손가락으로 닦아냈다.

"어떻게 그렇게 확신해? 이건 아주 큰 문제잖아. 게다가 그 사람은 아내를 잃은 상처도 있고……."

"널 보는 눈빛을 봤거든."

휴고가 내 말을 자르고 말했다.

"제이크는 그런 사람이야. 너도 이미 알잖아. 안전망 스타일이라는 거."

"그런 이유로 그 사람 만나는 거 아니야."

"나쁜 뜻으로 한 말 아니야, 다프. 그 사람은 절대 너를 혼자 두지 않을 거라는 뜻이었어."

나는 제이크가 모든 걸 말해달라고 했던 순간을 떠올렸다. 내 심장에 대해.

"네 말이 맞아."

"당연하지."

휴고가 잔에 남은 커피를 비우고 테이블 위에 탁 내려놓았다.

"그러니까 그냥 솔직하게 말해. 그리고 해피엔딩으로 가."

"그렇게 간단해?"

휴고가 어깨를 으쓱했다.

"안 될 거 있어?"

나는 아랫입술을 살짝 깨물었다.

"해피엔딩이라고 해도 길어야 몇 년, 아니 몇 달이 끝일 수도 있잖아."

휴고가 팔짱을 끼고 내 눈을 똑바로 바라봤다.

"늘 최악부터 상상하는 버릇 좀 고쳐. 젠장, 다프네, 제발 너 자신에게 그런 짓 좀 그만하라고."

순간 목이 꽉 막히는 기분이 들었다. 눈물이 쏟아질 것 같았다.

"휴고, 나 진짜 최악이지? 나 정말 지옥 가면 어쩌지?"

나는 휴고가 뭐라고 답할지 어느 정도 예상하고 있었다. 맞다고, 넌 지옥에 갈 거라고, 하지만 괜찮다고, 왜냐하면 자기도 거기 있을 테니까. 당연히 그렇게 말할 줄 알았다. 그런데 휴고는 고개를 절레절레 흔들더니 씩 웃으며 눈을 감았다.

잠시 후 휴고가 눈을 뜨고 몸을 내 쪽으로 기울였다. 우리는 낮은 스툴에 앉아 마주 보고 있었다. 우리 사이에 놓인 작고 둥근 테이블 아래로 휴고의 무릎이 내 다리에 닿았다.

"아니."

휴고가 차분한 목소리로 말했다.

"너는 좋은 사람이야. 행복을 누릴 충분한 자격이 있어. 이제 너도 너한테 그걸 허락해야 해."

휴고는 내가 한 번도 본 적 없는 진지한 눈빛으로 나를 물끄러미 바라봤다.

"네가 정말 원하는 게 그거야?"

말이 제멋대로 흘러나왔다. 내 입에서 나온 말에 나도 놀랐다. 하지만 휴고는 놀란 기색이 없었다.

휴고가 한숨을 내쉬었다.

"다프, 지금 내 이야기 하는 거 아니잖아. 너 지금 도망 치고 싶어서 핑계 찾는 거라면, 여기선 못 찾아. 나는 그런 거 줄 생각 없으니까."

나는 멍하니 눈을 깜빡였다.

"언제 이렇게 어른스러워졌어?"

내가 물었다.

휴고가 몸을 뒤로 젖히며 얼음만 남은 커피잔을 들어 올렸다.

"그러게. 5년이면 정말 많은 일이 일어나더라."

　제이크의 반응은 휴고가 말한 그대로였다. 내 이야기를
따뜻하게 받아주고 내 편에 서주었다. 차를 끓여주고 내
손을 어루만지면서 자신은 두렵지 않다고 말했다. 어쩌면
당연한 일이었다. 제이크는 그런 사람이니까.

　"진작 말하지 그랬어요."

　제이크가 말했다.

　"다른 사람한테 말한 적 없어요."

　내가 말했다. 제이크는 잠시 멈칫했다.

　"휴고한테도?"

　"휴고는 내가 다시 아팠을 때 우연히 알게 됐어요."

　제이크는 더 이상 묻지 않았다. 지금 중요한 건 그게 아
니라는 듯이 조용히 고개를 끄덕였다.

　"다프네가 겪어야 했던 일을 생각하면 너무 안타까워요.
하지만 이것만은 분명해요. 난 그 모든 걸 포함한 당신을

사랑하는 거예요."

"더 궁금한 거 있으면 물어봐요. 다 말해줄게요."

"궁금한 건 많지만 그게 내 마음을 바꾸진 않아요."

제이크는 내 병력에 대해 자세히 물어봤다. 지금까지의 치료 이력과 검사 일정을 들은 뒤, 앞으로 진료에 동행하겠다고 했다. 이제부터 이건 '우리 일'이라고 했다.

"이제 당신은 혼자가 아니에요."

제이크는 이 말을 여러 번 반복했다.

나는 가드너 스트리트에 있던 집을 비웠다. 10년 가까이 쌓인 삶의 흔적들, 낡은 꽃병과 접시들, 레코드 더미까지 모두 챙겨서 나왔다. 짐은 대부분 할리우드에 있는 짐 보관소에 맡겼고, 일부는 부모님 집으로 가져갔다.

"이 책장 정말 안 가져가도 괜찮겠어?"

제이크가 책장을 부모님 집 거실에 내려놓자 엄마가 물었다.

"둘 데가 없어, 엄마."

"괜찮은 책장인데 아쉽게도 공간이 꽉 찼어요."

제이크가 웃으며 셔츠 끝으로 이마의 땀을 닦았다.

"내가 물 떠 올게!"

엄마가 외치며 서둘러 주방으로 들어갔다. 나도 그 뒤를 따라갔다. 제이크는 다음 박스를 가지러 차로 향했다.

"짐이 정말 많다, 애. 다 두고 가면 허전하지 않겠어?"

엄마가 창밖으로 제이크를 힐끗 보며 말했다.

"사실 이걸 다 갖고 있었던 게 더 신기해. 예전 집에도 둘 데가 없었는데."

엄마가 내 허리를 가볍게 끌어안았다.

"난 네 물건들 다 좋아. 그게 바로 너를 보여주잖니."

창밖을 보니 제이크가 기둥에 훌라 댄서 인형이 달린 낡은 스탠드를 옮기고 있었다. 엄마가 그 모습을 보고 덧붙였다.

"음, 모든 물건이 다 좋은 건 아니고."

엄마는 내게 물 한 잔을 따라주고, 또 한 잔을 따랐다.

"자, 이거 제이크한테 가져다줘."

"고마워요, 마마."

엄마가 웃었다.

"그렇게 부르는 거 정말 오랜만이네."

"맞아."

엄마가 내 얼굴을 양손으로 감쌌다. 방금까지 차가운 물 잔을 들고 있어서 그런지 엄마의 손끝이 차가웠다.

"너무 보기 좋다."

엄마가 말했다.

"나?"

"응, 잘하고 있어. 행복해 보여. 네가 행복하면 엄마한테는 그게 세상 전부야."

"제이크는 진짜 좋은 사람이야."

내가 말했다. 엄마는 제이크가 협탁을 들고 현관에서 끙끙대고 있는 걸 눈치채고 나를 부엌 밖으로 슬쩍 내보냈다.

"너도 꽤 괜찮아."

엄마가 뒤에서 덧붙였다.

나는 3월 마지막 주에 제이크의 집으로 이사했다. 매든 아주머니가 환영의 의미로 쿠키와 브리스킷을 잔뜩 구워 선물했다.

"와, 다프네한테 브리스킷 요리단이 생겼네요. 심지어 죽지도 않고 얻어내다니!"

제이크가 눈을 휘둥그레 뜨고 놀란 척하며 나를 바라봤다. 우리는 웃음을 터뜨렸다. 둘 다 배를 잡고 눈물이 날 정도로 웃었다. 제이크는 벽을 붙잡고서야 겨우 균형을 잡았다.

제이크에게 심장 이야기를 털어놓고 나자 켄드라에게 말하기도 수월했다. 아니, '한결 수월해졌다'는 표현이 맞겠다. 물론 목소리가 덜덜 떨렸고 말하는 동안 눈을 마주치지 못했지만, 말을 꺼내는 게 상상만큼 어렵지는 않았다. 켄드라도 내 곁에 있어주겠다고 했다.

나는 짝이 안 맞는 내 접시들을 제이크의 부엌에 정리하고 커다란 목욕 수건들을 욕실 선반에 정돈했다. 머피는 제이크의 집에서 햇살이 제일 잘 드는 베란다 앞쪽에 자리를 잡았다.

제이크는 내가 포틀랜드에서 사 온 재떨이, 퍼스트딥스에서 구입한 중국 분채자기 보관함 등 온갖 잡동사니를 박스에서 꺼내 커피 테이블 위며 벽난로 선반 등 눈에 띄는 곳마다 하나씩 올려놓는 모습을 바라봤다.

"와, 농담이 아니었네요. 뭐가 진짜 많아요."

제이크가 물 한 잔을 내밀며 말했다.

"온라인 쇼핑의 힘이에요. 이제 세상 어디에 있는 물건이든 다 사 모을 수 있으니까."

제이크가 고개를 끄덕였다.

"음, 그렇군요. 어디 마음껏 가져와봐요!"

어느덧 '우리 집'이 된 제이크의 아파트에 들어온 지 3주가 지났다. 나는 그동안 제이크가 마련해준 방에 짐을 있는 대로 쑤셔 넣고 거실에는 전등을 잔뜩 진열했다. 제이크와 나는 모처럼 강아지들은 집에 남겨두고 말리부 해변에 있는 레스토랑 문새도우에서 저녁을 먹기로 했다. 완연

한 봄날의 저녁, 해는 점점 길어지고 있었다. 끝없이 펼쳐진 바다를 왼편에 두고 해안 도로를 따라 달리는 동안, 나는 새삼 내가 집이라고 부를 수 있는 이 도시에 무한한 감사를 느꼈다.

예약한 시간에 맞춰 오후 6시에 레스토랑에 도착했을 때 해가 아직 높이 떠 있었다. 벽면이 통유리로 된 레스토랑 건물은 마치 바다 위에 떠오른 듯했고, 데크가 바다를 따라 길게 이어졌다. 물과 거의 맞닿은 야외 테이블에 앉자 파도가 부딪칠 때마다 작은 물방울이 뺨을 살짝 스쳤다. 나는 어깨에 오래된 캐시미어 카디건을 둘렀다.

우리는 굴 요리와 샴페인을 주문한 뒤, 하늘이 파란색에서 연분홍, 다시 연보라, 그리고 귤빛으로 천천히 물들어가는 모습을 바라봤다. 자연과 이렇게 가까이 있다는 사실만으로 마음이 평온해졌다.

"물어보고 싶은 게 있어요."

제이크가 이 말을 꺼낸 순간, 나는 알 수 있었다. 사실 몇 주 전부터 눈치 채고 있었다. 말리부에서 저녁을 먹자고 하더니 메뉴와 장소를 이상하다 싶을 정도로 진지하게 고르고 지난 며칠 동안 식사 약속을 잊지 않았는지 세 번이나 확인하는 모습을 봤으니 모를 수가 없었다.

하지만 내 앞에 앉아 있는 제이크를 바라보는 순간, 예상을 했든 안 했든 상관없다는 걸 깨달았다. 막상 이 순간이 닥치니 이건 마음의 준비를 할 수 없는 일임을 실감했다.

제이크는 흰 셔츠에 물 빠진 청바지를 입고 우리 아빠가 선물한 로퍼를 신고 있었다. 햇살 아래 제이크의 주근깨가 마치 꽃처럼 보여서 오늘따라 더 매력적으로 느껴졌다. 큰 귀와 매력적인 콧날, 초록빛이 깃든 밝은 눈동자, 소중한 사람에게서 보이는 작지만 특별한 디테일들.

제이크가 테이블 위로 손을 뻗어 내 손을 잡았다. 나는 혹시라도 제이크가 무릎을 꿇을까 봐 잠깐 걱정했지만, 다행히 그러진 않았다. 그저 양손으로 내 손가락을 조심스럽고 부드럽게 감싸 쥐었다.

"사랑해요. 예전에도 말했지만 난 가벼운 만남 같은 건 못 해요. 내가 진심으로 당신 곁에 있고 싶어 한다는 걸 지금까지 충분히 보여줬다고 생각해요. 그리고 지금도 그 마음은 변함이 없어요."

나는 제이크가 매일 밤 자기 전에 물 한 잔을 챙겨주던 모습이 떠올랐다. 내가 아침에 쓸 수건을 미리 건조기에 넣어 따뜻하게 데워놓는 것도, 병원 검진을 갈 때마다 운전해주는 것도. 이 모든 행동에서 나를 아끼는 마음이 여실히 전해졌다.

"알아요."

내가 말하자 제이크가 환하게 미소 지었다. 확신, 따뜻함, 안도감이 담긴 웃음이었다.

"다프네, 나랑 결혼해줄래요?"

제이크가 말했다. 질문에 대한 답은 너무 당연했다.

"좋아요."

내가 답했다.

제이크의 얼굴이 안도와 자부심, 꾸밈없는 기쁨으로 물들었다. 제이크의 표정이 너무나 사랑스러워서 그대로 병에 담아서 간직하고 싶을 정도였다.

나는 항상 내 운명의 상대가 중요한 열쇠를 가지고 있을 거라고 믿었다. 그 사람을 만나면 마법의 문이 열리고 행복한 미래가 펼쳐질 거라고. 지금 제이크가 그 문고리를 쥐고 있었다. 그 문 너머에 나의 삶 하나가 기다리고 있는 것 같았다.

제이크가 테이블 위에 작은 상자를 올려놓았다. 뚜껑을 열자 파베 다이아몬드가 감싸고 있는 에메랄드 반지가 나왔다. 세련되고 아름다웠으며 강인한 느낌도 들었다. 반지는 완벽했다. 이것보다 더 나에게 어울리는 반지가 존재할 수 있을까.

"너무 아름다워요."

내가 진심으로 감탄했다. 제이크가 웃었다.

"반지 고르는 건 켄드라가 도와줬어요."

제이크가 상자에서 반지를 꺼냈다. 나는 손을 내밀었다.

"자."

반지는 손가락에 꼭 맞았다. 나는 손을 들어 저물어가는 하늘 위로 반지를 들어 올렸다. 해가 수평선 너머로 지고 있었고, 반지 속 에메랄드가 그 마지막 햇살을 머금고 반짝였다.

30

다음 날 출근하자 이리나가 탕비실 아일랜드 테이블 위에 '싱글 졸업을 축하합니다!'라는 현수막과 풍선을 걸어 놓고 나를 맞이했다. 테이블에는 손바닥만 한 보석 반지 모양의 사탕까지 놓여 있었다.

"와, 소문 빠르네요."

"켄드라가 바로 전화했지. 어디 반지 좀 보자."

나는 손을 내밀었다. 이리나는 진료 중인 의사처럼 내 손목을 이리저리 돌려가며 반지를 살펴봤다.

"세상에, 진짜 예쁘다. 그 남자 뭐야, 모든 게 완벽한 남자야?"

"그런 것 같아요."

내가 말했다.

이리나는 네스프레소에서 막 내린 따끈한 커피를 내게 건넸다. 나는 가방을 스툴 위에 내려놓고 카운터에 몸을 기댔다.

"청혼도 완벽하게 했겠지?"

이리나가 말했다. 질문이라기보다는 내 기억을 되짚어 주는 듯한 말투였다.

나는 이리나를 바라봤다. 하이웨이스트 청바지에 흰 보디수트를 입고 머리를 느슨하게 아래로 묶은 이리나는 화장을 전혀 하지 않았는데도 피부는 잡티 하나 없이 광채가 났고 볼은 장밋빛이었다.

"제이크한테 말하기 전까지, 제가 제 심장에 대해 털어놓은 사람은 대표님뿐이었어요. 부모님하고 휴고, 대학 친구 몇 명 말고는 아무한테도 말 안 했거든요."

이리나가 고개를 끄덕였다.

"내 얼굴이 좀 신뢰를 주는 타입이긴 하지. 그리고 보험 서류 가져오라고 시킨 것도 한몫했겠고."

이리나가 무표정한 얼굴로 툭 내뱉었다. 나는 고개를 저었다.

"대표님은 늘 저를 있는 그대로 봐주셨어요. 덕분에 제가 남들보다 부족하다거나 해내지 못할 거라는 생각을 한번도 안 했어요."

"아니야, 너 핸드백 고르는 센스는 좀 별로야."

이리나가 내 가죽 사첼백을 손짓하며 덧붙였다.

320

"그러니까 겸손은 유지하자."

나는 웃으며 또 한 번 고개를 저었다.

"그런 말이 아니라요."

이리나가 내 손을 살짝 쳤다.

"무슨 말인지 알아. 하지만 우리 관계는 말이지, 영화 〈파이트 클럽〉 같은 거야. 말하지 않아서 유지되는 사이거든."

이리나가 뒤돌아 싱크대로 가서 커피잔을 내려놓았다.

"사랑해요, 대표님."

내가 말했다. 이리나는 여전히 등을 돌리고 있었다.

"오, 다프네. 그런 뻔한 말 좀 하지 말랬지."

이리나가 돌아보며 말했다. 얼굴에는 은은한 미소가 번져 있었다.

"넌 내가 이 세상에서 제일 사랑하는 사람 중 하나야. 그리고 원래 이런 건 말로 안 하는 거야."

이리나는 그렇게 말하며 내 눈을 똑바로 쳐다봤다. 눈동자가 살짝 젖은 것처럼 보였다.

"여기까지만 해도 되지?"

사랑한다는 말은 하는 것도, 듣는 것도 참 좋았다. 오랫동안 스스로에게 허락하지 않았던, 타인과의 편안한 친밀감이었다.

처음 켄드라를 만났을 무렵, 나는 몇 년 동안 테이와 가족을 제외하면 누구와도 깊은 관계를 맺지 않은 채 지내온 상태였다. 유리 방울 속에 갇힌 기분이었다. 친구는 있었지만 아무도 나의 현실을 이해하지 못했고, 시간이 지날수록 점점 멀어졌다. 나는 그 우정들을 조용히 밀어냈다. 어느 순간 깨달았기 때문이다. 나는 친구들과 비슷한 삶을 살 수 없다는 것을. 친구들과 달리 나는 결혼을 못 할 수도 있고, 아이를 가질 수도 없고, 인생이 중간쯤에서 갑자기 멈춰버릴 수도 있었다. 친구들을 보며 매일같이 이런 비교를 하고 싶지는 않았다. 초라한 기분을 느끼거나 분한 마음을 갖고 싶지도 않았다. 비슷한 곳에 있던 친구들이 이제 내가 닿을 수 없는 곳에 있는 현실을 보고 싶지 않았다.

그리고 켄드라를 만났다. 켄드라가 워낙 특이한 캐릭터라 그런지, 아니면 켄드라와 남편 조엘의 삶이 계획보다는 우연으로 채워져 있어서인지, 그것도 아니면 켄드라가 내 삶을 판단하지 않고 그저 내 곁에 있어줬기 때문인지 우리는 자연스럽게 친구가 되었다. 켄드라는 오래 닫혀 있던 내 세계에 균열을 냈고, 이리나는 그 문을 아예 박차고 들어왔다.

"요즘 페넬로페하고는 어때요?"

내가 묻자 이리나가 고개를 돌리며 목을 풀었다.

"항상 똑같은 레퍼토리야. 엄청 사랑하는데 엄청 안 맞아. 사람들은 나이 먹으면 뭔가 깨닫게 될 줄 알지. 근데 인생은 연극처럼 3막 구조로 깔끔하게 흘러가지 않아. 드라마처럼 계속 이어지는 거야. 우리가 만드는 영화에는 절대 안 나오는 진실 하나 알려줄까? 사랑만으론 부족해."

"아무도 듣고 싶어 하지 않을 말이네요. 그런 말은 섹시하지 않잖아요."

"근데 진짜라니까. 사랑만으로는 부족해. 내가 원하는 건 아침 10시 전에는 일어나는 사람, 집을 깨끗하게 해야 한다는 걸 아는 사람, 양치할 때 온 사방에 물 안 튀기는 사람이야."

나는 웃음을 터뜨렸다.

"그래서 그런 사람 찾으러 나설 거예요?"

이리나가 목 근육을 주물렀다.

"사랑의 문제는 말이야. 그거 하나론 택도 없지만……."

이리나가 잠시 말을 멈추더니 따뜻한 눈길로 나를 바라보며 덧붙였다.

"일단 사랑을 찾으면, 놓기가 또 어렵다는 거야."

나는 자세를 바로잡았다.

"진퇴양난이네요."

이리나가 고개를 끄덕였다. 그러고는 카운터에 있던 구

겨진 행주를 집어 조심스럽게 접기 시작했다.

"인생 자체가 진퇴양난이야. 그래서 신이 여자들의 우정을 창조한 거야."

31

조시, 6개월

테이와 이별한 뒤, 나는 로스앤젤레스에 1년 더 머물렀다. 시간이 지나면서 병원에만 누워 있던 삶에서 조금씩 벗어났다. 물론 여전히 진료를 받고 피를 뽑고 각종 검사를 받아야 했지만 내 몸은 응급 상황에서 벗어나 일종의 정체기에 접어들었다. 나는 문득 붕 떠서 멈춰버린 기분이 들었고 비어버린 시간을 어떻게든 채우고 싶었다.

그래서 스물네 번째 생일 전날 밤에 샌프란시스코로 이사했다. 그곳에 새로 구한 직장이 나를 기다리고 있었다. 플렉스트라는 기술 벤처 회사였는데, 홈트레이닝의 방식을 완전히 바꿔놓겠다는 포부를 가진 신생 스타트업이었다. 그때는 아직 펠로톤*이 등장하기 전이었고, 플렉스트는 업계에서 꽤 주목받고 있었다.

---

* Peloton, 홈트레이닝의 대명사가 된 미국 기업.

대학 시절 룸메이트였던 알리사의 소개로 알게 된 회사였다. 알리사는 뉴욕에 살던 친구가 창업을 했다며 일해볼 생각이 없냐고 물었다. 커뮤니케이션 전공자이면서 잡무와 잦은 야근을 마다하지 않을 사람을 찾는다는 말에, 나한테 딱이라는 생각이 들었다.

"한 가지 단점은 회사가 샌프란시스코에 있다는 거야."

"오히려 좋아."

알리사의 말에 나는 망설임 없이 답했다.

테이가 스탠퍼드로 진학한 이후, 나는 샌프란시스코의 매력에 대해 수도 없이 들었다. 그 도시는 어떤 제약도 없는 곳 같았다. 언덕 위에 자리한 동네, 일상처럼 자전거를 타고 다니는 사람들, 고층 빌딩 꼭대기에서 이어지는 술자리, 스쿠터로 이동하며 이어지는 회의까지.

테이와 나는 샌프란시스코 여행 계획을 자주 세웠지만 번번이 무언가가 발목을 잡았다. 비행기를 탈 만큼 컨디션이 따라주지 않거나 진료가 잡혔다. 다시 날짜를 잡아도 '이번에도 무슨 일이 생기면 어쩌지' 하는 걱정이 먼저 들었고 실제로 항상 일이 생겼다.

하지만 이제는 자유로웠다. 마음만 먹으면 언제든 샌프란시스코로 떠날 수 있었고, 아예 그곳에 자리를 잡는 것도 가능해 보였다. 그래서 나는 바로 실행에 옮겼다.

샌프란시스코에 도착한 다음 날 밤, 묵고 있던 호텔 옆 티키 바에서 노아를 만났다. 노아와 보낸 5주는 마치 부드럽게 전환되는 영화 장면처럼 의식하지 못한 사이에 순식간에 지나가버렸다. 끝이 났을 때, 예상보다 더 큰 슬픔이 밀려왔다. 그리고 그다음, 조시를 만났다.

조시는 내 상사였다. 스물아홉 살이었고, 학점 4.0 만점으로 하버드를 졸업했으며, 벤처 자금 1억 달러를 유치하며 거침없이 성장하는 인물이었다. 〈포브스〉는 조시에 대한 특집 기사를 냈고 〈뉴요커〉는 세 달에 걸쳐 인터뷰를 진행 중이었다. 조시에게는 실리콘밸리 차세대 억만장자라는 타이틀이 붙어 있었지만, 내 눈에는 그저 제이크루 카탈로그*에 나올 법한 남자로 보였다.

입사하는 날, 나는 청바지에 깔끔한 셔츠를 입고, 넘치는 열정과 함께 플렉스트 사무실에 들어섰다. 다른 사람이 된 기분이었다. 내가 그곳에 있다는 게 꿈만 같았다. 사무실은 칸막이가 없는 오픈 플랜 구조라 문이 달린 공간은 하나도 없었다. 조시는 사무실 중앙 자리에서 조용히 키보드를 두드리고 있었다.

---

* 1983년 설립된 미국 패션 브랜드. 초기에 매장을 운영하지 않고 카탈로그를 통해 영업과 판매를 했으며 카탈로그 자체가 매우 인기가 높았다.

"저 사람이 여기 창립자예요, 잘생겼죠?"

리셉션 데스크에 있던 자넬이 말했다.

조시는 적갈색 머리에 초록색 눈동자, 조화로운 이목구비를 가지고 있었다. 외모의 모든 요소가 완벽하게 통일성이 있고, 마치 빈틈없이 맞춰진 퍼즐처럼 완전한 대칭을 이루었다.

"조시, 이쪽은 로스앤젤레스에서 온 신입 어시스턴트 다프네예요."

자넬의 소개에 조시가 모니터에서 눈을 떼고 마치 정보를 입력하듯이 눈을 한 번 천천히 깜빡이며 나를 올려다보았다.

"어서 와요. 로스앤젤레스에서 지원했던 다프네군요."

나는 고개를 끄덕였다.

"함께 일하게 돼서 반가워요. 엑셀을 잘 다룬다면서요? 우리한텐 꼭 필요한 능력이에요. 우리는 테크 스타트업이지만 그쪽 방면에서는 그다지 하이 테크하지 않거든요."

"도움이 될 수 있다니 기뻐요."

나는 웃으며 대답했다.

내가 보고해야 하는 대상은 조시가 아니었다. 나는 타나즈 밑에서 일했다. 타나즈는 스물여덟 살로, 내가 이제껏 본 사람 중에서 코딩을 제일 잘했다. 대학교 2학년 때 컴

퓨터공학 전공 룸메이트랑 1년 동안 같이 지내면서 이것 저것 듣고 본 덕분에 타나즈가 얼마나 대단한지 단번에 알 수 있었다.

얼마 지나지 않아 내가 할 일의 목적이 분명해졌다. 바로 타나즈가 마음 놓고 코딩에만 몰입할 수 있도록 필요한 것을 미리 챙겨 흐름을 끊지 않게 보조하는 것이었다.

나는 타나즈의 패턴과 리듬을 예측했다. 언제 커피를 마시고 싶어 할지, 점심을 어느 타이밍에 먹을지, 심지어 화장실에 가는 시간까지 계산했다. 나는 타나즈가 점점 더 마음에 들었다. 타나즈는 내 이름인 다프네 벨의 이니셜을 따서 나를 'DB'라고 불렀다.

"더 짧잖아. 그리고 그게 더 좋아."

그리고 본인은 '탄즈'라고 부르게 했다. 그러면 이름 부르는 시간을 절약할 수 있다고 했다.

나는 이 회사가 정말 좋았다. 이곳에선 아무도 내 과거를 몰랐다. 마치 힘을 숨긴 슈퍼히어로가 된 기분이었다. 물론 내가 숨긴 건 초능력이 아니라 병이지만. 거의 3년 만에 처음으로, 누구도 나를 환자 취급하지 않았다. 나는 그냥 팀에 속해 있는 평범한 사람이었다. 그 사실이 짜릿했다.

조시와 길게 대화를 나눈 건 내가 플렉스트에 들어온 지 거의 6주가 지난 즈음이었다. 그 무렵 나는 금융지구에 살았다. 이유는 단 하나, 단기로 머물 수 있고 월세가 저렴한 집이 그곳에 있었기 때문이다. 회사까지 차로 한 시간 정도 걸렸지만 운전하기 어렵지 않은 길이었다. 샌프란시스코로 이사할 때 나는 차를 가져왔다. 언덕길을 걸어 다니는 건 내 심장에 무리였고, 운전석에 앉아 있을 때 느껴지는 해방감만큼 나를 행복하게 하는 건 없었기 때문이다. 오랜만에 다시 내 삶의 핸들을 잡은 기분이었다.

회사는 팔로알토에 있었는데, 가끔 운전을 쉬고 싶은 날엔 금융지구에서 팔로알토까지 열차를 탈 수도 있었다. 교통비는 회사에서 지원했다.

노아와 만나던 5주 동안에도 데이트를 자주 하지는 않았지만 노아가 떠난 뒤에는 밤늦게까지 사무실에 남는 일이 많아졌다. 그리고 그때 쪽지가 도착했다. 스캔을 하려고 보니 프린터기 위에 종이가 한 장 놓여 있었다.

조시, 6개월

기분이 날아갈 것 같았다. 상대가 조시라서가 아니라, 기간 때문이었다. 6개월이라니. 마치 영원처럼 느껴졌다. 그 시간 속을 헤엄칠 수 있을 것 같았고, 푹 잠겨 있을 수도 있을 것 같았다.

야근하는 날엔 자연스럽게 직원들과 저녁을 먹었다. 전체 직원 수가 스물다섯 명뿐이었고, 사무실에 문도 없어서 우리는 서로 잘 알고 지냈다. 저녁으로 샐러드나 타코, 피자 등을 시켜서 바닥에 둘러앉아 먹었고, 파마산 치즈 포장지나 냅킨이 계단 주변에 굴러다니곤 했다.

어느 목요일 저녁, 조시가 저녁 식사 모임에 합류했다. 조시는 타나즈 옆에 앉았는데 냅킨을 집으려고 일어나다가 나와 눈이 마주쳤다. 나는 손을 들어 가볍게 인사했다.

"어떻게 지내요? 요즘 회사가 좀 정신없죠. 그래도 일하면서 재미를 느끼는 부분도 있길 바랄게요."

조시가 말했다.

나는 입에 있던 피자를 얼른 꿀꺽 삼켰다.

"아, 괜찮아요. 아니, 진짜 좋아요."

진심이었다. 나는 행복했다. 정해진 일과도, 반복되는 일상의 리듬도, 누군가가 나를 필요로 한다는 사실도 모두 좋았다. 오랫동안 아픈 사람으로 지내며 늘 다른 사람들의 도움을 받기만 했던 내가 이제는 누군가에게 도움이 된다는 사실이 참 좋았다.

인사팀의 유일한 직원 켈리는 내 건강 상태를 알고 있었다. 내가 출근을 한 시간 늦게 하거나 피를 뽑으러 잠깐 나가야 할 때도 늘 조용히 처리해줬다.

"원래 신입 사원들하고 대화하는 시간을 갖는 편인데, 요즘은 진짜 너무 바빴어요."

조시는 나를 바라보며 덧붙였다.

"미안해요."

"아니에요. 이해해요."

"같이 먹으면서 얘기할래요?"

조시가 팔을 뻗어 자기 자리 쪽으로 나를 안내했다. 나는 피자 상자를 챙겨 들고 뒤를 따랐다.

조시는 편안해 보였다. 처음 마주했을 때 가장 먼저 눈에 들어온 것도 바로 이 느긋함이었다. 늘 긴장감 넘치는 이 업계에서 조시는 마치 호수 위에 떠 있는 뗏목처럼 한가로워 보였다. 마음이 동요하는 일도 없어 보였다.

"다프네가 LA 출신이라는 건 아는데, 그 외에는 잘 몰라요."

"팰리세이즈에서 태어나고 자랐어요."

조시는 피자 한 조각을 집어 반으로 접었다. 피자에서 흘러내린 기름이 냅킨 위에 번졌다.

"어릴 땐 나도 LA 셔먼오크스에서 살았어요. 그러다 부모님 따라서 하와이로 이사했죠."

"하와이요?"

조시가 피자를 한 입 베어 물고 나서 답했다.

"하와이에서 자랐다고 하면 다들 어땠는지 물어보더라고요. 솔직히 다른 데하고 별반 다르지 않아요."

"말리부하고 비슷하네요. 팰리세이즈는 그냥 평범한 교외였는데, 바다랑 가까워서 그런지 거기 살았다고 하면 다들 서핑 많이 했냐고 물어봐요."

"서핑 많이 해봤어요?"

"잘 못해요."

조시도 웃으면서 냅킨으로 입을 닦았다. 그리고 물었다.

"그리워요?"

"바다가요?"

내가 되묻자 조시가 어깨를 으쓱했다.

"아니, 전에 살던 곳이요."

나는 피자를 살짝 베어 물었다.

"지금은 아니에요."

내 말에 조시가 미소 지었다.

"스타트업에서 일해서 좋은 점 하나는, 샌프란시스코가 좀 별로라도 상관없다는 거예요. 어차피 돌아다닐 시간도 없거든요."

"혹시 취미도 일이에요?"

조시가 웃었다.

"그런 셈이죠. 솔직히 말하면 내가 사는 집 구조도 기억이 잘 안 나요. 누가 그려보라고 하면 아마 못 그릴걸요? 작년에 만나던 사람하고 헤어진 후로 계속 일에만 파묻혀 살았거든요."

조시가 말하고 잠시 멈칫하더니 약간 당황한 표정으로 덧붙였다.

"아, 너무 사적인 얘기였죠? 미안해요."

"지금 싱글이라는 얘기요? 그 정도는 감당할 수 있어요."

내가 답했다. 플렉스트 사무실은 정말 허물없고 자유로운 분위기였다. 다들 친구처럼 지냈고, 회사라기보다는 대학 시절 밤새 과제하던 분위기에 여름 캠프의 활기를 더한 느낌이었다. 솔직히 고백하면 나는 그 두 가지를 모두 좋아했다. 그런 에너지가 나에겐 잘 맞았다. 플렉스트에서 바쁘게 일하는 동안 지난 2년의 기억이 차츰 희미해졌다.

먼저 데이트 신청을 한 사람은 조시가 아니라 나였다. 그날은 회사 해피아워였는데, 우연히도 내가 사는 곳 근처에서 모이게 됐다. '가라오케원'이라는 노래방이었는데, 입구 네온사인에 이렇게 적혀 있었다. '지갑을 여세요. 입은 알아서 하세요.'* 우리는 가장 안쪽에 있는 방으로 들어갔다. 작고 폐쇄된 공간으로, 벽지는 기하학 무늬로 가득했다. 예전 같았으면 들어서는 순간 폐소공포증이 왔겠지

---

* OPEN YOUR WALLET. YOUR MOUTH IS YOUR CHOICE.

만, 병원에서 여덟 번째 MRI를 찍을 때쯤에 완전히 극복했다. 좁은 곳에 계속해서 갇히고 또 갇히다 보니 어쩔 수 없이 적응하게 됐다.

조시가 무대에 올라 팻 베네타의 노래 〈러브 이즈 배틀필드〉를 부르기 시작했다. 나는 조시가 좋았다. 그건 부정할 수 없는 사실이었다. 조시의 느긋하고 소탈한 태도가 좋았다. 쪽지를 받은 지 2주가 지났고, 내 감정은 완전히 무르익은 상태였다. 조시도 나에게 호감이 있는 것 같았지만, 확실하진 않았다. 조시는 좋은 상사였고 존경할 만한 사람이었다. 그런 사람이 먼저 다가오는 일은 없을 것 같았다.

"우린 아직 젊잖아."

조시의 노랫소리가 울려 퍼졌다.

"저 사람 귀엽지?"

타나즈가 두 손을 입에 모아 내 귀에 대고 소리쳤다. 나는 조시를 멍하니 바라보다가 고개를 끄덕였다.

"네."

굳이 아닌 척할 이유도 없었다. 요즘은 직장에서 만나 연애하는 사람도 많으니까.

"작년에 여자친구랑 헤어지고 엄청 힘들어했거든. 이런 모습 보기 힘들었어. 너 온 뒤로 훨씬 밝아진 거야."

타나즈가 씩 웃고 말을 이었다.

"이렇게 작은 회사에선 한 명만 바뀌어도 분위기가 확 달라지거든. 네 덕분에 좋은 쪽으로 바뀐 것 같아."

이제까지 우리가 나눈 것 중 가장 긴 대화였다.

"우린 서로의 마음속을 헤매고……."

조시가 노래를 이어갔다. 누군가 내 손에 맥주잔을 쥐여주었다. 나는 한 모금 마셨다. 바는 시끄러웠고, 좁은 방은 북적였으며 뜨거운 기운으로 후끈했다. 다들 땀이 송글송글 맺혀 있었다. 나는 이런 열기가 너무 좋았다.

"사랑은 전쟁터야."

조시가 마지막 구절을 부른 뒤 자넬에게 마이크를 넘기고 타나즈와 내 쪽으로 내려왔다.

"내 노래 많이 별로였어요?"

조시가 우리에게 물었다.

"진짜 못하네요. 근데 즐거워 보였어요."

타나즈가 답했다.

"언제 술 한잔할래요?"

내가 조시에게 물었다.

"지금도 마실 수 있는데요."

조시가 맥주잔을 살짝 기울이며 말했다.

"그런 의미가 아닌데."

"알아요."

조시가 말했다. 타나즈가 슬쩍 자리를 피했다.

"나는 다프네 상사잖아요."

"나 좋아해요?"

내가 불쑥 물었다. 이렇게 대담하게 행동한 건 처음이었다. 온몸에 아드레날린이 퍼지는 느낌이었다.

"좋아해요."

조시가 대답했다.

"그럼 술 한잔해요."

조시가 내 얼굴을 빤히 들여다봤다. 조시도 원한다는 걸 알 수 있었다.

"좋아요."

하지만 우리가 단둘이 술을 마시러 가기 전에, 서로의 손을 잡기 전에, 아니, (사무실에는 애초에 문이 없어서 그러기가 어렵긴 했지만) 문 닫힌 공간에서 대화를 나누기 전에 먼저 해야 할 일이 있었다. 우리는 인사팀의 켈리를 찾아가서 우리 사이를 알렸다.

"이런 것도 보고해야 돼요?"

나는 조시에게 물었다.

"작은 회사니까요. 모든 걸 투명하게 처리해야 해요."

우리는 서류 몇 장에 서명을 했다. 나는 대충 훑어보고 넘겼지만, 조시는 조항 하나하나를 꼼꼼히 읽고 켈리에게 질문했다.

"우리가 나중에 어떤 이유로 헤어지게 되든 다프네가 계속 근무할 수 있다는 조항이 포함된 거 맞죠?"

"네, 그것 때문에 해고할 수는 없어요. 그걸 말하는 거 죠?"

켈리가 답했다.

"맞아요. 그 점을 꼭 확인하고 싶었어요. 다프네가 보호 받아야 하니까요."

나는 속으로 생각했다. 그냥 술 한잔하자고 했을 뿐인 데. 물론 이후 일어난 일은 술 한잔으로 끝나지는 않았다.

서류에 전부 서명을 마친 뒤, 우리는 알케미스트 바 앤 라운지로 갔다. 오라클파크 근처에 있는, 은은한 조명의 바였다. 우리는 메이슨 자에 담겨 나온 호밀 위스키와 사과 브랜디를 마셨다. 그리고 조시의 집으로 향했다. 조시의 집은 샌프란시스코 만이 내려다보이는 복층 아파트였다. 내부에는 이케아보다는 조금 고급스러운 느낌의 가구들이 소박하게 놓여 있었다.

"집 꾸밀 시간이 없었어요. 전 여자친구가 이것저것 들여놨다가 헤어지면서 다 가져갔거든요."

"좋은데요? 큰 파티 열기 딱이네요."

조시가 웃었다.

"전에 여기서 몇 번 회사 모임을 하긴 했죠. 최근엔 거의 안 했지만."

조시가 스테인리스 냉장고 쪽으로 걸어가며 물었다.

"와인 어때요? 레드도 있고 화이트도 있어요. 사실 난 와인은 잘 몰라요."

"물 한 잔 마셔도 돼요?"

조시가 얼굴을 손으로 가리며 과장된 동작을 취했다.

"아, 이런! 들어오자마자 물부터 권했어야 했는데."

조시가 냉장고에서 미니 브리타 정수기를 꺼내 큰 컵에 물을 가득 따라주었다.

"고마워요."

내가 몇 모금 벌컥벌컥 마시자 조시가 가만히 지켜보다가 입을 열었다.

"정말 재밌는 사람이네요. 겁이 없어 보여요. 난 히치콕 영화에 나오는 사람들처럼 사는 편이라서요."

"그건 진짜 아니에요."

내가 입술을 닦고 말했지만 조시는 고개를 저었다.

"아니, 맞아요. 물론 다프네 생각을 부정하려는 건 아니고요. 그냥 내 눈에는 그렇게 보여요. 참 솔직하고 직설적인 사람 같아요."

조시가 잠시 말을 멈췄다가 덧붙였다.

"그래서 좋아요."

나는 물잔을 내려놓고 싱크대 옆에 서 있는 조시에게 다가갔다.

"안녕."

조시도 따라 말했다.

"안녕."

나는 조시의 가슴 위에 손을 올렸다. 키가 나하고 비슷해서 팔을 높이 뻗을 필요가 없었다.

"키스해도 돼요?"

그렇게 묻자 조시가 고개를 좌우로 흔들었다. 얼굴에 보조개가 드러났다.

"정말 원해요?"

조시가 물었다.

"네. 원한다면 서명을 몇 장 더 할까요? 한 80장 정도 하면 마음이 좀 놓이겠어요?"

내 말에 조시가 내 허리를 감싸안았다. 그리고 조심스럽게 다가와 입술을 포갰다. 키스는 절제된 느낌이었다. 순수하게 느껴질 정도였다. 마치 편지봉투 틈 사이에 손가락 하나를 밀어 넣으며 천천히 열어보는 것처럼.

법적으로는 너무 빠르게, 육체적으로는 아주 느리게 시작된 연애였다. 처음 겪는 일이었다. 그날 밤 이후, 우리는 자연스럽게 연인이 되었다. 회사에서는 아무것도 달라지지 않았다. 워낙 바빠서 사적인 감정에 휘말릴 틈이 없었다. 대신 퇴근 후엔 함께 술을 마시러 가거나 조시의 집에서 블루에이프런 밀키트로 같이 저녁을 만들어 먹었다.

내 건강은 안정적이었고, 일은 힘들긴 했지만 재미있었다. 조시는 좋은 남자친구였다. 어느 주말, 부모님이 샌프란시스코에 오셨을 때 넷이 함께 식사를 하기도 했다.

"똑똑하고 괜찮은 청년 같더라."

아빠도 인정했다.

조시는 진짜 어른 같았다. 누군가와 연애를 하면서 이렇게 마음이 편하고 모든 게 자연스럽고 옳은 일처럼 여겨진 건 처음이었다. 테이를 만날 때는 이런 감정을 느낀 적이 없었다. 그때는 이런 관계를 흉내만 낸 것 같았다. 조시와 함께 보내는 모든 순간이 소중했다. 외식하고 손 잡고 산책하고, 주말에 영화를 보러 가는 평범한 일조차 특별하게 다가왔다. 그리고 문득 궁금해지기도 했다. 다른 사람들 눈에는 우리가 어떤 커플로 보일까? 우리는 평범했다. 나에게 그 평범함은 말로 다 표현할 수 없는 선물이었다. 평범하다는 건, 내게 천국이었다.

그런데 마음 한편에 항상 걸리는 게 있었다. 조시가 나를 얼마나 좋아하는지가 불분명했다. 회사에 얘기까지 했으니 다른 선택의 여지 없이 그냥 나를 만나는 느낌도 들었다. 조시에게 그냥 여자친구가 필요한 건지, 아니면 구체적으로 '나'를 여자친구로 원하는지가 헷갈렸다.

그리고 6개월쯤 지난 어느 날, 나는 결국 그 답을 알게 되었다. 그 전주부터 회사 분위기는 급격히 나빠졌다. 투자 유치가 무산되었고 자금은 거의 바닥을 드러냈다. 해고 이야기가 돌기 시작했다. 한때는 황금 티켓 같았던 회사가 이제는 유효기간이 지난 쿠폰처럼 느껴졌다. 모두가 숨을 죽이고 있었고, 그중에서도 가장 힘들어하는 사람은 단연 조시였다. 조시는 극도의 스트레스에 시달리면서도 모두에게 미안해했다. 직원들을 책임져야 한다는 부담감과 그 상황을 어떻게 해결해야 할지 모르는 막막함이 겹치면서 조시는 점점 말이 없어졌다.

화요일 저녁, 조시와 단둘이 저녁을 먹고 있을 때였다. 그날 조시는 하루 종일 평소와 많이 달라 보였지만 나는 당연히 회사 문제 때문일 거라고 생각했다. 회사를 접어야 할지도 모른다는 불안감에 힘들어서 그런 줄 알았다.

"할 얘기가 있어. 나 에밀리하고 다시 만나기로 했어."

조시는 뜸도 들이지 않고 단도직입적으로 말했다. 나는 눈만 깜빡이며 조시를 바라봤다. 조시와 만나는 동안 에밀리 얘기를 가끔 듣긴 했지만 두 사람이 다시 연락하고 있었다는 건 전혀 몰랐다.

"아무 일도 없었어. 바람피운 건 절대 아니야. 믿어줬으면 좋겠지만 못 믿겠다고 해도 이해해. 이 마음을 멈출 수만 있다면 나도 그러고 싶어. 너한테 상처 주고 싶지 않았어. 지난주에 지하철에서 우연히 에밀리를 마주쳤는데, 얘기를 나누다 보니 내가 아직 그 사람을 많이 사랑한다는 걸 깨달았어."

차분한 어조였지만 복잡한 심정이 느껴졌다. 조시가 내 시선을 피하며 덧붙였다.

"에밀리도 같은 마음이야."

나는 조시가 하는 말을 믿었다. 우리가 처음 시작할 때 조시가 얼마나 신중했는지를 생각하면 지금 하는 말도 진심이라는 걸 알 수 있었다.

"무슨 말을 해야 할지 모르겠어요."

나는 간신히 입을 열었다. 내 마음이 무너져서인지, 너무 놀라서인지 나도 분간이 안 됐다. 두 감정이 너무 비슷하게 느껴졌다.

조시는 고개를 저으며 머리를 쓸어 올렸다.

"나도 마찬가지야. 너를 정말 좋아했어. 같이 보낸 시간도 즐거웠지. 너는 정말 멋진 사람이고……."

나는 손을 들어 조시의 말을 멈췄다. 더 이상 듣기 힘들었다. 그런데도 조시는 끝까지 말했다.

"하지만 그 사람이 내 운명이야."

그 순간 한 가지는 확실해졌다. 조시는 나를 만나는 내
내 에밀리를 사랑하고 있었던 것이다. 이걸 배신이라고 말
할 수 있는지는 잘 모르겠지만 기분이 좋지 않았다. 그동
안 나를 둘러싸고 있던 환상, 즉 쪽지만 있으면 평생 마음
다칠 일이 없을 거라는 믿음이 무너졌다. 나는 LA에서 온
익명의 명랑한 여자아이가 아니었다. 내겐 지나온 시간이
있었고, 조시 역시 자신의 과거를 놓지 못한 남자였다.

"그래, 축하해요."

내가 말했다. 마음에서 우러나온 말은 아니었다. 하지만
어른스럽게 대처하고 싶었다. 풍랑에 휩쓸리는 배가 아니라
다시 운전석에 올라서 조종할 수 있는 사람이 되고 싶었다.

"그 말 진심이야?"

그렇게 묻는 조시의 표정에 안도감이 떠올랐다. 나는 조
시가 어떻게 이렇게까지 멍청할 수 있는지 이해가 가지 않
았다. 여태껏 왜 몰랐을까? 어떻게 이 사람과 이렇게 긴 시
간을 허비하고 여기까지 오게 됐을까?

"회사에는 남아줬으면 좋겠어. 다프네가 필요해. 우리
팀에 중요한 사람이니까."

"그래요."

결국 저녁은 그대로 남겼다. 내가 자리에서 일어났을 때 조시는 나를 붙잡지 않았다. '햄버거라도 마저 먹어'라든지, '조금만 더 있다 가', '한 잔 더 해' 같은 말도 없었다. 그러고 싶은 마음이 전혀 없어 보였다. 당장이라도 에밀리에게 달려가고 싶다는 마음이 눈에 훤히 보였다. 에밀리에게 가는 길을 막고 있는 유일한 존재가 바로 나라는 사실이 분명하게 느껴졌다. 조시가 택시를 불러주겠다고 했지만 나는 고개를 저었다.

　　"그럼 월요일에 봐."

　　거의 들뜬 목소리였다. 나는 조시가 식당을 나서자마자 에밀리에게 연락하는 모습을 상상했다. 조시가 생각보다 빨리 끝났다고 말하자 에밀리가 지금 당장 달려오라고 대답하는 모습, 두 사람이 만나 그동안 억눌러왔던 욕망과 그리움을 분출하며 정신없이 키스를 나누는 모습, 마침내 서로에게 돌아와서 안도하는 모습을.

　　우리가 결국 헤어지리라는 건 알고 있었다. 쪽지를 받았으니까. 하지만 시간이 너무 빨리 흘렀다. 6개월이라는 시간이 5분처럼 지나가버렸다. 나는 주의를 제대로 기울이지 않았다. 준비가 전혀 되어 있지 않았다. 선택받지 못한 사람이 되는 건 익숙하지 않았다. 기분이 좋지 않았다. 상대가 답을 쥐고 있다는 사실도 견디기 힘들었다. 늘 내가 먼저 알고 있었는데 이전과 상황이 완전히 뒤바뀌었다. 이번에는 조시가 내가 모르는 것을 알고 있었다.

그다음 주에 나는 회사를 그만뒀다. 서명했던 계약서는 이상적인 상황에서나 유효한 시나리오였다. 그리고 1년 뒤, 회사도 문을 닫았다. 퇴사 후에도 가끔 인스타그램이나 키워드 검색을 통해 플렉스트와 조시의 근황을 찾아봤기 때문에 그 사실을 자연스럽게 알게 됐다. 한때 그렇게 주목받았던 회사는 사람들에게 충격을 안기고 조용히 사라졌다.

플렉스트가 폐업하고 한 달쯤 지나서 다른 소식도 들려왔다. 조시와 에밀리가 결혼했다는 뉴스였다. 샌프란시스코 북부 마린 카운티에 있는 신부 부모님의 집에서 직계 가족과 가까운 친지만 초대해 열린 간소한 야외 결혼식이었다. 〈뉴욕 타임스〉 기사에 따르면, 바이올린 연주자가 〈오버 더 레인보우〉를 연주했고 에밀리는 노란 꽃을 머리에 꽂고 있었다고 한다. 기사 속 사진에서 조시는 신부의 손바닥에 입을 맞추고 있었다. 두 사람 모두 세상을 다 가진 얼굴이었다.

그렇게 소중하게 여겨지는 게 어떤 느낌일지 궁금했다. 누군가에게 그렇게 확신에 찬 선택을 받는다는 건 어떤 기분일까. 그때 처음으로 나도 그런 사랑을 하고 싶다는 생각이 들었다. 영화 속 장면처럼 특별한 사랑을 하고 싶었다. 조시가 에밀리를 가리켜 자신의 운명이라고 이야기했던 것처럼, 누군가가 나에 대해 그렇게 말해줬으면 했다. 루프탑에서 저녁을 먹고 같은 침대에서 아침을 맞이하는 그런 일상이 당연해지기를 원했다. 언젠가 나도 머리에 노란 꽃 장식을 달고 운명의 상대와 함께 서서 사람들에게 '완벽한 한 쌍'이라는 말을 듣는 날이 올까?

자신이 무언가를 간절히 원한다는 사실을 인정하려면 그 꿈이 이루어지지 않을 가능성까지도 받아들여야 한다. 나는 원했다. 그래서 두려웠다. 그 꿈에 닿지 못할까 봐. 영영 그 문턱조차 밟지 못할까 봐.

상처받는 게 두렵다는 말은 진부하다. 나도 알고 있다. 그때 문득 이런 생각이 들었다. 어쩌면 쪽지는 나에게 남은 인생을 시간 단위로 통지하는 고지서가 아니라 예고 없는 아픔에 무너지지 않도록, '이럴 줄 몰랐다'는 말을 하지 않도록 나를 지켜주는 울타리가 아닐까.

조시 이후로 나는 쪽지의 내용을 더 신중하게 받아들이기로 결심했다. 거기 '영원히'라는 말이 적혀 있지 않다면 마음을 전부 쏟지 않겠다고, 늘 경계하며 살피겠다고. 그리고 쪽지를 믿겠다고.

32

약혼한 지 한 달쯤 지나자 제이크가 9월에 결혼식을 하자는 말을 꺼냈다. 그때 우리는 알프레드 커피의 야외 테이블에 앉아 있었다. 이 커피숍이 위치한 멜로즈 플레이스는 명품 매장과 착즙주스 가게가 지나칠 정도로 많은 고급스러운 분위기의 동네였고 우리가 커피를 마시는 동안에도 값비싼 운동복을 입은 사람들이 중형견을 데리고 여유롭게 지나갔다. 나는 아이스 오트밀크 라테를, 제이크는 이곳의 시그니처 메뉴인 차가치노를 마셨다. 차가치노는 몽크프루트와 버섯이 든 음료인데 맛은 훌륭하지만 나는 본능적으로 거부감이 들었다. '웃고 즐기고 사랑해라' 같은 문구를 음료로 만든 느낌이랄까.

"제이크, 9월이면 앞으로 넉 달도 안 남았어요."

강렬한 햇살이 정수리를 태울 듯 내리꽂혔다. 우리 둘다 선글라스를 쓰고 있었다. 나는 헐렁한 흰 티셔츠에 데님 반바지를 입은 채 발가락으로 버켄스탁의 가죽 스트랩을 톡톡 건드렸다.

"왜요? 이른 것 같아요?"

제이크가 어깨를 으쓱하며 물었다.

"너무 서두르는 거 아니에요?"

내가 말했다. 제이크가 음료를 길게 한 모금 마시더니 두 손을 테이블 위에 포갰다.

"다프네, 우리 이제 그 얘기를 해야 할 것 같아요."

나는 플라스틱 컵을 꼭 쥐었다. 몸속이 허해지는 느낌이 들었다.

"무슨 얘기?"

제이크가 숨을 내쉬었다.

"아기요. 그 이야기를 할 때가 된 것 같아요."

예전에 제이크에게 내 심장 문제를 처음 털어놨을 때, 제이크는 이런저런 질문을 했다. 최대한 솔직하게 답하려고 노력했지만 임신에 대한 이야기는 쉽지 않았다. 지금 내 몸으로 임신과 출산이 아예 불가능한 건 아니지만 의학적으로 권장되지는 않는다. 그리고 나는 아기를 가질 수 있는 방법을 찾기 위해 고민해본 적도 없었다. 아니, 사실 나는 이제껏 어떤 방식으로든 아이의 존재를 내 삶에 들이는 상상을 해본 적이 없었다.

"알겠어요."

내가 말했다. 제이크가 내 손을 잡았다. 제이크의 손도 내 손도 모두 차가웠다.

"절대 부담 주려는 거 아니에요. 지금 당장 답하지 않아도 되고, 앞으로 이 이야기 스무 번 더 해도 괜찮아요."

"와, 재밌겠다."

내가 가볍게 농담했지만, 제이크는 진지했다.

"다프네가 마음 편하게 이야기하면 좋겠어요. 그리고 우리 둘 다 더 솔직해졌으면 해요."

제이크가 잠시 말을 멈췄다가 다시 말했다.

"나는 다프네가 아기에 대해서 어떤 생각을 갖고 있는지 알고 싶어요."

"'가질 수 있는지' 말하는 거예요?"

"아니. '갖고 싶은지.'"

계산대 앞에서 20대 초반으로 보이는 커플이 주문을 하고 있었다. 여자는 남자에게 몸을 기댄 채 휴대폰을 들여다보고 있었다. 두 사람 사이에는 걱정거리나 복잡한 문제 없이 모든 게 쉬워 보였다. 그 모습이 부러웠다.

"잘 모르겠어요. 그동안 난 그 주제를 마음속 상자에 넣어두고 살았어요. 상자를 열고 내가 정말 원하는 게 뭘까 고민해본 적도 없어요."

컵을 내려다보니 녹은 얼음이 라테와 섞이면서 탁한 액체층을 만들어내고 있었다. 나는 이어서 말했다.

"그래서 지금 내가 아기를 '갖고 싶다'고 말할 수 있을지 모르겠어요."

나는 고개를 들지 않았지만 제이크가 내 말에 반응하는 기척이 느껴졌다.

입 밖으로 꺼낸 적은 없지만 우리 둘 다 알고 있었다. 제이크는 아빠가 되어야 할 사람이다. 새벽에 일어나 아기 젖병을 챙겨주고 기저귀를 갈아주고 비교 검색 끝에 최고의 유모차를 고르는 사람. 아이 무릎에 반창고를 붙여주고 5일 연속 스파게티를 만들어 먹이고 마당에 플라스틱 그네를 설치하고 어린이 야구팀 코치를 맡는 사람. 휴대폰 사진첩에 아이 영상만 가득한 사람. 제이크는 그런 사람이다. 마치 이미 그렇게 살아온 사람처럼 그런 상상이 너무 자연스러웠다.

"제이크가 아기 갖고 싶어 하는 거 알아요."

"다프네."

"괜찮아요. 우리 솔직해지기로 했잖아요."

나는 고개를 들어 제이크를 바라보았다.

제이크가 잠시 눈을 피하더니 고개를 끄덕이며 마른침을 삼켰다. 그리고는 차분한 목소리로 입을 열었다.

"맞아요, 나는 아기를 갖고 싶어요. 늘 아빠가 된 내 모습을 상상했는데, 인생이란 게 원하는 대로만 흘러가진 않더라고요. 절대."

제이크의 목소리에는 슬픔이 배어 있었다. 제이크답지 않은 우울함이 느껴졌다. 사별한 아내에 대해 이야기할 때조차 보이지 않던 감정이었다.

"원하는 걸 포기하고 살 필요 없어요."

나는 최대한 덤덤하게 말했다.

제이크가 나를 바라보며 살짝 미소 지었다. 그리고 내 손을 꼭 쥐며 말했다.

"내가 진짜 원하는 건 당신이에요."

어렸을 때, 내 심장이 멀쩡한 줄 알았던 시절에는 언젠가 나도 엄마가 될 줄 알았다. 간절히 바라거나 마음속 깊이 원해서가 아니라 그냥 당연히 그렇게 될 거라고 믿었다. 언젠가 사랑하는 사람을 만나고 결혼해서 아이를 낳겠지, 다들 그러듯이.

하지만 인생은 예상치 못한 시점에 엉뚱한 곳으로 방향을 틀었다. 그때부터 나는 '만약 내 몸이 건강했다면 난 어떤 삶을 원했을까'라는 질문 자체를 지웠다. 어차피 내게 주어진 삶은 하나뿐이니까. 바로 이 삶. 그리고 이 삶에 아기가 들어올 자리는 없었다.

언젠가 마음이 바뀔 수도 있다고 생각했다. 어느 날 눈을 떴는데, '아이를 갖고 싶어. 지금 당장!' 이런 확신이 찾아올 수도 있다고. 하지만 아직까지 그런 일은 일어나지 않았다.

"정말 아기를 포기해도 괜찮은지 진지하게 고민해봐요. 이건 사소한 일이 아니잖아요."

내 말에 제이크가 잠시 생각에 잠겼다.

"그럼 다프네의 대답은 아기를 갖고 싶지 않다는 건가요?"

"음, 그건 아니에요. 하지만 내가 그 상자를 다시 열어보고 싶은 날이 올지 모르겠어요."

내 말에 제이크가 조용해졌다. 내 말의 의미를 곱씹고 이해하려 애쓰는 얼굴이었다. 그 표정을 보면서 내 안 어딘가에서 분노가 올라왔다. 우린 약혼한 사이였다. 제이크는 이미 나와의 삶을 선택했다. 시간이 흐르면 자연스럽게 내가 마음을 바꿀 거라고 생각했던 걸까? '결혼하기로 했으니 당연히 아이도 갖고 싶어하겠지.' 이렇게 생각한 걸까?

"다프네."

제이크가 내 두 손을 꼭 잡았다. 그리고 내 눈을 바라보며 조심스럽게 입을 열었다.

"내가 가진 게 당신 하나뿐이라고 해도 난 충분해요. 정말이에요. 더 이상 바라는 건 없어요. 나는 그냥 다프네가 어떤 삶을 원하는지 알고 싶어요. 그리고 앞으로 어떤 선택을 하든, 그걸 할 수 있는지 없는지가 아니라 다프네가 그걸 정말 원하는지가 기준이 됐으면 좋겠어요."

제이크가 몸을 살짝 기울여 내게 키스했다. 입술이 닿는 순간 단단하고 안정적인 느낌이 전해졌다.

하지만 한 가지 생각이 머리를 떠나지 않았다. 제이크는 아직도 이해하지 못하고 있었다. 내가 원하는 삶은 지금 이 현실 속에는 없다는 것을. 그리고 이 상황에서 내가 할 수 있는 최선의 선택은, 현실을 외면하지 않고 그대로 인정하는 것임을. 나는 건강하지 않다. 그리고 건강한 척하며 살고 싶지 않다. 현실을 있는 그대로 받아들였을 때 오는 그 편안함이 좋다. 나는 솔직한 삶을 원한다.

나는 가끔 생각한다. 내가 사람들에게 얼마나 많은 책임을 안기고 있는지, 그리고 그 책임 앞에서 내가 얼마나 미안한 마음으로 살아가는지. 내 행복을 지키는 건 누구 몫일까. 나? 아니면 나를 사랑하는 사람들? 어쩌면 둘 다일지도 모른다. 우리는 우리 자신에게도, 그리고 서로에게도 책임이 있다. 문제는 순서였다. 무엇을 먼저 지켜야 할까?

내 앞에 앉아 있는 제이크를 바라보다가 문득 이 사람을 지켜주고 싶다는 마음이 들었다. 이 감정이 뼛속 깊이 느껴졌다. 그리고 곧 또 다른 생각이 밀려왔다. 직면하긴 힘들지만, 더 이상 지나칠 수 없었다. 혹시 나는 이 사람을 지켜주고 싶다는 감정을 사랑이라고 착각하고 있었던 건 아닐까?

지켜주고 싶다는 마음은 사랑과는 다르다.

사랑은 말한다. 실패할 수도 있지만 해볼 거야.

사랑은 다시 말한다. 그럼에도 불구하고.

사랑은 또 말한다. 그래도, 그래도, 그래도…….

나는 제이크를 떠올렸다. 제이크가 겪어낸 시간들, 나를 만나기 전에 제이크의 인생에 일어났던 모든 일들을. 제이크와 나는 혹시 서로를 구하려고 애쓰고 있는 게 아닐까? 만약 그게 불가능하다는 걸 깨닫는 순간, 우리 관계는 지금과 같을 수 있을까?

33

"지금 40도가 넘는 게 분명해."

내가 말했다. 휴고와 나는 머피를 데리고 실버레이크 저수지의 평평한 산책로를 걷고 있었다. 오늘따라 머피는 마치 발에 스프링이라도 단 듯 빠른 걸음으로 앞서갔다. 몇 분쯤 맞춰주며 걷다가 목줄을 살짝 당겨 머피의 속도를 늦췄다.

저녁 7시가 넘었는데도 해가 질 기미가 보이지 않았다. 로스앤젤레스의 여름이 성큼 다가와 있었다. 모든 곳에 생기가 가득했다. 호수가 투명하게 반짝이고 초록색 풀잎이 바람을 따라 춤을 췄으며 노란 꽃들이 여기저기서 얼굴을 내밀었다. 머리 위에서 새 한 마리가 지저귀더니 휙 내려와서 물 위를 스치듯 날아갔다.

제이크는 며칠간 뉴욕 출장을 떠났다. 혼자 집을 지키는 동안 나는 에어컨을 빵빵하게 틀어놓고 배달 음식을 먹고

리얼리티 쇼를 보며 시간을 보냈다. 오늘 오랜만에 산책을 나오려고 하니, 세이버가 시원한 집에서 한 걸음도 떠날 수 없다는 듯 버티는 바람에 할 수 없이 머피만 데리고 나왔다.

"오버 좀 하지 마. 기껏해야 25도 정도겠네."

아마 휴고 말이 맞겠지만 얇은 여름 원피스에 운동화를 신었는데도 땀이 줄줄 흘렀다. 이마에 땀방울이 송글송글 맺혀 있는 게 느껴졌다.

한 달 전에 제이크와 약혼한 이후로 휴고와 단둘이 만난 건 오늘이 처음이었다. 전화로 약혼 소식을 전했을 때 휴고는 진심으로 축하해줬고 그 뒤에도 간간이 문자를 주고받긴 했다. 하지만 이전과 달리 휴고와 멀어진 듯한 느낌이 들었다. 그래서 오늘 만나더라도 그동안 나눈 문자처럼 짧고 형식적인 대화만 오갈 줄 알았다. 하지만 역시 휴고는 휴고였다.

제이크와 나는 결혼식을 간소하게 하기로 합의한 상태였다. 하객은 스무 명 정도만 초대해 바닷가에서 간단하게 식을 올리고, 해변에서 피로연을 하기로 했다. 돈도 많이 들지 않고 거창할 것 없는 정감 있고 아름다운 결혼식. 맛있는 음식과 아름다운 음악, 훌륭한 와인. 그 정도면 충분했다.

"체감은 진짜 40도쯤 되는 것 같아."

내가 말하자 휴고가 걱정스러운 표정으로 나를 보며 물었다.

"너 괜찮아?"

나는 휴고를 힐끗 쳐다봤다.

"무슨 뜻이야?"

휴고는 시선을 슬쩍 머피에게로 돌렸다.

"그냥 말 그대로야."

"나 멀쩡해."

나는 휴고의 팔을 잡고 장난스럽게 앞뒤로 흔들었다. 휴고의 표정이 조금 풀렸다.

"정말로 요즘 엄청 잘 지내고 있어."

내가 덧붙였다. 휴고가 고개를 끄덕였다. 그때 머피가 갑자기 걸음을 멈추고 귀를 쫑긋 세웠다. 휴고가 몸을 숙여 머피의 머리를 쓰다듬었다.

"아이고, 제가 머피 님을 몰라뵀네요. 잘 지내셨죠?"

휴고가 웃으며 말했다. 머피는 시큰둥한 표정으로 휴고를 올려다봤다.

"지난 주말에 제이크가 머피 데리고 바닷가에 갔거든. 가서 막대기를 던졌는데 머피가 가만히 서서 그냥 멀뚱멀뚱 보기만 하더래. 그때 머피가 속으로 무슨 생각 했을지 알 것 같지 않아? 제이크는 아직도 얘가 진짜 개인 줄 아나 봐."

머피가 휴고에게 얼굴을 슬쩍 부비자, 휴고가 머피의 턱 밑과 귀 밑의 털을 쓰다듬었다.

"아니, 감히 너를 동물 취급했단 말이야? 무례한 것도 정도가 있지. 어떻게 우리 왕자님을 몰라볼 수 있지?"

머피가 몸을 살짝 빼내며 공간을 지켜달라는 신호를 보내자 휴고가 허리를 폈다.

휴고는 올리브색 반바지에 회색 티셔츠 차림이었다. 티셔츠 목에 건 선글라스 때문에 옷이 아래로 늘어져서 가슴 털이 살짝 드러났다.

"그래서, 진짜 하는 거야?"

휴고가 물었다.

"뭘?"

나는 어깨 근육을 풀면서 물었다.

"결혼 말이야. 진짜 할 거냐고."

휴고는 내 눈을 똑바로 보고 물었다. 하지만 물어보는 것처럼 들리지 않았다. 질문이라기보다 확인에 가까웠다.

저수지 공원은 해 질 무렵치고 한산했다. 가끔 조깅하는 사람들이 지나갔고, 한 아기 아빠가 유아차를 밀면서 걷고 있었다. 하지만 그 순간만큼은 세상에 우리 둘만 있는 것 같았다.

"왜?"

내가 물었다. 나도 이유를 묻는 건 아니었다.

"네가 진짜 행복한지 궁금해서."

휴고가 말했다. 나는 눈만 깜빡였다. 뭐라고?

"무슨 말이야? 나보고 행복해지라고 한 사람이 누군데?"

휴고가 고개를 끄덕였다.

"맞아. 내가 그렇게 말했지."

휴고가 목을 한 번 가다듬더니, 해를 보며 눈을 찡그렸다. 이윽고 다시 입을 뗐다.

"그래서, 그게 맞는 것 같아?"

"나에게 행복을 허락한 거? 글쎄, 나쁘지 않은 베팅 같던데."

나는 팔짱을 꼈다. 휴고가 시선을 내려 내 눈을 보며 입을 열었다.

"그날 네가 했던 말을 계속 생각했어. 우리가 헤어지던 날 말이야. 네 말이 맞았어. 그때 내가 감당을 못 했어."

더운 날씨인데도 등줄기를 타고 서늘한 기운이 올라왔다.

"뭐? 그게 지금 무슨 상관이야. 옛날 일이잖아. 우리 끝난 지가 언젠데."

나는 다시 발걸음을 옮기며 머피의 목줄을 슬쩍 당겼다.

"아니. 나한텐 아직 상관있어. 그때 나는 너무 무서웠거든."

나는 걸음을 멈췄다.

"그래, 이해해. 내 병을 감당하기 힘들었다는 말이잖아. 근데 지금 이 얘기를 왜 꺼내는 거야? 나한테 핑곗거리 안 주겠다며?"

"네가 모르는 게 있어."

"그게 뭔데?"

"너는, 내가 너랑 헤어졌다고 해서 마음까지 다 정리한 줄 알지?"

휴고는 잠시 말을 멈췄다가 다시 나를 똑바로 바라보며 말을 이었다.

"사실은 그 반대야. 나는 지금까지 감당하는 법을 배웠어. 널 잃고 싶지 않아서."

그 순간 머피의 목줄이 갑자기 팽팽해졌다. 토끼를 발견한 것이다. 머피에게 토끼는 마치 슈퍼맨의 힘을 무력화하는 크립토나이트처럼 머피의 차분함을 무너뜨리고 동물의 본능을 일깨우는 유일한 존재였다. 나는 목줄을 꽉 붙잡고 버텼다.

휴고의 말을 들은 순간부터 가슴 깊은 곳에서 뭔가가 들 끓기 시작했다. 화가 치밀어 올랐다.

"그래서 어쩌라는 거야? 트로피라도 줄까? 심장병 있는 사람 곁에 있는 법을 마스터했다고? 축하해. 참 대단한 고백이네. 축하 퍼레이드라도 할까?"

독이 서린 말들이 속에서 계속 차올랐다. 나는 날카롭고 치명적인 말들을 전부 다 쏟아내고 싶었다.

"젠장, 다프. 내 말 좀 끝까지 들어봐."

"왜? 대체 왜 이러는 거야? 뭘 원하는 건데? 우리 지금 그냥 산책하고 있었잖아."

목소리에 짜증이 고스란히 실렸다. 그 순간, 휴고가 걸음을 멈췄다. 우리를 둘러싼 세상 전체가 멈춘 것 같았다. 마치 파도가 높이 솟구쳐 올랐다가 부서지기 직전의 순간 같은 긴장된 정적이 감돌았다.

"내가 뭘 원하냐고?"

휴고가 말했다. 그리고 내 앞으로 성큼 다가왔다. 휴고 와의 거리가 너무 가까워서, 휴고를 이루는 모든 미세한 입자들이 숨결과 함께 느껴지는 듯했다.

"지금 당장 너를 집으로 데려가고 싶어. 오늘 밤 너를 한순간도 재우지 않고 너를 안고 너를 만지고 싶어. 지난 5년 동안 하지 못한 걸 전부 다 해주고 싶어. 아침엔 네 옆에서 일어나고 싶어. 아침 먹으면서 우리 둘이 어디 살지, 너의 그 많은 잡동사니를 새집에 어떻게 쑤셔 넣을지 이야기하고 싶어. 그게 내가 원하는 거야. 다프, 난 너를 원해. 우리 기한이 얼마든 상관없어. 50년이든, 5년이든, 아니 15분밖에 안 되더라도 좋아."

발이 땅에 박힌 것처럼 움직이지 않았다. 손끝에서 감각이 사라졌다. 멀리 어딘가에서 새가 날아가며 지저귀는 소리가 들려왔다.

"그중에서도 제일 간절한 게 뭔지 알아? 너를 원하는 마음보다도 더 간절하게 바라는 건……."

휴고가 잠시 말을 멈췄다.

세상이 비스듬히 기울어지고 모든 게 낭떠러지를 향해 굴러떨어지는 것 같았다. 휴고의 말에 뭐라고 대답해야 할지, 아니, 앞으로 다시 대화를 할 수 있을지조차 알 수 없는 기분이었다.

"진실이야. 너를 위해서, 너와 제이크를 위해서, 그리고 나를 위해서 나는 진실을 원해. 불편한 진실이더라도 괜찮아."

나는 숨을 들이쉬었다. 내 안에서 불길이 타올랐다.

"진실이 듣고 싶어?"

뱃속부터 뜨거운 게 올라와 목구멍을 타고 그대로 입 밖으로 쏟아져 나왔다. 지금 휴고는 아무렇지 않게 내뱉었지만 나는 그동안 속으로 꾹 눌러 담아왔던 모든 것들이.

"진실은 그냥 불편한 정도가 아니야. 휴고, 진실이 뭔지 알아? 스무 살에 내려지는 사형선고 같은 거야. 진실은, 내가 평생 2킬로미터도 뛸 수 없고, 아이도 가질 수 없다는 거야. 진실은, 결혼하기로 약속한 남자 옆에 있으면서, 그 결정이 그 사람을 아프게 한다는 걸 내가 알고 있는 거야. 이게 네가 그렇게 원하는 진실이야. 내가 겪은 진실이 네가 겪은 진실하고 같다고 착각하지 마. 네가 좀 전에 한 고백이 나한테도 똑같이 의미 있을 거라고 생각해? 내 삶에는 네가 절대 이해하지 못할 한계가 있어. 너는 그걸 몰라. 앞으로도 모를 거고."

"헛소리하지 마."

휴고가 양손으로 내 어깨를 확 잡았다. 휴고의 손바닥은 뜨거웠고 손가락에는 힘이 들어가 있었다.

"그건 진실이 아니야. 그냥 네 버전의 이야기일 뿐이지. 진실은 달라."

나는 온몸이 굳었다. 모든 근육이 안을 향해 단단하게 조여드는 것 같았다. 나는 휴고를 노려봤다.

"네가 뭘 안다고 그래?"

"사실은……."

휴고가 내 눈을 똑바로 바라봤다. 휴고의 검은 눈동자는 깊고 검은 우물처럼 보였다. 조용히 파장을 일으키며 물속으로 가라앉는 새카만 돌 같았다.

"제이크 쪽지, 그거 내가 쓴 거야."

34

그때 세 가지 사건이 순식간에 벌어졌다. 첫째, 내 휴대폰이 울렸다. 둘째, 휴고가 내 어깨에서 손을 뗐다. 나는 휴대폰을 꺼내려다 순간 균형을 잃고 휘청이는 바람에 머피 목줄을 놓치고 말았다. 셋째, 자유로워진 머피가 토끼를 향해 쏜살같이 뛰어 나갔다. 나는 머피가 그렇게 빨리 달릴 수 있는지 처음 알았다. 머피는 마치 다리가 있다는 사실을 이제 막 깨닫고 얼마나 빨리 달릴 수 있나 시험하려는 것처럼 전속력으로 질주했다.

"머피!"

머피의 이름을 다 부르기도 전에 휴고가 벌써 몸을 돌려 머피의 뒤를 쫓았다. 휴고는 원래 달리기를 좋아했다. 한창 바쁠 때에도 토요일에는 꼭 10킬로미터를 뛰었다. 그런데도 머피를 따라잡기에는 벅차 보였다. 누가 알았을까. 저 조그마한 녀석 안에 저렇게 엄청난 스피드가 숨어 있었을 줄이야.

나는 그 자리에 그대로 멈춰 서서 머피와 휴고가 저수지를 따라 달리며 멀어져가는 모습을 바라봤다. 이제 둘 다 흐릿하게만 보였다. 전신을 덮칠 듯한 무력감이 밀려왔다. 나는 할 수 있는 게 아무것도 없었다. 머피가 이대로 나를 떠나버릴 수도 있는데, 나에게는 머피를 잡을 힘이 없었다.

나는 머피와 휴고가 사라진 방향으로 걷기 시작했다. 최대한 빠르게 걸었지만 몸이 따라주지 않았다. 너무 느린 발걸음이 답답하게만 느껴졌다. 당장 뛰어가서 둘 다 붙잡고 소리를 지르고 싶었다. 어떻게 그럴 수가 있어? 네가 그 쪽지를 썼다고? 그게 말이 돼? 이게 현실이라고? 도무지 믿기지가 않았다. 휴고가 개입했다니. 내 삶에, 내 미래에, 내 사랑에. 하지만 나는 다시 정신을 다잡았다. 지금은 머피를 찾는 게 먼저였다.

샌프란시스코에서 조시와의 연애가 끝나고 직장 생활도 실패로 끝난 후, 나는 완전히 무너져 내렸다. 조시와 일, 도시, 모두에게 내몰린 기분이었다. 6개월이라는 짧은 시간 동안 나는 어딘가에 속해 있다고 느꼈다. 세상과 연결된 느낌, 드디어 평범한 사람이 됐다는 기분까지 들었다. 하지만 6개월 후, 우주가 내 귀에 속삭였다. 잠깐, 앞서가지 마. 다프네, 넌 안 돼.

LA로 돌아온 나는 독립할 공간을 찾아 나섰다. 허름한 방 한 칸이어도 좋으니 혼자 일어서고 싶었다. 그러다 가드너 스트리트에서 운 좋게 이 집을 구했다. 집주인은 괜찮은 세입자를 찾고 있었고, 내가 당첨됐다. 그리고 그 집에 처음 들인 파트너가 바로 머피였다.

"머피!"

나는 유기동물 검색 사이트에서 찾은 바크앤비치스라는 보호소에서 나한테 딱 맞는 강아지를 발견했다. 내가 원했던 복슬복슬하고 통통 튀는, 인형 같은 강아지였다. 그런데 막상 가서 보니 내가 생각했던 것과 많이 달랐다. 데이지라는 이름의 그 강아지는 철장 구석에 앉아 무기력하고 무심한 눈빛으로 나를 올려다보았고, 나는 아무런 끌림도 느낄 수가 없었다. 그냥 돌아서려는데 보호소 직원이 내게 머피를 한번 보고 가지 않겠냐고 물었다.

"머피!"

어린 시절, 아마 다섯 살쯤이었을까. 내게는 1년 가까이 함께한 상상 친구가 있었다. 짧고 굵게 내 인생에 머물고 간 그 친구는 가족의 저녁 식사 자리에도 나와 함께 참석했고, 바닷가로 휴가를 갈 때도 같이 갔다. 심지어 영화관에서 자기 티켓을 따로 끊어달라고 조르는 바람에 부모님을 난감하게 만들기도 했다. 그때 그 상상 친구의 이름이 바로 머피였다. 이건 운명이었다.

내 옛 친구와 같은 이름을 가진 강아지 머피는 너무 순했다. 잘 짖지도 않았고 여기저기 냄새를 맡으러 다니지도 않았다. 일단 일주일 동안 머피를 임시 보호하기로 하고 데려왔는데, 첫 밤이 지나기도 전에 머피가 내 강아지라는 확신이 들었다.

"머피!"

머피는 물이라면 질색했지만 바닷가에서 모래를 파는 건 좋아했다. 희한하게도 모래는 꼭 해변에서만 팠다. 머피는 미용을 받고 오면 털이 깜짝 놀랄 만큼 부드러웠는데, 평소에는 그 부드럽고 폭신한 털을 일부러 감추고 사는 것 같았다. 머피는 햇살 아래 누워 있거나 창밖을 바라보는 걸 좋아했다. 머피를 데려온 후로 1년에 한 번 정도는 머피의 새끼 때 모습을 보지 못했다는 사실이 너무 아쉬워서 눈물이 났다. 한 가지는 분명했다. 머피는 가족 다음으로 나와 가장 오랫동안 함께해온 존재였다.

"머피!"

저 멀리서 휴고가 외치는 소리가 들렸다. 나도 계속 머피를 불렀다. 하지만 아무 소용이 없다는 걸 알고 있었다. 머피는 이미 따라잡을 수 없는 속도로 달아났다. 나는 지금까지 머피가 이토록 빠르게 달리는 모습을 본 적이 없었다. 머피는 언제나 내 속도에 맞춰줬던 것이다. 머피는 나에게 정말 완벽한 강아지였다.

　잠시 후, 휴고가 다시 내 쪽으로 돌아왔다. 두 팔을 축 늘어뜨린 채, 빈손을 흔들면서 천천히 뛰어왔다.

　"어디로, 갔는지, 모르겠어."

　휴고가 숨을 헐떡이며 말했다. 숨을 몰아쉬느라 단어가 조각조각으로 끊어져서 나왔다.

　"신고하자."

　휴고의 말을 무시한 채 나는 계속 머피를 불렀다. 손뼉을 치면서 애타게 외쳤다.

　"머피! 머피!"

　"미안해. 젠장, 다프, 진짜 미안해."

　"머피!"

　"다프네, 내 말 좀 들어봐."

　"머피!"

　"그냥 네가 알았으면 해서, 나는……."

　머피만은 잃을 수 없었다. 내 인생에서 머피가 사라지도록 내버려둘 수 없었다. 이건 내가 스스로에게 했던 약속이었다. 머피는 살면서 내가 처음으로 온전히 책임지고 보살핀 존재였다. 나는 머피를 지켜주겠다고 맹세했다. 나는 머피에게 끝까지 곁에 있어주겠다고, 잘 보살피겠다고, 그러니까 나를 믿어도 된다고, 믿어달라고 말했다. 머피는 세상에서 유일하게 나를 필요로 했던 존재였다. 그리고 내가 살면서 유일하게 제대로 해냈다고 느낀 일도 바로 머피였다.

"머피!"

그때 저 멀리서 머피의 작은 몸이 보였다. 흰색과 베이지색 털이 뒤섞인 복슬복슬한 털 뭉치가 살랑살랑 움직였다.

"머피!"

머피가 빠른 속도로 내 쪽을 향해 달려왔다. 그 조그마한 몸이 내 시야에 들어온 순간, 나도 모르게 눈물이 쏟아졌다. 안도와 사랑, 분노가 뒤섞인 눈물이었다.

머피가 경쾌하게 뛰어서 내 앞까지 왔다. 가까이서 보니 입에 목줄을 물고 있었다. 머피가 뭔가를 물고 있는 걸 처음 봤다. 머피가 내 앞에 멈춰 서서 고개를 들고 크고 동그란, 해맑은 눈으로 나를 올려다봤다. 그러고는 목줄을 내 발 앞에 툭 떨어뜨렸다.

'나 왔어. 난 네 강아지야.'

나는 쪼그리고 앉아 머피를 들어 올리고 포근한 털에 얼굴을 묻었다. 머피에게서 익숙하고 향긋한 냄새가 났다. 작은 몸에서 따뜻한 체온과 심장 박동이 전해졌다. 작은 생명체, 머피의 삶과 그 삶에 대한 커다란 책임감이 느껴졌다.

"머피."

나는 조용히 속삭였다. 이어서 머피의 목줄을 손목에 감고, 머피를 안은 채 고개를 들어 휴고를 바라봤다. 휴고의 얼굴에는 내 감정이 그대로 담겨 있었다. 내가 느끼는 혼란과 상처, 대답 없는 수많은 질문들이.

"왜 그랬어?"

나는 짧게 물었다.

휴고의 얼굴은 붉게 상기되어 있었다. 그때까지 나는 휴고가 우는 모습을 한 번도 본 적이 없었다. 내가 아프다고 고백했을 때도, 우리가 헤어졌을 때도, 그 이후에도, 휴고는 단 한 번도 내게 이런 얼굴을 보여준 적이 없었다. 하지만 지금 휴고의 눈은 감정을 조금도 숨기지 못했다.

"그 기분을, 너도 알았으면 해서."

휴고가 떨리는 목소리로 말했다.

"어떤 기분?"

"끝이 정해져 있지 않은 게 어떤 기분인지."

나는 머피를 안고 일어섰다. 목줄을 손에 꼭 쥐고 머피를 더 꽉 끌어안았다.

"네가 뭔데 그걸 결정해? 왜 네 멋대로 그런 권한을 가져? 휴고, 너 지금 무슨 짓을 했는지 알아? 나 그 사람하고 결혼하기로 했어."

"그래. 너는 그 사람이 너한테 딱 맞는 사람이라고 믿고 있으니까. 하지만 원래의 쪽지를 봤다면 그렇게 생각하지 않았겠지."

나는 그 자리에 멈춰 섰다. 온몸의 피가 차갑게 식는 것 같았다. 그 부분은 한 번도 생각해본 적이 없었다. 지금 휴고의 말을 듣기 전까지 단 한 번도.

"뭐? 다른 쪽지가 있었단 말이야?"

휴고가 숨을 깊게 들이쉬었다. 그리고 내 얼굴을 찬찬히 살폈다.

"그날, 근처에 갔다가 너희 집에 들렀는데 문 밑에 뭐가 끼워져 있더라."

휴고는 잠깐 말을 멈추더니 눈을 찡그리며 하늘을 올려다봤다.

"그 쪽지에 '3주'라고 적혀 있었어."

3주. 한 달도 안 되는 시간. 휴고를 만났던 시간보다도 짧다.

"세상에, 3주? 그 사람이 연쇄살인범이면 어쩔 뻔했어?"

"아니었잖아. 켄드라가 소개한 사람이라며. 그리고 네가 그런 것도 구분 못 할 사람이 아니잖아. 연쇄살인범이었으면 네가 이렇게 푹 빠져서 평생을 약속했겠어?"

휴고가 조용히 숨을 내쉬었다.

"네가, 스스로 선택하는 게 어떤 기분인지 느껴봤으면
했어."

"그래. 작전 대성공이네. 덕분에 지금 기분이 너무 좋아.
당장 웨딩드레스 맞추러 갈까 봐!"

손끝에서부터 화가 치솟더니 혈관을 타고 번져 올라가
가슴 깊은 곳에서 끓어올랐다. 도저히 참을 수 없어서 나
는 그대로 걷기 시작했다. 머피가 옆에서 내 속도에 맞춰
따라왔다. 고개는 정면을 향하고 있었다. 마치 이렇게 말
하는 것 같았다. '앞으로 말 잘 들을게. 아까 걱정시킨 거 미안해.
내가 잘못한 거 알아.'

"어디 가는 거야?"

휴고가 물었다.

"어디든 여기가 아닌 곳."

"다프, 제발, 멈춰봐. 별일 아니야. 그냥 네가 사랑에 빠
진 거야."

나는 휙 돌아서서 휴고를 정면으로 바라봤다.

"내가?"

내 말에 휴고는 숨을 크게 들이쉬었다. 가슴이 크게 팽
창하는 게 보였다. 나도 멈춰서 숨을 들이쉬었다. 침묵 끝
에 휴고가 입을 열었다.

"이 말, 솔직히 그 누구보다도 내가 제일 하기 싫어. 근

데 맞잖아. 너는 그 사람을 사랑해. 그리고 네가 앞으로 그 사람과 함께하고 싶다면, 그건 너의 선택이야. 운명도 아니고 쪽지에 그렇게 적혀 있어서도 아니야. 오로지 네가 결정한 거야. 그동안 네가 만났던 사람 중 누구도 진짜 네 마음을 얻을 수 없었어, 다프. 정말 네 인생을 네가 직접 선택할 수 없는 상황이었다면 말이야. 그런데 이제 누군가 기회를 갖게 된 거지."

울음이 목구멍까지 차올랐다. 눈이 따끔거렸다. 나는 눈을 꼭 감았다. 다시 떴을 때는 시야 가장자리가 뿌옇게 번져 있었다.

"나는 너였으면 했어."

내가 말했다. 아주 작게, 휴고에게 들리지 않았으면 싶을 정도로 작게. 그리고 이어서 말했다.

"난 우리한테 시간이 조금만 더 있었으면 했어."

휴고의 표정엔 아무런 변화가 없었다. 그저 시선을 내게 고정하고 있었다.

"시간 있잖아."

휴고가 말했다. 그리고 피식 웃었다. 휴고의 뺨에는 마치 손끝으로 쓸어낸 듯한 눈물 자국이 남아 있었다.

"나 여전히 여기 있어."

35

집에 돌아온 나는 아무 일도 손에 잡히지 않았다. 가슴 속에서 분노가 이리저리 날뛰는 짐승처럼 요동쳤고, 속이 활활 타올랐다. 이 감정을 어떻게 다뤄야 할지 알 수가 없었다.

3주.

나는 제이크와 했던 세 번째 데이트를 떠올렸다. 이 아파트에서 나눈 첫 키스, 그리고 제이크가 직접 차려준 저녁을 먹은 다음 창밖으로 펼쳐진 로스앤젤레스의 야경을 함께 바라보던 순간을 떠올렸다. 그날, 그 짧은 만남 속 어딘가에 내가 빠져나왔어야 할 출구가 있던 걸까? 내가 보지 못한 걸까, 아니면 보려고 하지 않았던 걸까? 제이크와의 연애는 모든 게 뻥 뚫린 고속도로 같았다. 우리가 멈춰야 했던 지점은 대체 어디였을까? 만약 내가 멈출 수 있었다면 과연 어떻게 끝냈을까?

나는 제이크의 황갈색 소파에 털썩 앉았다. 제이크는 내가 이 집을 '우리 집'으로 느낄 수 있게 하려고 정말 많은 노력을 했다. 내가 창고에 두고 온 물건 중 가져오고 싶은 게 있는지 물었고, 이 집에 혹시 마음에 안 드는 가구가 있다면 당장 치워버리겠다고 했다. 하지만 나는 늘 괜찮다고, 지금도 충분하다고 대답했다. 그럴 때마다 제이크가 서운해하는 게 느껴졌다. 그 마음을 이해할 수 있었다. 내가 이곳을 정말 내 집처럼 만들지 않는다면, 이곳은 여전히 제이크의 집일 뿐, 내가 진짜 함께 산다고 할 수 없으니까.

머피는 베란다 옆 침대로 천천히 걸어가 햇빛이 내려앉은 자리 위에 몸을 누였다. 세이버는 소파 위에서 꼬리를 한두 번 툭툭 쳤지만 일어나지는 않았다. 나는 부엌으로 가 유리잔을 꺼내 수돗물을 한 잔 따랐다.

3주.

기억을 더듬어보면, 나는 사랑을 늘 극과 극으로만 여겨왔던 것 같다. 모든 걸 걸거나, 아예 시작조차 하지 않거나. 영화 속 결혼은 마치 마법처럼 그려진다. 주인공들은 운명처럼 자신과 딱 맞는 사람을 만나고 그들의 믿음은 흔들리지 않는다. 다들 너무나 쉽게 확신한다. 만나자마자 '이 사람'임을 깨닫고, 결혼하자는 말에 단 1초도 망설이지 않고 '예스'라고 외친다. 하지만 나는 그런 직감보다 더 확실한 걸 원했다. 느낌이 아니라, 증거가 필요했다.

에어컨을 켜났는데도 바깥의 열기가 밀려들었다. 나는 티셔츠를 벗어 주방 카운터 위에 아무렇게나 던졌다. 나는 이런 한심한 면을 제이크에게 들키지 않으려고 늘 애써왔다. 제이크가 나를 사랑하지 않을까 봐 겁이 나서가 아니라, 제이크는 더 나은 사람을 만날 자격이 있다고 믿었기 때문이다. 입던 옷을 아무 데나 내던지는 여자가 아니라, 세탁 바구니에 가지런히 넣고 서랍마다 라벨을 붙여 정리할 줄 아는 사람, 어른스럽고 정돈된 삶을 살아가는 사람이 제이크에게 어울린다고 생각했다.

나는 요가 팬츠를 벗어 던지고 욕실로 들어갔다. 세면대 위, 벽 전체를 가득 채운 거울에 내 모습이 비쳤다. 땀으로 범벅된 몸이 적나라하게 드러났다. 외면하고 싶었다. 평소였다면 바로 고개를 돌리고 속옷을 벗은 뒤 샤워기 앞으로 직행했을 것이다. 거울에 김이 서려 내 몸이 가려지길 바라면서 욕실 안을 수증기로 가득 채우려 했을 것이다.

하지만 이번에는 달랐다. 나는 그 자리에 서서 내 몸을 똑바로 바라봤다. 가슴뼈를 따라 길게 이어진 수술 자국이 보였다. 왼쪽 가슴 위에는 울퉁불퉁한 두 개의 흉터가 남아 있고, 그 주변에는 시간이 흘러도 지워지지 않은 옅은 멍 자국이 남아 있었다. 이 상처들은 자주 가려웠고, 가끔은 불에 덴 듯 뜨겁고 욱신거렸다. 나는 조심스레 손을 들어 흉터를 만져보려다 본능적으로 움찔했다. 살에 닿기도 전에 손을 내렸다. 생각해보면 단 한 번도 내 상처를 똑바로 바라본 적이 없었다. 제대로 인정해본 적도 없었다. 나는 내 상처를 어루만질 용기가 없었다. 내 손으로 내 몸을 건드리는 것이 두려웠다. 거울을 보며 생각했다.

'나는 아직 준비가 안 됐어.'

내 몸에서 가장 아픈 곳에 손을 얹을 마음의 준비가 되지 않았다. 내 상처를 내 손끝으로 직접 느끼는 건 아직 감당할 수 없었다. 그래서 나는 이렇게 결론을 내렸다.

'그래, 만지지는 말자. 일단 바라보기만 하자.'

나는 거울 속의 내 눈을 억지로 마주봤다. 그리고 내 얼굴을 똑바로 바라봤다. 거울 속의 내 얼굴은 일그러지고 부서져 있었다. 나는 완전히 무너졌다.

지난날들을 떠올렸다. 흉터를 들킬까 봐 급하게 옷을 챙겨 입어야 했던 날들, 여름에도 터틀넥을 입고 땀을 뻘뻘 흘리며 몸을 감췄던 날들, 내 몸을 제대로 들여다보지 못하고 외면했던 순간들, 나를 아끼지 않는 사람들에게 쉽게 몸을 내주었던 밤들이 떠올랐다.

나는 오랫동안 내 몸을 제대로 바라보지 못했다. 바라보는 순간 인정해야 할 것 같았기 때문이다. 나는 망가졌고 다시는 예전처럼 깨끗하고 매끈한 몸으로 돌아갈 수 없다는 걸, 여성스러운 몸을 포기해야 한다는 걸 인정하기가 너무 두려웠다.

하지만 내가 잘못 생각해왔다는 걸 깨달았다. 거울 앞에 서자 이제야 제대로 보였다. 내 몸과 흉터는 지금의 나를 만든, 고통스럽지만 아름다운 현실이었다. 나는 완전하지 않지만, 꿰매고 붙이고 덧댄 흔적으로 가득하지만, 그럼에도 나는 여전히 살아 있고 온전히 내 삶을 살아내고 있었다.

가끔은 부서져야 한다. 그래야 그 틈으로 좋은 것들이 스며든다. 이것이 내가 거울 앞에서 길어올린 진실이었다. 부서질 줄 알아야 비로소 온전해질 수 있다.

나는 두 손을 들어 가슴 가까이 가져갔다. 마치 분수대 위를 맴도는 새처럼 가까이 맴돌면서 닿지는 않도록 가슴 위 허공에서 손을 포갰다.

"난 널 포기하지 않아."

나는 작은 욕실에서 작은 목소리로 분명하게 말했다.

"무슨 일이 있어도 너를 떠나지 않을게."

36

20대 초반이지만 어린아이처럼 부모님의 집에서 보살 핌을 받으며 지내던 시절, 나는 매일 아침 아빠와 함께 커 피를 마셨다. 아빠의 하루는 해가 뜨기도 전에 시작됐고, 잠귀가 예민한 나는 아빠가 부엌에서 내는 자잘한 소리에 깨곤 했다. 그러면 슬며시 일어나 부엌으로 나가 아빠 옆 에 앉았다. 많은 대화를 나누지는 않았지만 우리는 서로의 곁에서 천천히 하루를 시작했다.

"전에는 아침이 오는 게 정말 싫었거든. 눈만 뜨면 바로 출근해야 했으니까. 그런데 어느 순간 알게 됐지. 나에게 주어진 시간을 늘릴 수는 없어도, 조금만 일찍 일어나면 아침은 늘릴 수 있다는 걸."

아빠가 어느 날 그렇게 말했다. 나는 한 번도 아침형 인 간이었던 적이 없었다. 몇 년간 아파서 몽롱한 상태로 보 냈던 시기를 제외하면 해 뜨는 걸 본 기억도 거의 없었다.

그런데 문득 이런 생각이 들었다. 혹시 그동안 내가 뭔가 소중한 걸 놓치고 살았던 건 아닐까? 아빠 말이 맞았는지도 모른다.

다음 날 아침, 7시에 부모님 집 앞에 도착해 문을 두드렸다. 잠시 후, 안에서 슬리퍼 끄는 소리가 들리더니 아빠가 문을 열고 나왔다. 아빠의 눈은 반쯤 감겨 있고 머리는 사방으로 헝클어져 있었다. 마치 이른 아침의 아인슈타인을 보는 것 같았다.

"다프네, 무슨 일이니?"

아빠가 물었다. 아빠와 나 사이에서는 익숙한 레퍼토리였다. 나는 아무 말도 하지 않았다. 대신 울기 시작했다. 나는 숨을 내쉬고, 또 내쉬었다. 지난 5개월, 아니 5년, 어쩌면 10년에 가까운 시간 동안 억눌러왔던 모든 감정이 터져 나왔다. 현실을 마주하고 인정하는 대신, 애써 괜찮은 척 침묵하며 지내왔던 시간들, 그동안 회피해온 건강과 심장 문제, 지금까지 받은 모든 쪽지들, 이 모든 것에 대한 감정이 숨결을 통해 흘러나왔다.

"우리 딸."

아빠가 나를 와락 끌어안았다. 아빠 품에서 치약 냄새와 커피 향, 그리고 어제의 하루가 담긴 익숙한 아빠 냄새가 났다.

"들어가자."

아빠가 말했다.

나는 주방 카운터에 걸터앉았다. 아빠는 싱크대 위 찬장에서 머그컵을 꺼내 커피를 내렸다. 그리고 커피메이트의 아이리시 크림 맛 커피 크리머를 조금 넣고 숟가락으로 저은 다음 내게 컵을 건넸다. 아빠가 입을 열었다.

"슬퍼 보이네."

나는 커피를 한 모금 마셨다. 뜨겁고 달콤했다.

"우리 아빠 명탐정이네."

나는 컵 너머로 웃어 보였다.

"잘 모르겠어."

나는 말하고 침을 한 번 삼켰다. 그리고 다음 말이 입에서 툭 튀어나왔다.

"나, 결혼하고 싶은지 확신이 안 서."

이 말을 입 밖으로 꺼낸 건 처음이었다. 아니, 이 생각을 명확하게 문장으로 정리한 것도 처음이었다.

내 말에 아빠가 곧바로 반응했다. 처음에는 잠시 놀란 표정을 짓더니, 곧 차분한 어조로 물었다.

"그래, 무슨 일이 있었던 거야?"

"그게 나도 잘 모르겠어."

"음, 완전히 모르지는 않을 것 같은데? 그런 말은 그냥 툭 튀어나오는 게 아니거든. 네 마음속에선 이미 오래 전부터 쌓여왔을 거야. 자, 천천히 얘기해봐."

나는 머그컵을 두 손으로 감쌌다. 그리고 괜히 컵의 파란 세라믹 표면을 손톱으로 톡톡 두드렸다. 부모님이 몇 년 전 시애틀 여행을 다녀오며 사 온 기념품이었다. 그게 지난 10년간 부모님이 다녀온 유일한 여행이었다. 거기까지 생각이 미치자 문득 마음이 저렸다. 지난 세월을 희생한 건 나뿐만이 아니었다.

"아빠, 나 처음 아팠을 때 말이야. 이상하지만 그게 너무 당연하게 느껴졌어. 예전부터 내가 다른 사람들하고 좀 다르다고 생각했거든. 사고 방식도 삶 자체도. 그래서 나에게 그런 일이 생긴 게 어쩌면 당연하다고 여겨왔던 것 같아. 근데 이제는 더 이상 나한테 벌주고 싶지가 않아."

아빠는 고개를 끄덕였다. 주방의 찬 공기 탓에 아빠는 잠옷 위에 가운을 걸치고 있었다. 파란 페이즐리 무늬가 그려진 테리 원단의 가운이었다. 엄마는 줄무늬로 주문했는데, 배송 실수로 이 꽃무늬 가운이 왔다. 엄마가 반품하려 하자 아빠는 이렇게 말했다.

"왜? 나도 꽃 좋아하는 사람이야."

아빠가 물었다.

"무슨 변화가 있었던 거니?"

"시간?"

나는 이렇게 말했지만 속으로는 그 이상의, 보이지 않는 어떤 힘이 나를 조금씩 바꿔왔다는 생각이 들었다.

"제이크는 참 괜찮은 친구 같더라. 가족이 된다면 우리야 두 팔 벌려 환영이지."

아빠의 말에 가슴 어딘가가 꽉 조여드는 느낌이었다. 하지만 나는 마음을 다잡았다. 아빠가 원하는 게 뭔지는 나도 알고 있었다. 아빠가 없는 날이 오더라도 나를 지켜줄 누군가가 내 곁에 있었으면 하는 마음. 그 마음을 누가 탓할 수 있을까. 심지어 나조차도 그 이유 하나만으로 결혼을 해야 할 것 같은 기분이 드는데.

"맞아. 다정하고 배려심 많고, 화장실 쓰고 나면 변기 시트도 꼭 내려놓고, 솔직히 완벽한 사람이야."

아빠는 커피를 한 모금 마시고 나서 다시 나를 바라봤다. 그리고 입을 열었다.

"완벽하네. 그런데 '너한테 완벽한' 사람이 아니면 사실 그건 의미가 없는 거야."

문새도우 레스토랑에서 제이크가 내게 청혼했던 날이 떠올랐다. 그날 제이크의 가슴은 희망으로 가득 차 있었다. 제이크는 그 희망을 조심스럽게 꺼내서 내게 내밀었고, 나는 그 가능성을 받아들였다. 나도 그 희망을 공유하고 싶었다. 하지만 그건 생각보다 훨씬 무거웠다. 나는 그보다 조금 더 가벼운 것을 원했던 것 같다.

"그 사람은 나의 모든 걸 감수할 수 있대요. 하지만 그러면 너무 불공평하잖아요."

내가 말했다.

"구체적으로 어떤 점이 불공평하게 느껴지는데?"

아빠가 다정한 목소리로 물었다. 목이 콱 막히는 것 같았다. 나는 될 수 있으면 아빠와 심장 이야기를 하고 싶지 않았다. 내가 고통스러워서가 아니라, 그 이야기를 꺼낼 때마다 아빠가 아파하는 게 느껴졌기 때문이다. 세상이 아빠에게도 불공평하다는 걸 굳이 되새기게 하고 싶지 않았다. 하지만 지금만큼은 이런 감정을 잠시 접어두기로 했다. 꼭 해야 할 말이 있었기 때문이다.

"내가 그 사람보다 먼저 떠날 수 있다는 사실도, 그걸 알면서 그 사람이 이 모든 걸 감당하겠다고 마음먹게 만든 것도, 그리고 내가 그 사람에게 내일을 약속할 수 없다는 것까지 전부 다."

내 말의 무게가 아빠에게 조용히 내려앉는 걸 느꼈다. 아빠는 말없이 커피잔을 내려놓았다. 그러고 나서 테이블을 빙 돌아와 내 어깨에 살며시 손을 얹었다.

나는 아빠의 걱정 가득한, 따뜻한 갈색 눈동자를 바라봤다. 그 눈 안에 너무나 많은 것이 담겨 있었다. 나는 아빠의 이마에 깊게 패인 주름과 관자놀이 근처의 흰머리를 바라봤다. 나이가 들면서 삶이 한 사람에게 남기는 흔적들이었다. 밀도 높던 시간이 점점 옅어지다가 언젠가는 투명하게 사라진다는 징후였다.

"치킨."

아빠 입가의 주름이 살짝 떨렸다. 그 흔들림에서 다음 말을 꺼내기 위해 아빠가 얼마나 마음을 다잡았을지 가늠할 수 있었다.

"아빠는 항상 네 생각을 해. 하루의 대부분 시간 동안 그런 것 같아. 장을 볼 때도, 조깅을 할 때도, 어디서 뭘 하든지 머릿속으로 항상 너를 떠올려. 늘 네가 건강하기만을 바라지. 네 몸이 나을 수만 있다면 내가 가진 걸 전부 다 내줄 수 있어. 그래서 매일 밤 기도해. 13년 동안 하루도 기도를 거른 적이 없어. 우주하고 거래를 할 수 있다면, 너만 낫게 해주면 내가 뭐든지 하겠다고 빌어……."

아빠의 목소리가 갈라지고 눈에는 눈물이 고였다. 아빠가 고개를 저었다.

"매일 생각한단다. 네가 아니라 나였으면 얼마나 좋을까, 세상이 실수한 게 분명하다고, 아픈 사람이 나였어야 한다고……."

"아빠……."

"부모는 다 그래. 그럴 수만 있다면 자식 대신 아프길 바라지."

내 어깨에 얹힌 아빠의 손에서는 따뜻함과 단단함이 동시에 전해졌다.

"하지만 말이야, 다프네. 이 세상에 시간이 보장된 사람은 아무도 없어. 너도 네 엄마도 나도, 제이크도 마찬가지야. 우린 모두 언젠가는 떠나. 매일매일 그날에 조금씩 가까워지고 있는 거지. 그런데 어느 순간부턴 그게 선택이된단다. 오늘 너는 어느 쪽을 택할 거니? 오늘을 살아갈 거니, 아니면 천천히 죽어갈 거니?"

아빠가 부드러운 표정으로 나를 바라봤다. 아빠가 나를 바라보는 눈빛은 정확히 말로 설명하긴 어렵지만 속마음을 있는 그대로 보여주는 것 같았다. 어쩌면 그 순간이, 내가 아픈 후 처음으로 아빠에게 당신의 슬픔을 내게 보여도 괜찮다고 허락한 순간이었는지도 몰랐다.

"사랑하는 딸, 내가 바라는 건 단 하나야. 네가, 그리고 우리 모두가 살아가는 쪽을 선택했으면 좋겠구나. 그리고 그 선택이 허락된 동안만큼은 실컷 누리면서, 제대로 살아보는 거야."

아빠의 눈물이 조용히 뺨을 타고 흘러내렸다. 나는 그전까지 아빠가 우는 모습을 딱 한 번 봤다. 아주 오래 전, 내가 병원에 처음 입원했을 때였다. 엄마는 의자에 앉은 채로 잠들었고, 아빠는 내 침대 곁에 앉아 조용히 눈물을 흘리고 있었다. 막 아프기 시작했던 때라 매일같이 이런 저런 검사를 받아야 했고 나는 완전히 지쳐 있었다. 안개 속에 있는 것처럼 하루하루가 흐릿하고 멍한 상태로 지나갔다.

그날 나는 눈을 감고 있었지만 깨어 있었고 아빠가 옆에 있다는 걸 알았다. 내 손을 잡은 따뜻한 감촉이 느껴졌기 때문이다. 이윽고 아빠의 입술이 내 손가락에 닿았고, 그 다음, 아빠의 눈물 한 방울이 내 손등 위로 떨어졌다. 나는 눈을 질끈 감은 채 가만히 있었다. 아빠는 내 손바닥에 얼굴을 묻고 조용히 흐느꼈다. 나는 그때 아빠가 이렇게 속삭였던 걸 기억한다.

"제발."

단 한 마디였다. 그리고 또 한 마디.

"내 딸, 우리 아기."

아빠가 내 곁에서 슬픔을 쏟아내는 동안 그 눈물이 깊은 우물 같은 마음속으로 스며들었다. 그날 나는 다시는 누구에게서도 이렇게 적나라한 슬픔과 발가벗겨진 듯한 고통을 보고 싶지 않다고 생각했다. 온몸이 떨릴 만큼 두려웠기 때문이다.

그리고 지금, 다시 눈물을 흘리는 아빠를 바라보며 내가 얼마나 오랫동안 나를 아끼는 사람들 앞에서 아무렇지 않은 척하며 살아왔는지를 깨달았다. 나는 내가 아프다는 사실, 숨 쉬는 게 벅차고 힘들다는 사실을 티 내지 않으려고 애썼다. 새로 처방받은 약이 내 몸을 얼마나 무겁게 짓누르는지, 내가 얼마나 자주 불안에 시달리는지 말하지 않았고, 머릿속으로 내게 남은 시간을 조용히 세고 있다는 사실을 숨겼다. 나는 내 고통이 사랑하는 사람들의 얼굴에 그림자를 드리우는 걸 원하지 않았다. 그리고 그보다 더 무서운 건, 그들이 무너지는 모습을 보는 것이었다. 사랑하는 사람들이 상처받고 슬퍼하고 약해지는 모습을 보는 순간, 이제껏 애써 외면해온 것들이 정말로 나의 현실이라는 걸 인정해야 하니까. 내 병이 정말 심각하다는 사실, 내가 위험한 상황에 처해 있다는 사실을 받아들여야 한다는 생각이 두려웠다.

하지만 지금 아빠의 눈물을 보며 나는 또 깨달았다. 나쁜 게 아니구나. 아프고 힘든 건 맞지만, 나쁜 건 아니야. 고통은 고통일 뿐이지 불행은 아니었다.

이제껏 나는 답을 알고 한발 앞서 움직이면, 내가 가진 패를 파악하고 있으면 절대 무너지지 않을 줄 알았다. 하지만 삶은 또다시 예고 없이 나를 흔들었다. 나는 비로소 깨달았다. 삶이 나를 놀라게 했다고 해서 내가 진 건 아니다. 나는 살아 있으니까. 삶은 때로 어지럽고 복잡하고 불편하지만 그렇기 때문에 아름답다. 그 모든 것이 삶의 일부다. 그리고 진짜 패배는, 삶에서 도망치는 것이다.

나는 아빠를 바라봤다. 오래전 병실에서 봤던, 부서지고 연약했던 아빠 모습이 겹쳐 보였다. 하지만 지금의 아빠는 달랐다. 그때의 무기력함 대신 전혀 다른 것이 담겨 있었다. 절망이 아니었다. 지금 아빠 눈에 맺힌 건 우리가 받아들여온 모든 것들과 아직 알지 못하는 것들을 함께 껴안는, 고요하고 깊은 이해의 눈물이었다.

"제이크는 날 보호하고 싶어 해요. 하지만 그 사람은 그럴 수 없어요."

내가 말했다. 아빠가 웃었다. 조용하고 부드러운 웃음, 슬픔을 넘어서려는 작은 발돋움 같은 웃음이었다.

"내 아버지가 돌아가셨을 때, 네 엄마가 자주 해준 말이 있어. 네가 심장병 진단을 받았을 때도 그 말이 날 붙들어 줬지."

아빠는 길게 숨을 내쉬었다.

"사랑은 그물 같은 거라고 하더구나."

아빠가 다정함이 가득한 눈으로 나를 바라봤다. 아빠의

눈동자 속에는 형용할 수 없는 슬픔과 그보다 더 깊은 사랑이 함께 담겨 있었다.

"네 엄마는 항상 말했어. 정말 중요한 건 사랑이라고, 그 사랑이 우릴 붙잡아준다고, 실제로 우리를 그렇게 붙들고 있다고."

아빠의 입술이 떨렸다. 감정이 북받쳐 오르는 듯했다.

"제이크가 너에게 40년을 보장해줄 수는 없을지도 몰라. 하지만 말이야, 아가. 사랑은 우리가 가진 것 중에서 가장 강하단다. 그 사랑이 널 지켜주지 못한다고 생각한다면, 그건 정말 큰 오해야."

나는 등을 젖히고 깊게 숨을 들이쉬었다.

"어떻게 해야 할지 모르겠어요."

"우리 딸."

아빠가 내 손을 꼭 잡았다. 아빠의 손은 흔들림 없이 단단했다.

"답은 이미 네 마음속에 있어."

아빠가 조용히 웃었다. 아빠의 눈빛이 반짝였다.

"그 마음이 말하는 대로 하면 돼."

37

산타모니카 해변에서 가까운 오션 애비뉴 주차장에서 제이크를 만났다. 제이크는 오래되고 낡은 쉐보레를 몰고 왔다.

"10번 고속도로에서 한 번도 안 멈추고 왔어요! 신기록이야. 내가 이 말썽쟁이를 왜 계속 몰고 다니는지 나도 잘 모르겠어요."

제이크는 카키색 반바지에 파란 긴소매 티셔츠를 입고 있었다. 햇빛을 받아 머리카락이 붉게 반짝였다.

"왜 그런 걸까요?"

나는 양손을 바지 주머니에 찔러 넣었다. 주머니 속에서 손끝이 살짝 떨렸다.

제이크가 차를 바라봤다. 솔직히 당장 폐차를 한다 해도 이상하지 않은 상태였다. 제이크는 다시 내게 시선을 돌렸다. 나는 이미 답을 알 것 같았다.

"내가 스물두 살 때 아내가 생일 선물로 준 거예요. 처음부터 말썽을 부렸는데도 이상하게 정이 갔어요. 지붕 열고 신나게 달리면, 유치하다는 건 알지만, 진짜 살아 있다는 느낌이 들거든요. 혹시 이런 기분 알아요?"

나는 조용히 고개를 끄덕였다.

"우리 좀 걸을까요?"

내가 묻자 제이크가 내 손을 잡았다. 우리는 길을 건너 바다로 이어지는, 철제 울타리가 쳐진 산책로를 따라 걷기 시작했다. 저녁 6시가 다 되어갔지만 해변은 여전히 햇살로 가득했다.

"결혼식은 4시 반쯤이 좋을 것 같아요. 가을이라 해가 좀 짧겠지만 그래도 식을 하는 동안은 밝을 거예요."

해변에 다다랐을 때 제이크가 말했다. 쉰 걸음쯤 더 들어가자 바다가 길게 하품하듯 숨을 내쉬었다. 이 구간은 파도도 거의 없어서 어린아이들이나 패들보드를 타는 사람들에게 딱 맞는 곳이었다. 발밑의 모래는 젖어 있었고 묵직했다. 발이 모래에 잠길 때마다 나는 발가락을 살짝 움직여 모래가 발가락 사이로 스며들게 했다.

예전에 어딘가에서 읽은 문장이 떠올랐다. 하늘의 별은 지구의 모든 모래알을 합친 것보다 많다는 말. 믿을 수가 없었다. 눈에 보이지 않는 건 믿기 어려운 법이니까.

"제이크."

나는 제이크의 손을 꼭 쥐며 속삭였다. 제이크를 처음 만난 날이 떠올랐다. 그날 저녁에 대해 분명하게 기억나는 건, 내가 몹시 바빴다는 사실이었다. 퇴근하고 집에 돌아오니 준비할 시간이 고작 15분밖에 없었다. 샤워도 못 하고 눈에 보이는 옷을 대충 걸쳐 입었다. 솔직히 말하면 별로 나가고 싶은 마음이 들지 않았다.

너무 오래 혼자 지내다 보면, 직접 겪기도 전에 미리 결론을 내리는 습관이 생긴다. 그때 내가 딱 그런 상태였다. 제이크는 아마 괜찮은 사람이겠지만, 큰 끌림은 없을 거라고 예상했다. 머피와 소파에 나란히 앉아 보내는 평범한 밤과 별반 다르지 않을 거라고 생각했다. 그리고 그때 쪽지를 받았다.

유명한 말이 있다. '인간이 가장 두려워하는 것은 자신의 무능함이 아니라, 자신 안에 얼마나 거대한 힘이 잠들어 있는지를 깨닫는 순간이다.' 대충 이런 말이었던 것 같다. 예전엔 이 말이 잘 이해되지 않았다. 하지만 이제는 안다. 힘에는 책임이 뒤따른다는 사실을.

나는 늘 기다렸다. 쪽지가 이제 멈춰도 된다고 말해주기를, 길고 외로웠던 여정이 끝나고 마침내 운명의 상대가 나타났다고 알려주기를. 그런데 막상 그 쪽지를 받았을 때 내가 느낀 건 설렘이 아니라 두려움이었다. 그 사람이 내가 꿈꾸던 사람이 아닐까 봐, 내가 아직 준비되지 않았을까 봐, 설레야 할 순간에 아무 감정도 느끼지 못할까 봐, 오랫동안 기다려온 그 운명의 순간을 내 손으로 망쳐버릴까 봐 두려웠다. 아니, 어쩌면 내가 가장 두려워한 건 내가 익숙하게 살아오던 삶이 끝났다는 사실이었는지도 모른다. 싱글로 사는 건 쉽지 않다. 하지만 그 시간이 쌓이면 능숙해진다. 나는 숙련자였고, 싱글로서 나름 잘 살아내고 있었다. 그리고 사람은 늘 자기가 잘하는 걸 좋아하기 마련이다.

"응, 왜요?"

제이크가 대답하며 내 손가락 사이로 자기 손가락을 살짝 끼워 넣었다.

그동안 나는 드라마 같은 사랑을 꿈꿨다. 다리 힘이 풀릴 만큼 격렬한 사랑, 영화 속 주인공들처럼 비 오는 거리에서 격정적으로 입을 맞추는 그런 사랑을 원했다. 그런데 그 순간, 문득 깨달았다. 내가 꿈꾸던 사랑의 장면들이 이미 내 삶에 있었다는 걸. 오토바이 뒷자리에 앉아 파리의 거리를 달렸고, 샌프란시스코 금문교를 건너며 일출을 바라봤으며, 산타모니카 해변에서 붉게 물든 노을을 눈에 담기도 했다. 돌이켜보니 내 삶엔 마법 같은 순간들이 참 많았다. 하지만 나는 늘 다른 사랑을 기다리느라 눈앞에 펼쳐진 아름다운 순간들을 제대로 보지 못했다.

밀도. 나는 삶의 밀도를 떠올렸다. 그리고 이 순간을 온전히 느끼고 싶다고 생각했다. 나는 지금 느끼는 감정의 깊은 곳까지 가만히 더듬어 내려갔다. 그리고 마침내 잔잔하고 고요한 바닥에 닿았을 때, 빛 한 줄기가 조용히 스며들듯 마음속으로 들어왔다. 나는 그 빛을 따라 내 마음속 진실에 닿았다. 진실을 마주하기 전까지는 모르는 척할 수 있었다. 스스로를 속이면서도 어떻게든 버틸 수 있었다. 하지만 진실이 눈앞에 또렷이 드러나자 더는 피할 수 없었다.

"나, 결혼 못 해요."

내가 말했다.

그 순간, 나는 다시 수면 위로 떠오른 기분이 들었다. 참아왔던 숨을 몰아쉬고, 기침을 하며, 내 폐 깊숙한 곳까지 새로운 공기와 새로운 삶이 밀려드는 느낌이었다.

제이크가 고개를 돌려 나를 바라봤다. 제이크의 손은 여전히 내 손안에 있었다.

"다프네."

"알아요. 나도 너무 잘 알아요. 살면서 정말 말도 안 되는 실수를 수도 없이 했지만, 이번이 최악일 거야. 그리고 제일 어리석은 실수겠죠. 당신은 내게 운명 같은 사람이고, 누가 봐도 완벽한 사람이니까."

나는 제이크가 아침마다 나를 위해 에스프레소와 생레 몬즙을 넣은 물 한 잔을 준비해주던 모습을 떠올렸다. 매 일 부엌에서 나를 위해 저녁을 만들고 고장 난 수도꼭지를 순식간에 고쳐놓고 내가 먹어야 할 약을 노란 접시에 웃는 얼굴 모양으로 올려주던 모습도 떠올랐다. 그 모든 순간이 내 머릿속에서 말하고 있었다. 이 안에서 그냥 행복하자. 여기 엔 좋은 것밖에 없어.

"난 오랫동안 당신이 내 삶에 나타나기만을 기다렸어요. 그리고 드디어 우리가 만났을 때, 당신이 내 곁에 있는 것 만으로도 너무 고마웠어요. 그래서 내가 잘못 생각하고 있 다는 것도 몰랐어요."

"뭘 잘못 생각했는데요?"

제이크가 물었다. 그리고 천천히 고개를 젓고는 다시 물 었다.

"혹시 아이 이야기 때문에 그래요? 괜찮아요. 아기 안 가져도 돼. 그냥 그 이야기를 나눠보고 싶었을 뿐이야."

"아니요. 아니, 사실은 맞아요. 제이크는 아이를 원하잖 아요. 괜찮아요, 제이크. 당신도 원하는 삶을 살아야 해요."

"내 말은 그런 뜻이 아니었어. 내 말을 오해한 거예요. 난 그냥 다프네의 마음을 듣고 싶었던 것뿐이에요. 결혼을 앞두고 이런 이야기 나눌 수 있잖아요."

"그게 정말 내가 원하는 건지도 모르겠어요. 내가 그걸 해낼 수 있을지도 자신이 없고요. 나는 이대로의 나를 받아들이고 싶어요. 하지만 제이크까지 그럴 필요는 없어요."

나는 말을 멈추고 제이크를 바라봤다. 제이크의 얼굴에는 고통이 서려 있었다. 하지만 고통은 나쁜 게 아니다.

"아내를 구하지 못한 건 제이크 잘못이 아니에요. 제이크가 그때 얼마나 힘들었을지 난 상상도 못 하겠어요. 하지만 당신이 나를 구한다고 해서 그 고통이 사라지진 않아요."

제이크가 얼굴을 손으로 덮었다.

"그건 나한테 너무 심한 말이에요."

"알아요. 하지만 틀린 말은 아니야."

우리 둘 다 잠시 말을 멈추고 순간의 무게를 가만히 받아들였다. 모든 감정이 모래로 스며드는 것 같았다. 그 순간, 갑자기 마음 깊은 곳에서 모든 걸 되돌리고 싶다는 충동이 몰려왔다. 방금 내가 한 말을 전부 취소하고 싶었다. 이만큼 완벽한 사람은 어쩌면 다시는 나타나지 않을지도 모른다. 나를 이렇게까지 이해해주는 사람은 이 사람이 마지막일지도 모른다. 그걸 알면서도 나는 지금 이 모든 걸

스스로 망치고 있었다. 왜냐하면, 이 관계를 지키면서 동시에 나 자신을 지키는 법을 아직 배우지 못했기 때문이다.

"살면서 처음으로 내가 어떤 사람인지 사람들에게 솔직하게 말해봤어요. 하지만 여전히 나 자신을 탓하지 않고 살아가는 게 어떤 건지 모르겠어요. 이제 그걸 알아가고 싶어요."

제이크가 천천히 고개를 끄덕이며 말했다.

"지금 현실 같지가 않아요."

"나도 그래요."

내가 대답했다.

"그럼 우린 이제 어떻게 되는 거예요?"

제이크가 물었다. 예전의 나는 '앞으로 어떻게 될까?'라는 질문이 무섭기만 했다. 머릿속에 빨간 불빛이 깜빡이며 알 수 없는 어떤 순간을 향해 카운트다운이 시작되는 기분이 들었다. 하지만 이제는 안다. 알 수 없는 미래가 반드시 고통을 의미하는 건 아니라는 것을, 때때로 아름다운 순간으로 이어질 수도 있다는 것을. 문 앞에 꽃 한 다발이 놓여 있을 수도 있고, 인생을 바꿀 쪽지 한 장이 기다리고 있을 수도 있다. 빈 쪽지는 어쩌면, 직접 살아보라는 초대장인지도 모른다.

제이크가 손을 들어 콧등을 꾹 누르더니 눈을 질끈 감았다. 얼굴에 상처와 혼란, 막막한 감정이 서려 있었다.

"당신은 좀 더 평탄하고 가벼운, 복잡하지 않은 인생을 누릴 자격이 있어요."

내가 말했다. 제이크가 나를 바라봤다. 그 초록빛이 감도는 갈색 눈동자에 호수의 빛이 반사되어 반짝였다.

"내가 바라는 건 그런 게 아니에요. 난 당신을 원해."

사람은 서로의 이야기에 영향을 줄 수 있기 때문에 강한 존재다. 우리는 누군가를 흔들거나 누군가와 부딪쳐서 균형을 잃게 하고, 때로는 삶의 방향을 완전히 바꾸게 만든다. 나는 늘 '모든 일에는 이유가 있다'는 말을 싫어했기 때문이다. 마치 내 병도 내 인생에 필요한 부분이라는 말처럼 들렸기 때문이다. 그게 내 운명이고, 심지어 축복이라도 된다는 건가? 나에게 내 병은, 만약 지울 수 있다면 단 한 순간의 망설임도 없이 없애고 싶은 고통이었다. 하지만 그 순간, 조금 다른 생각이 들었다. 모든 일에 이유가 있는 건 아닐지 몰라도, 모든 만남에는 이유가 있다는.

"당신도 그런 삶을 원해요. 아직 모르고 있을 뿐이야. 너무 오랫동안 힘든 일만 겪어왔으니까."

내가 말했다.

제이크가 바지 주머니에 손을 찔러 넣었다. 해가 저물고 있었다. 하늘을 물들였던 주황빛과 분홍빛이 점점 가라앉더니 이윽고 차분한 푸른빛이 대신 자리를 채워갔다. 해가 저물자 바닷가에 서서히 바람이 불어왔다. 아마 20분쯤 뒤에는 몸을 움츠리고 스웨터를 찾게 될 것 같았다.

그때 10대 아이들 한 무리가 우리 앞을 지나갔다. 모두 허리 아래로 내려 입은 청바지에 헐렁한 후드티 차림으로 어깨에 닥터마틴 부츠를 스케이트처럼 걸치고 있었다.

나는 눈이 동그래져서 바로 제이크를 바라봤다. 제이크 역시 그 광경을 바라보다가 뒷주머니에서 작은 수첩과 펜을 꺼냈다. 그리고 믿기지 않는다는 얼굴로 무언가를 적기 시작했다.

나는 조용히 제이크를 바라봤다. 제이크가 펜을 움직일 때마다 목울대가 살짝 떨리는 게 보였다.

"그거, 진짜 왜 적는 거예요?"

내가 물었다. 제이크는 대답 대신 펜 뚜껑을 닫고 수첩과 함께 조심스레 주머니에 넣었다. 그리고 고개를 들었다. 붉게 충혈된 눈동자가 내 눈과 마주쳤다.

"그 사람 때문이었구나."

내가 말했다. 제이크가 닥터마틴을 통해 본 건 그 사람이 보내는 윙크나 미소였는지도 모른다. 아니면 '널 지켜보고 있어' 혹은 '모든 게 괜찮아질 거야' 같은 메시지였을 수도 있다.

사랑은 그물 같다. 그 사람이 떠나고 나서도, 오래도록 우리를 붙잡아두는.

"당신이 마침내 준비가 되면……."

제이크가 바다를 바라보며 말을 이었다.

"진짜 운 좋은 사람이 생기겠네요."

바다가 길게 숨을 내쉬었다. 더 이상 품지 못하는 마음을 조용히 해안에 내려놓는 숨결 같았다.

"두고 보면 알게 되겠죠."

내가 말했다.

제이크가 고개를 끄덕였다.

"알게 되겠죠."

38

나는 이리나의 집 데크에 앉아 켄드라와 함께 차를 홀짝이고 있었다. 이리나는 주방에서 잔에 와인을 따른 후 냉장고에서 베리가 담긴 그릇을 꺼내 들고 우리가 있는 곳으로 나왔다. 슬레이트 타일로 마감한 집 뒷마당에는 자연석으로 만든 벤치들이 놓여 있었고, 그 뒤편에는 푸른 녹음이 벽처럼 우거져 있었다. 화롯대도 보였지만 날이 따뜻해서 불을 피울 필요는 없었다. 이곳은 내게 오아시스 같은 곳이었다. 스파의 고요함과 캘리포니아 레드우드 숲의 싱그러움, 영국식 정원의 우아함이 묘하게 어우러진, 내가 가장 좋아하는 안식처였다.

"구스베리야."

이리나가 라즈베리와 함께 동그란 황금빛 구스베리가 담긴 그릇을 내려놓으며 덧붙였다.

"혈당 지수도 낮고 간에 최고지."

그리고 우리에게 미소를 지어 보였다. 나는 구스베리를 하나 집어 입에 넣었다. 맛은 새콤달콤하고 식감은 신 포도와 비슷했지만 과즙이 훨씬 풍부했다.

"맛있는데요?"

내가 말했다. 퀸드라도 하나를 집어 먹었다.

"독특한 맛이에요."

"내가 제일 좋아하는 조합이 독특하면서 맛있는 거거든."

이리나는 푹신한 쿠션이 놓인 자신의 전용 벤치에 앉아 다리를 꼬며 말했다. 이리나는 청바지에 스웨터를 입고 있었다. 평소답지 않게 편안한 차림이었다.

"그래서, 요즘 어때?"

이리나가 물었다. 두 사람 모두 나를 바라봤다. 우리가 이렇게 이리나의 집 뒷마당에 모인 건 내가 다시 싱글이 됐기 때문이었다. 정확히 말하면, 그 사실을 함께 들여다보고, 곱씹고, 나를 위로해주기 위한 자리였다.

"괜찮아요. 수요일에 마지막 짐까지 다 받았어요."

내가 말했다. 제이크와 살림을 합치기 전에 살던 집엔 이미 다른 세입자가 들어왔지만 다행히 집주인 마이크가 근처 다른 집을 소개해줬다. 예전 집보다는 좁았지만 내부 수리를 하고 페인트칠을 새로 해서 깨끗했다. 게다가 짐을

4분의 1 정도만 들여놨더니 심지어 넓어 보이기까지 했다.

"어땠어?"

이리나가 물었다.

"그 사람, 이제 저 싫어해요."

"무슨 소리야. 제이크는 아직도 너를 사랑해. 그냥 힘들어서 그런 거야. 아직 사랑하는데 헤어지는 것만큼 고역도 없어."

켄드라가 말했다.

나는 차를 한 모금 마셨다. 스피어민트 향이 은은하게 퍼졌다.

"지금은 사랑으로 안 느껴져."

내가 말했다. 마지막 박스를 가지러 갔을 때 제이크는 집에 없었고 쪽지 한 장만 달랑 남겨져 있었다.

운동화는 복도 옷장에 있어요.

그게 다였다. 운동화를 꺼내두지도 않았다. 하지만 그 사람을 탓할 수는 없었다.

"네가 사랑에 대해서 뭘 안다고 그래. 넌 아직 아기야."

이리나가 말했다.

"그 정도는 아니에요."

내가 말하자 이리나가 손을 가볍게 휘저었다.

"내가 전에도 말했잖아. 사랑 하나만으로는 안 된다고. 사랑은 그냥 기본이야, 기본. 인간이 살기 위해서 물, 음식, 화장지 같은 건 기본이잖아? 사랑은 그런 거야. 그런데 아무도 얘기 안 하는 게 있어. 뭔지 알아? 바로 그 사랑이 도대체 뭐냐 말이야."

이리나는 꼬고 있던 다리를 풀었다. 그리고 팔꿈치를 무릎에 괸 채 몸을 앞으로 기울이고 말을 이었다.

"페넬로페하고 나는 사랑이라는 이름으로 할 수 있는 건 다 해봤어. 연인이었다가, 부부였다가, 헤어졌다가, 다시 친구가 되기도 했지. 사람들이 말하는 별별 형태의 사랑을 아주 가지가지 다 겪어봤다고 보면 돼. 자, 그럼 사랑의 핵심이 뭘까, 아가? 둘이 함께 움직일 수 있느냐, 그거야."

켄드라가 갑자기 웃음을 터뜨렸다. 나는 옆에 앉아 있는 켄드라를 돌아보며 물었다.

"왜? 뭐야?"

"갑자기 대표님 첫 번째 결혼식이 생각나서. 대표님이 보아뱀 꺼냈을 때 다들 진짜 뱀인 줄 알고 기겁했잖아요."

켄드라가 말했다.

"진짜 뱀 맞아. 자고 있던 거지."

이리나가 약간 피곤한 표정으로 말했다. 켄드라가 나를

보며 입을 열었다.

"대표님 말이 맞아. 내가 남편하고 잘 맞는 이유는 조엘이 내 운명의 상대라서가 아니야. 나는 조엘한테 엉망진창인 내 모습을 다 보여줄 수 있어. 다른 모습으로 변할 수도 있고. 그래도 조엘이 날 계속 사랑할까, 그런 고민은 안 해. 애초에 그런 질문 자체가 필요 없을 만큼 조엘은 나를 쭉 사랑해줬으니까."

"앞으로 어떻게 해야 할지 모르겠어."

내가 말하자 켄드라가 조용히 내 어깨에 팔을 둘렀다. 이리나는 와인 잔을 번쩍 들었다.

"뭘 하긴, 이제 이탈리아 가야지."

"이탈리아요?"

나는 이리나를 바라보다가 켄드라 쪽으로 힐끗 시선을 돌렸다. 켄드라는 자기도 모른다는 듯이 어깨를 가볍게 으쓱했다.

"새 오션스 제작을 맡았어. 그 시리즈 들어봤지? 현장에 너 데려갈 거야. 근데 조수 아니고, 프로듀서로 가는 거야."

이리나가 말했다. 나는 입이 쩍 벌어졌다. 물리적으로 턱이 풀리는 느낌이었다.

"뭐라고요?"

"왜 그렇게 놀라? 지금까지 네가 그 역할 다 해왔잖아.

회의 정리하고 일정 조율하고 마지막에 찍은 장편 영화는 예산안도 네가 짰잖아. 솔직히 네가 계속 내 조수로 일하면 나야 편하지. 그치만 이제 미래를 좀 준비해야 하지 않겠니, 다프네? 넌 이미 프로듀서가 하는 일을 하고 있어. 이제 공식 타이틀이 바뀌는 것뿐이야."

"전……."

"지금까지 같이 일했던 사람 중에서 너만큼 끈질기고 상황 대처도 빠르면서 일머리까지 있는 애는 못 봤어."

이리나가 켄드라를 힐끗 쳐다보며 덧붙였다.

"지금 너는 기분이 좀 나빠야 하는 거 아니니?"

켄드라가 웃었다.

"흥, 살짝 삐졌어요."

이리나가 다시 내 쪽을 바라봤다. 나는 이리나의 얼굴을 똑바로 바라봤다. 살짝 올라간 눈썹, 붉은 빛이 선명한 입술, 그리고 입에 살짝 걸린 미소가 눈에 들어왔다.

"그래서, 어떻게 할래?"

이리나가 물었다.

내 대답은 '좋아요'였다. 내 인생에서 가장 고민 없이 내뱉은 말이었다.

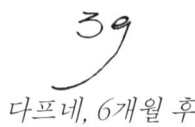

39

다프네, 6개월 후

쇼핑백에 핸드백, 아이스티 한 잔까지 간신히 들고 걸어 가는데 갑자기 휴대폰이 울렸다. 휴고였다.

"여보세요. 나 지금 엄청 차갑고 큰 음료수 바닥에 쏟기 직전이야."

"놓치기 아까운 장면이네. 어디야?"

"리틀 산타모니카."

나는 베벌리힐스의 캠든 드라이브와 베드퍼드 드라이 브 사이에 있는 베이커리 레스토랑 르 팽 코티디앵으로 가 는 길이었다. 심술맞은 바람이 불고 있었다. 가을이면 늘 그랬다. 산타아나 바람은 먼지와 흙뿐만 아니라 여자들의 치맛자락과 해묵은 감정들까지 전부 휘저어놓았다. 그야 말로 모든 게 바람의 손아귀에 놓인 듯했다.

"오늘 근사한 데이트가 있다며?"

휴고의 말에 나도 모르게 웃음이 났다. 나는 핸드백을

어깨에 다시 올려 멨다.

"말했잖아. 데이트가 아니라 그냥 커피 마시는 거야."

"그 남자도 그렇게 알고 있어?"

"당연하지."

"아무튼 좀 서두르지 그래? 늦으면 네가 관심 없어서 그런 줄 알아."

"휴고! 아직 2시 반도 안 됐거든? 그리고 지금 너 때문에 늦을 것 같아. 끊는다."

카페인이 절실했다. 아이스티를 마셨지만 속만 더 울렁거렸다. 배 속에서 거품이 출렁이다가 톡톡 터지는 느낌이었다. 로마에서 보낸 다섯 달 동안 에스프레소에 맛을 들인 탓인지 더 그랬다.

"끊지 마. 할 말 있어."

휴고가 말했다. 나는 캠든 드라이브 모퉁이 한쪽에 멈춰 섰다. 그리고 왼쪽 끝에 보이는 레스토랑을 바라보며, 저 안에서 어떤 일이 나를 기다리고 있을지 생각했다. 시간이란 정말 묘했다. 되돌아간 것 같다가도 한참 멀리 와 있었고, 여섯 해가 눈 깜짝할 사이에 지나가버리는가 하면 반대로 어떤 순간은 10년만큼 긴 여운을 남기기도 했다.

"알겠어. 참고로 나 거의 다 왔어."

내가 말했다. 나는 다시 발걸음을 옮겨 레스토랑 앞에

도착했다. 야외에 작은 테이블 몇 개가 있고, 그중 한 테이블에는 60대쯤 되어 보이는 부부가 샌드위치 하나를 사이좋게 나눠 먹고 있었다. 옆쪽 테이블엔 10대 여학생 둘이 아이스커피를 앞에 두고 머리를 맞댄 채 조용히 속닥이고 있었다.

나는 유리창으로 레스토랑 안을 들여다봤다. 그 사람이 보였다. 웨이터에게 손짓하며 웃는 얼굴로 뭔가 말하고 있었고, 손동작에는 친근함이 묻어났다. 그 사람은 긴 다리를 느긋하게 구부린 채 앉아 있었다. 그 순간, 아직도 내가 새롭게 써야 할 이야기가 남아 있다는 사실에 마음이 벅차올랐다. 아직 내가 모르는 것들, 아직 겪지 않은 많은 일들이 나를 기다리고 있었다. 상상도 하지 못했던 멋진 순간들이 펼쳐질지도 모른다. 물론, 아무것도 확신할 수는 없었다. 그럼에도 불구하고……

막 안으로 들어가려던 찰나, 누군가가 내 어깨를 톡 두드렸다.

"아가씨, 잠깐만요."

돌아보니 파란 셔츠에 통이 넓은 검은색 바지를 입은 50대 중반쯤 되어 보이는 부인이 나를 바라보고 있었다.

"이거 떨어뜨렸어요."

부인이 엽서만 한 크기의 종이를 내밀었다. 나는 내 침대 밑에 있는 상자를 떠올렸다. 상자는 수많은 종잇조각들을 담은 채 여전히 그 자리에 놓여 있었다. 쪽지들은 마치 사진과도 같았다. 하나하나가 모두 과거의 이야기를 품고 있었다. 나는 그 이야기들에 진심으로 고마움을 느꼈다. '네가 있어서 그다음에 일어난 모든 일이 가능했어.' 나는 속으로 이렇게 말했다.

부인은 여전히 손가락 사이에 종이를 끼운 채 내가 받아 들기만을 기다리고 있었다. 부인의 의아한 얼굴을 마주하자 나도 모르게 웃음이 터져 나왔다. 처음에는 부인이 조금 당황한 눈치였다. '왜 웃지? 뭐 재미있는 내용이라도 쓰여 있나?' 이렇게 생각하는 것 같았다. 그러더니 곧 나를 따라 웃기 시작했다. 기쁨은 전염된다는 말이 괜히 있는 게 아닌 것 같았다.

내가 종이를 받아 들자 부인은 가볍게 인사를 건네며 멀어져갔다.

"좋은 하루 보내요!"

지금 내 손에 들려 있는 쪽지는 청구서일 수도, 급하게 전화번호를 받아적은 메모일 수도 있었다. 그저 가방 속에 굴러다니던, 전혀 특별할 것 없는 종이 한 장. 하지만 아닐 수도 있었다.

"무슨 일이야?"

휴대폰에서 휴고의 목소리가 들렸다. 나는 아무 말도 하지 않았다. 그저 손가락 사이에 종이를 끼운 채 가만히 서 있었다. 내가 잡고 있는 건 어떤 약속이나 예언일지도 모른다는 생각이 스쳤다. 마침내 종이를 펼치려는 순간, 거센 바람이 불어와 종이를 휙 낚아챘다. 종이는 바람에 붙들려 골목을 지나 거리로 날아갔다. 그리고 길에 나부끼던 다른 영수증, 포장지, 편지봉투, 사탕 껍질, 담배꽁초, 사과 심지 같은 온갖 잊혀진 것들과 하나가 되었다.

나는 잠시 망설였다. 쫓아가서 잡을까? 바로 달려가면 잡을 수 있을 것 같았다. 하지만 고민하는 사이 기회는 지나가버렸다. 종이는 다른 것들에 섞여 성난 바람과 함께 자취를 감췄다. 나는 먼지와 종이, 흙이 뒤엉킨 소용돌이를 바라보았다. 사람들은 바람을 피해 얼굴을 숙이며 지나갔고, 한 여자는 우산을 붙들고 휘청거리며 간신히 앞으로 나아갔다.

"아이참! 무슨 바람이 이렇게 고약한가 몰라."

여자가 중얼거렸다.

나는 거리를 바라보며 미소를 지었다.

잘 가.

나는 속으로 인사를 건넸다. 하지만 이 말로는 부족했다. 내가 느끼는 감정은 하나의 표현으로 담아낼 수가 없었다. 그리고 이 순간은 결코 끝을 의미하는 게 아니었다.

나는 다시 문 쪽으로 몸을 돌려 레스토랑 안으로 들어갔다. 휴대폰에서 다시 휴고의 목소리가 들려왔다. 흔들림 없이 차분한, 익숙한 그 목소리.

"오늘 진짜 예쁘다."

지금까지 내가 휴대폰을 귀에 대고 있었다는 사실조차 잊고 있었다. 휴고가 창가 자리에서 일어나 내 쪽으로 걸어왔다. 그리고 조심스레 손을 뻗어 내 휴대폰을 가져갔다.

"안녕."

휴고가 말했다.

"안녕."

내가 대답했다.

우리는 잠시 그 자리에 멈춰 선 채, 서로를 바라보며 활짝 웃었다.

그때 웨이트리스가 다가오더니 우리가 통로를 막고 있으니 자리에 앉아달라고 부탁했다. 휴고가 손을 뻗어 나를 자리로 안내했다. 테이블 위에는 반쯤 남은 커피잔이 놓여 있고 의자 등받이에는 가죽 재킷이 걸려 있었다. 문득, 오래전 연기 학원 주차장에서 우리가 처음 마주쳤던 순간이 떠올랐다. 그 뒤로 많은 것이 변했다. 변하고 또 변했다. 지금 이 장면은, 그때의 나는 상상조차 할 수 없던 모습이었다. 앞으로 어떤 일이 기다리고 있을지 이제는 더 이상 알 수 없다.

"드디어 왔네."

휴고가 말했다. 살짝 긴장한 듯하면서도 진심이 묻어나는 목소리였다.

그래, 우리가 여기에 있다.

감사의 말

이 모든 걸 가능하게 해준 내 에이전트 에린 말론에게, 우리는 상상만으로도 벅차던 일들을 이미 오래전에 함께 이뤘고, 지금도 계속 앞으로 나아가고 있어요. 이 여정을 당신과 함께할 수 있어서 정말 행복해요.

최고의 파트너이자 든든한 동료인 내 편집자 린지 새그넷에게, 나와 내 글, 내 앞날에 대해 의심하지 않고 한결같이 믿어줘서 정말 고마워요.

업계 최고의 실력자인 내 출판인 리비 맥과이어에게도 감사드립니다.

출판사 사이먼앤슈스터를 언제나 따뜻한 안식처로 만들어주는 존 카프에게도 깊은 감사를 전합니다.

내 매니저 데이비드 스톤에게, 언제나 현명하고 품위 있게, 겸손한 리더십으로 제 커리어를 이끌어줘서 진심으로 감사드려요.

세심하게 사실을 확인해준 데이나 트로커에게도 고마워요.

여전히 힘이 되어주는 아리엘 프레드먼과 팔론 커비에게도 감사를 전합니다.

제이드 후이, 알렉산드라 피게로아, 케이틀린 마호니, 마틸다 포브스 왓슨, 알리시아 에버렛에게, 여러분의 응원과 시간, 열정과 배려는 제게 무엇보다 큰 힘이 되었습니다.

힐러리 자이츠 마이클과 첼시 래들러에게, 이 이야기가 책을 뛰어넘어 다른 매체로도 전해져야 한다고 믿어줘서 고마워요.

WME와 사이먼앤슈스터의 모든 분들께, 이 책과 저를 위해 아낌없이 애써주신 시간과 노고에 머리 숙여 감사드립니다.

레일라니 그레이엄에게, 예리한 통찰력과 따뜻한 마음을 나눠줘서 고마워요.

수요일 멤버들과 강아지 머피에게도 따뜻한 고마움을 전합니다. 우리가 함께 만든 소중한 수요일 모임은 별 다섯 개 만점짜리예요.

그리고 제 인생 최고의 선물인 부모님께, 세상에서 가장 큰 감사와 사랑을 바칩니다.

마지막으로 이 책을 펼쳐주신 당신에게, 저는 정말 오랫동안 혼자였어요. 이 책을 쓰기 위해 처음 책상에 앉았던 날 편집자에게 이렇게 말했죠.

"사랑을 찾아가는 여정을 써보고 싶어요. 만약 제가 진심을 다해 글을 쓴다면, 이 이야기의 끝엔 그 사람이 와 있을 거라 믿어요."

그리고 원고를 마친 뒤, 다시 이렇게 보냈어요.

"제가 항상 책 끝에 독자들에게 짧은 메모를 남기잖아요? 이번엔 그 메모 자체가 바로 이 소설이에요."

사랑을 찾아가는 길은 결코 단순하지 않죠. 저는 그 복잡하고 굽이진 여정을 이 책 속에 담아보려 했어요. 다프네가 지나온 모든 장면은 의미가 있었어요. 제 인생 속 모든 순간이 그랬던 것처럼요. 그리고 저는 믿어요. 당신이 지금까지 지나온 모든 여정도 분명 의미가 있을 거라고요.

참, 한 가지 덧붙이자면 이 소설을 끝낼 무렵, 정말로 그 사람이 제 곁에 와 있었어요. 그 이야기는 다음 기회에 들려드릴게요.

로맨스 유통기한

초판 1쇄 인쇄 2026년 4월 20일
초판 1쇄 발행 2026년 4월 27일

지은이 레베카 설
옮긴이 금도희

책임편집 한의진
교정·교열 윤은주
디자인 MALLYBOOK 최윤선, 조여름
책임마케팅 최혜령, 박지수, 도우리, 양지환, 송지은, 박주미
마케팅 콘텐츠 IP 사업본부
해외사업 한승빈, 박고은
전자책 김주리
경영지원 백선희, 권영환, 최민선, 이기경, 강아현
제작 재영P&B

펴낸이 서현동
펴낸곳 ㈜오팬하우스
출판등록 2024년 5월 16일 제2024-000141호
주소 서울시 강남구 테헤란로 419, 11층(삼성동, 강남파이낸스플라자)
이메일 info@ofh.co.kr

ⓒ 레베카 설
ISBN 979-11-7577-237-3 (03840)

모모는 ㈜오팬하우스의 출판브랜드입니다.